D0947937

Le projet
Shiro

DAVID S. KHARA

Le projet Shiro

La suite du *Projet Bleiberg*

Roman

Libre Expression

Une compagnie de Quebecor Media

Catalogage avant publication de Bibliothèque et Archives nationales du Québec et Bibliothèque et Archives Canada

Khara, David S., 1969-

    Le projet Shiro
    (Expression noire)
    Publ. à l'origine dans la coll.: Collection Thriller. Rennes : Éditions Critic, 2011.
    ISBN 978-2-7648-0576-3
    I. Titre. II. Collection: Expression noire.

PQ2711.H37P77 2011   843'.92   C2011-942342-1

Couverture et grille graphique intérieure : Chantal Boyer
Mise en pages : Clémence Beaudoin

Nous remercions la Société de développement des entreprises culturelles du Québec (SODEC) du soutien accordé à notre programme de publication.

Les Éditions Libre Expression
Groupe Librex inc.
Une compagnie de Quebecor Media
La Tourelle
1055, boul. René-Lévesque Est
Bureau 800
Montréal (Québec) H2L 4S5
Tél.: 514 849-5259
Téléc.: 514 849-1388
www.edlibreexpression.com

Dépôt légal – Bibliothèque et Archives nationales du Québec et Bibliothèque et Archives Canada, 2012

ISBN : 978-2-7648-0576-3

Distribution au Canada
Messageries ADP
2315, rue de la Province
Longueuil (Québec) J4G 1G4
Tél.: 450 640-1234
Sans frais : 1 800 771-3022
www.messageries-adp.com

AVERTISSEMENT DE L'AUTEUR

Le Projet Shiro est une œuvre de fiction adossée à des éléments historiques. De nombreuses anecdotes et de nombreux lieux, faits et personnages présentés dans ce livre ont existé mais ont été modifiés librement par l'auteur pour servir son intrigue.

« Le pouvoir de l'homme s'est accru
dans tous les domaines,
excepté sur lui-même. »
SIR WINSTON CHURCHILL

Prologue

Les hommes mentent. Les femmes mentent.
Les flingues disent toujours la vérité. Ou presque…

Chapitre 1

Les haut-parleurs n'étaient plus de la première jeunesse, et rien ne les prédestinait à diffuser un morceau de rock. Cependant, malgré les grésillements qui accompagnaient la musique, la voix suave et énergique d'Elvis Presley se propageait dans tout le laboratoire, et, sans doute, dans l'ensemble de l'immeuble de sept étages. Jamais aux heures de grande affluence l'utilisation du matériel militaire à des fins aussi obscènes n'aurait été tolérée. Mais tard dans la nuit, en l'absence des gradés et autres vieilles barbes de la Faculté, un tel détournement devenait monnaie courante. Surtout depuis l'arrivée parmi le personnel scientifique du docteur Philip Neville, chimiste surdoué d'origine anglaise et amoureux des rythmes propices aux déhanchés les plus scandaleux. D'ailleurs, il ne manquait pas une occasion d'étaler ses talents de danseur.

Au moins l'extrait de *Jailhouse Rock* brisait-il la monotonie du centre de recherche, ce qui n'était pas pour déplaire aux rares médecins présents à cette heure tardive.

Le professeur Jane Woodridge tolérait ces entorses au règlement dès lors que la qualité du travail n'en pâtissait pas. La biochimiste s'autorisait parfois à taper du pied pour marquer le tempo, ce qui représentait pour elle le summum de l'excentricité. Mais, loin du regard de ses confrères, elle abandonnait volontiers sa sévérité de façade pour adopter une attitude plus décontractée.

Pour l'instant, elle s'amusait de voir son binôme danser, le nez dans les comptes rendus des expériences menées par l'équipe de jour.

Après tout, pensa-t-elle, *ce que nous traitons ici est suffisamment grave pour ne pas se laisser en plus gagner par la morosité.*

Neville semblait partager son point de vue et chantait maintenant à tue-tête en tenant un pot à crayons devant ses lèvres. Le stade de l'amusement venait d'être franchi pour atteindre l'intolérable. Certes, l'homme bougeait bien, mais la ressemblance avec Elvis s'arrêtait là !

Jane plissa ostensiblement les yeux en fixant son collègue. Sous le feu de son regard, celui-ci baissa d'un ton puis se contenta de mimer les paroles sans plus émettre le moindre son.

— Phil, pourriez-vous me sortir le bordereau de réception des nouveaux agents pathogènes, s'il vous plaît ?

Tout en se dandinant, Neville se dirigea vers les hauts classeurs métalliques, ouvrit l'un d'entre eux et entreprit de fouiller dans les dossiers suspendus.

— Je ne le trouve pas, désolé. Il doit être dans le bureau du général.

Jane se leva et soupira lourdement. Elle vint se placer à côté de Philip et examina à son tour les documents. Elle adressa un regard las au jeune homme et retira une chemise cartonnée qu'elle brandit sous son nez avec un petit sourire, puis regagna son poste de travail.

— Si la danse vous intéresse plus que la recherche scientifique, je ne vous tiendrai pas rigueur de postuler auprès de producteurs hollywoodiens. Qui sait, l'un d'entre eux cherche peut-être de nouveaux talents ?

À cet instant précis, la musique s'arrêta.

— Merci pour le conseil, j'y penserai, répondit Phil, essoufflé, en s'affalant sur son siège. La vie est courte, et je ne me vois pas croupir ici jusqu'à ma mort. Au fait, je me demande comment vous supportez de travailler dans cette place forte quatre nuits sur sept. Surtout avec un enfant en bas âge à la maison.

— Mêlez-vous donc de vos affaires, Phil! répliqua Jane, offusquée par l'indiscrétion de son collègue. J'aime mon fils, si vous voulez tout savoir. J'essaye de concilier mon métier et ma vie de famille au mieux. Sur ce plan, mon mari est en tout point remarquable, pour ne pas dire exceptionnel.

— Faut-il qu'il le soit pour supporter de dormir seul la moitié de la semaine!

— Vous devenez graveleux, et je n'aime pas ça. Que cela vous plaise ou non, ma mission me tient à cœur.

Philip haussa un sourcil moqueur.

— Ah oui, nous œuvrons pour la grandeur de l'oncle Sam! Élaborer des remèdes pour nos soldats et les populations en cas d'attaque bactériologique, voilà une noble tâche!

— Sentirais-je une pointe d'ironie?

— Ce n'est pas mon genre… Dites, si vous pensez les Soviétiques capables d'utiliser de telles armes, qui vous dit que nous n'en ferions pas autant?

— Démocratie, communisme, les différences me paraissent évidentes, rétorqua Jane, les lèvres pincées.

— Bien sûr… Le pays de la liberté ne se salirait pas les mains avec des méthodes aussi viles et contraires au protocole de Genève, que nous n'avons pas ratifié, je vous le rappelle.

Le jeune homme ponctua la fin de sa phrase d'un claquement de langue puis se renversa dans son fauteuil, visiblement satisfait de son argument. Mais Jane était bien décidée à ne pas lui laisser l'avantage.

— Qu'essayez-vous de me dire ? Que nous ne développons pas des traitements, mais des armes chimiques ? C'est absurde ! Laissez la géopolitique aux professionnels et concentrez-vous donc sur la danse ou, mieux, sur votre travail...

— Dites-moi, Jane, ça ne vous étonne pas que l'accès de certaines sections des deux niveaux souterrains nous soit interdit ?

La jeune femme s'accorda quelques secondes de réflexion en réajustant son chignon de cheveux blonds puis reprit, sentencieuse :

— Nous étudions les réactions des sujets tests à l'injection des agents et nous mettons en place les parades adaptées. Je ne vois pas en quoi l'accès aux unités de stockage des souches virales nous concerne. Ce travail incombe aux laborantins et autres sous-fifres, pas à nous.

— Rationnelle, comme toujours... Moi, je suis persuadé qu'il y a anguille sous roche.

— Allez vous plaindre aux autorités, je ne vous retiens pas. Pendant que vous échafaudez vos théories fumeuses, je file au laboratoire, dit-elle en regardant l'horloge murale. L'heure du relevé quotidien a sonné, je vous laisse le bureau.

— Dites bonjour aux cobayes pour moi...

Jane Woodridge quitta la pièce et se dirigea vers les ascenseurs. Elle salua les deux hommes de la police militaire patrouillant dans le couloir. Devant leur mine patibulaire, elle craignait toujours de recevoir un coup de poing plutôt qu'un salut respectueux. Les portes s'écartèrent, et elle s'engouffra sans attendre dans la cabine.

Phil appartenait à la catégorie des agités un brin excentriques, mais il avait vu juste sur un point. Le travail à l'Institut de recherche sur les maladies infectieuses commençait à lui peser, surtout depuis la naissance de

Sean. Son mari l'épaulait, la soutenait dans ses choix de carrière. Elle se sentait privilégiée dans cette société où le rôle de la femme se cantonnait à l'accomplissement des seules tâches ménagères. Jane espérait secrètement que ses responsabilités et son mode de vie participaient d'un mouvement d'émancipation plus global. Mais son petit garçon lui manquait, et elle se languissait de voir le jour poindre pour rentrer chez elle et profiter de ses hommes trois jours durant.

À mesure que l'ascenseur s'enfonçait dans les profondeurs du bâtiment, elle s'interrogeait sur les suites à donner aux réflexions de Philip Neville. Déterminer si le jeune scientifique plaisantait tenait de la gageure, mais, s'il continuait à émettre de tels doutes, alors elle en aviserait la hiérarchie militaire. Car la base ne se contentait pas d'effectuer des recherches : elle incluait également une unité de production d'armes bactériologiques. Dans l'immédiat, le niveau d'accréditation de Neville ne lui autorisait pas l'accès à des informations aussi sensibles. Au vu de ses commentaires, elle recommanderait qu'il n'y ait jamais accès et qu'il fasse l'objet d'une surveillance accrue.

L'appareil s'immobilisa enfin, et les portes s'ouvrirent sur une pièce tout en longueur dont les deux murs latéraux étaient tapissés de cages en verre. Une odeur fauve saturait l'atmosphère tandis que des cris aigus s'élevaient des containers. D'aucuns les auraient trouvés déchirants, mais le docteur Woodridge ne leur prêtait qu'une attention distraite. Nombre de ses prédécesseurs, pourtant habitués aux expérimentations sur les animaux, avaient jeté l'éponge devant l'étonnant spectacle des singes sautant frénétiquement contre les parois transparentes, ou agonisant de douleur, recroquevillés en position fœtale. Les petites créatures ne pouvaient comprendre le rôle capital qu'elles jouaient, à leur insu, dans la guerre larvée qui se déroulait à l'extérieur.

Presque toutes les nuits, Jane Woodridge descendait pour constater la réaction des primates aux injections pratiquées par l'équipe de jour. Ce travail fastidieux ne représentait pas la partie la plus passionnante de son activité au sein de la base, mais elle s'en acquittait avec l'application et la méthode qui la caractérisaient.

Pourtant, ce soir, le motif de sa venue dans le saint des saints provoquait chez elle une excitation nouvelle. Les cris redoublèrent à mesure qu'elle avançait au milieu des cages.

— Du calme, mes mignons! Cette fois, je ne viens pas pour vous, mais pour votre collègue, dit-elle, sans que ses mots calment l'agitation ambiante.

Elle arriva au bout du couloir, face à une porte métallique munie d'une grande poignée et renforcée par de lourds écrous rouillés. Jane ouvrit une petite trappe à peine visible dissimulée dans le mur, dévoilant une serrure. Elle y inséra la clef qu'elle gardait jalousement dans sa poche.

Un infernal bruit de vérin monta des murs, puis la porte s'ouvrit comme par enchantement sur une chambre aux parois tristes, peintes en vert. Le carrelage blanc asymétrique aurait sans doute évoqué des symboles ésotériques à qui possédait l'imagination d'un artiste. Jane, elle, n'y voyait qu'un revêtement fort pratique quand il s'agissait d'amener les plateaux roulants sur lesquels étaient disposés les instruments utilisés lors des expérimentations. D'ailleurs, deux de ces plateaux patientaient sagement à proximité d'un lit sommaire où reposait l'objet de sa visite.

Un homme d'une vingtaine d'années était allongé sous un drap bleu. Il gémissait faiblement, signe que l'effet des sédatifs s'estompait. Jane sortit d'une poche de sa blouse un petit carnet et un crayon à papier puis examina le visage du patient.

Un filet de pus s'échappait des boursouflures qui entouraient ses lèvres décolorées ; une série de bubons prêts à exploser courait le long des narines irritées. La partie du torse que le drap ne dissimulait pas portait des stigmates similaires.

Jane constata avec plaisir la progression normale des symptômes et s'empressa de coucher ses constatations sur le papier.

— Encore un peu de courage. D'ici deux ou trois jours, nous entamerons le traitement.

Elle récolta un râle douloureux pour seule réponse.

Après avoir injecté une nouvelle dose de sédatifs au jeune homme, et munie d'informations rassurantes et précieuses, Jane rebroussa chemin. Elle souhaita une bonne nuit à ses « mignons » et se retrouva dans l'ascenseur. Il lui restait deux heures à passer avec le professeur Neville et c'en serait fini de cette semaine de travail.

L'engin s'immobilisa à l'étage demandé, mais la porte ne s'ouvrit pas. Jane pesta contre l'incompétence des équipes de maintenance. La panne était fréquente, trop à son goût. Elle s'apprêtait à décrocher le téléphone noir de la cabine pour passer un savon au planton de service, lorsque les haut-parleurs de la base se mirent à déverser un bruit de sirène strident. Pour le coup, elle regretta Elvis Presley et sa musique décadente.

Jane plaqua les mains sur ses oreilles pour atténuer le son douloureux. Ce dernier s'arrêta brutalement, remplacé par une voix d'homme qu'elle identifia comme celle de l'officier de garde.

— À tout le personnel, suite à une faille de sécurité dans le compartiment quatre, nous vous prions de vous diriger calmement vers les issues de secours.

Jane écarquilla les yeux de surprise. Elle sentit son cœur s'accélérer, sa gorge se nouer et une chaleur intense s'empara de ses tempes. *Compartiment quatre...* pensa-t-elle. *Ce n'est pas le moment de te laisser gagner par la panique. Réfléchis, vite!*

Elle prit une profonde inspiration, gonflant ses poumons au maximum, puis elle bloqua sa respiration. Les portes de l'ascenseur s'écartèrent enfin. Elle appuya frénétiquement sur le bouton de l'étage supérieur, où se trouvait la sortie, sans le moindre résultat.

Alors, elle remarqua les gardes. Les cerbères gisaient au sol, vomissant, secoués de spasmes incoercibles. Le virus se répandait déjà dans toute l'installation. L'alerte avait été donnée trop tard. Il n'y avait plus un instant à perdre.

Inspirer, c'est mourir, se dit-elle en se précipitant vers une porte ouverte sur sa droite. Elle pénétra dans la cage d'escalier et avala les marches deux à deux. Un objet descendait vers elle. Un pot à crayons. Elle enjamba Phil Neville, agonisant par terre. Il tendit la main dans sa direction sans réussir à saisir le mollet de la jeune femme. Jane pensait à son mari, à son fils, à ses poumons en feu et se répétait sans cesse: *Inspirer, c'est mourir.*

Elle déboucha sur le palier. Encore un effort et elle sortirait de cet enfer. Jane saisit la poignée de la porte et tenta de l'activer. Sans succès. Elle poussa des deux mains aussi fort que possible. Elle ne pourrait pas tenir plus de quelques secondes. Des larmes coulèrent le long de ses joues tandis qu'elle martelait l'huis métallique de ses poings.

Jane saisit toute l'horreur de la situation. Ces salauds avaient bouclé les issues! Au moment où le compartiment avait cessé d'être étanche, quand le virus avait été libéré, l'immeuble de brique et d'acier s'était transformé en tombeau.

Jane Woodridge s'adossa à la porte et se laissa glisser au sol. Elle ferma les yeux, se remémora le visage poupin de Sean, puis elle prit une profonde inspiration.

Chapitre 2

République tchèque, aux alentours de Pardubice,
de nos jours

La radio diffusait un standard pop américain de la fin des années 1960, revisité par un groupe nordique au talent certain. Branislav Poborsky frappait le volant de sa voiture en rythme tout en hurlant les paroles, du moins celles qu'il comprenait. Et comme il en saisissait finalement assez peu, il fredonnait plus souvent qu'il ne chantait. Mais peu importait, tant la mélodie entraînante de *Beggin'* lui insufflait l'énergie nouvelle dont il avait besoin.

La petite route qui serpentait à travers la forêt dense et verdoyante en cette saison lui rappelait à quel point il arrivait en terrain connu.

Chaque kilomètre englouti l'éloignait un peu plus de Prague, et cette seule certitude suffisait à le soulager. Rien de tel qu'une semaine de vacances auprès de ses parents, à Pardubice, pour retrouver un semblant d'insouciance.

Comme à son habitude, sa mère le dorloterait à grand renfort de petits plats et de pâtisseries maison.

« Avec tes responsabilités et la vie infernale de la capitale, lui répéterait-elle sans cesse, tu ne prends certainement pas le temps de déjeuner convenablement. Tu es tout pâle et maigre, toi qui avais des joues rouges et

rondes comme des pommes quand tu étais petit…»
Il protesterait, plus par jeu que par réelle volonté d'en
découdre, conscient que rien ne la ferait renoncer à ses
convictions de Polonaise têtue.

Son père, lui, le soumettrait à un interrogatoire en
règle afin de connaître les derniers développements
de la carrière du fiston. Une façon comme une autre
de rester au contact d'un monde professionnel que cet
acharné du travail avait quitté trois ans plus tôt pour profiter d'une retraite dorée au bord du lac de Seč. Directeur de production au sein de l'usine Paramo, il avait
offert à sa famille des conditions de vie plus que confor-
tables dans la Tchécoslovaquie communiste. La révolu-
tion de Velours ne devait rien changer à l'affaire, bien
au contraire. Avec la démocratie avait débarqué un libé-
ralisme débridé, et les investisseurs étrangers s'étaient
rués sur un nouveau marché offrant des perspectives de
croissance mirobolantes. Aussi Vladek Poborsky avait-il
quitté Paramo pour devenir conseiller auprès des grandes
entreprises désireuses de s'installer à proximité de Pardubice. Reconversion fructueuse et riche en rencontres.

Branislav ne pouvait rêver meilleur environnement
pour oublier les soucis de sa vie conjugale. Son couple
battait de l'aile, et le divorce s'annonçait désormais iné-
vitable. Peut-être aurait-il dû se consacrer un peu moins
à son travail et un peu plus à son épouse, elle-même
très prise par son métier de maquilleuse pour le cinéma
et la télévision ? Peut-être payaient-ils tous deux le prix
de l'insidieuse usure quotidienne ? Au final, quelle différence ? Il était sans doute trop tard pour envisager
les causes, et il fallait maintenant se concentrer sur les
conséquences. Dieu merci, sa femme et lui n'avaient pas
eu d'enfants ensemble, ce qui simplifierait les procédures
et la gestion émotionnelle de «l'après».

Branislav s'observa dans le rétroviseur intérieur de la voiture. Ses paupières bistrées et tombantes ainsi que l'ombre d'une barbe naissante sur ses joues blafardes trahissaient son épuisement. Le trentenaire replaça sommairement ses épais cheveux châtains en bataille, pestant contre son allure d'éternel ahuri.

Perdu dans ses pensées, il sursauta lorsqu'une moto le doubla à grande vitesse dans un vrombissement d'avion.

La bombe roulante ralentit quelques instants puis fila au loin, accélérant au mépris des plus élémentaires règles de sécurité. La moindre anicroche sur la route entraînerait un accident dramatique.

Cet idiot se croit immortel, pensa-t-il en hochant la tête pour marquer sa désapprobation et son dépit devant la bêtise du chauffard. Les compétitions de motocross, fréquentes dans la région, attiraient régulièrement ce genre d'énergumène. Il jeta un œil à son GPS. Encore vingt minutes et il atteindrait la demeure familiale. Dans une demi-heure, il profiterait d'un verre de vin, installé dans un confortable transat, en admirant le reflet des arbres qui ondulait sur la surface claire et pure du lac.

Un nouveau bruit incongru attira son attention. Il se pencha sur le volant et observa le ciel à travers le parebrise. Deux hélicoptères volaient à basse altitude, deux gros porteurs arborant les couleurs blanc, bleu et rouge de la République tchèque. Un troisième appareil, plus petit celui-ci, les suivait de près. Ce dernier portait le sigle de l'OTAN.

L'instinct du journaliste se mit en branle presque malgré lui. Il ralentit et se gara sur le bas-côté. Branislav sortit du véhicule, alluma une cigarette et observa le paysage. Il était si absorbé par ses pensées et si pressé de rejoindre le cocon familial qu'un élément important lui avait échappé et frappait désormais son esprit de plein fouet. Depuis une bonne dizaine de minutes, aucune autre voiture ne circulait sur la nationale hormis la sienne. Certes, il ne roulait pas sur un grand axe, mais de là à se retrouver seul sur une telle distance… Seul, mis à part un motard qui filait comme s'il était poursuivi par les chiens de l'enfer…

Quelque chose clochait, il en aurait mis sa main à couper.

Il prit alors son téléphone portable et composa le numéro de ses parents. Après trois sonneries, une voix synthétique répondit : « Pour des raisons techniques, nous ne sommes pas en mesure de donner suite à votre appel. Veuillez essayer ultérieurement. » Il raccrocha et appela cette fois sa rédaction. Trois sonneries de nouveau, puis le même message enregistré se répéta. Il testa ainsi une dizaine de numéros sans autre résultat.

Aucune bagnole à l'horizon, trois hélicos militaires, pas moyen de passer un coup de fil, ça sent le reportage ! se dit-il tandis qu'il redémarrait la voiture.

Deux kilomètres plus tard, il déboucha d'un virage pour se retrouver nez à nez avec trois véhicules de police garés en travers de la voie. Branislav dut piler pour ne pas rouler sur les herses déployées au sol. Six policiers, mitraillettes au poing, barraient le passage. Deux d'entre eux s'avancèrent vers lui. Il sortit en enfilant son vieil imperméable bleu pâle et vint à leur rencontre.

— Bonjour, messieurs, que se passe-t-il ? lança-t-il avec un grand sourire qui resta sans réponse.

— La route est fermée, monsieur, veuillez faire demi-tour, répondit l'un des hommes, le visage sévère et l'air grave.

Branislav jeta ostensiblement un coup d'œil au-delà des deux fonctionnaires.

— Fermée, je vois bien, mais vous pourriez au moins me dire pour quelles raisons ?

— Désolé, monsieur, je ne peux rien vous dire. Veuillez réintégrer votre véhicule et faire demi-tour.

La tentation de sortir sa carte de presse s'évanouit devant la nervosité des policiers. Les paroles se voulaient affables, mais les hommes semblaient tendus, presque agressifs. Et surtout, ils se cramponnaient à leurs armes comme s'il s'agissait des seuls fils les reliant à la vie. Inutile de traîner en leur compagnie, et ce d'autant plus qu'il connaissait d'autres moyens de rejoindre sa destination. N'empêche, leur attitude fleurait bon les vieilles habitudes du communisme…

Branislav acquiesça de la tête et leva la main en signe d'apaisement tout en regagnant sa voiture. Il fit demi-tour, sous haute surveillance.

Dès qu'il ne fut plus en vue des chiens de garde, il se gara au pied d'un talus et attrapa son appareil photo. Son Reflex suspendu autour du cou, il s'enfonça dans cette forêt qu'il connaissait par cœur depuis sa plus tendre enfance.

Il se trouvait à cinq kilomètres du prochain bourg. En tenant compte du terrain accidenté et des nombreuses collines à gravir, il partait pour une randonnée d'une bonne heure, voire une heure et demie. Il était maintenant tard dans l'après-midi, mais la rencontre avec la maréchaussée attisait suffisamment sa curiosité pour qu'un peu d'exercice ne le rebute pas.

Si, enfant, il parcourait ces sentiers escarpés avec plaisir et aisance, la trentaine et un léger surpoids rendirent le trajet plus pénible qu'il ne l'avait envisagé de prime abord. Il progressait avec difficulté, maudissant ses chaussures de ville dont les semelles glissaient sur les racines des chênes centenaires ou sur les pierres moussues.

Enfin, arrivé au sommet d'une butte, Branislav s'avança vers la lisière de la forêt. Il écarta les branchages qui lui bouchaient la vue et découvrit un spectacle à couper le souffle.

Une trentaine de mètres en contrebas se dressait un petit village typique aux maisons massives, aux façades roses et blanches resplendissant sous le soleil estival. Les balcons fleuris agrémentaient ce décor de carte postale digne d'un film de Walt Disney.

Mais la scène qui s'offrait à lui ne tenait pas du dessin animé pour bambins.

Les trottoirs étaient jonchés de cadavres. Hommes et femmes gisaient à même le sol dans des positions improbables. Seuls restaient debout quelques cabas remplis de provisions fraîchement achetées au marché hebdomadaire de la place centrale.

Dans la rue principale traversant le centre du bourg, il avisa des voitures immobiles, dont les moteurs tournaient encore. Conducteurs et passagers demeuraient inertes dans ce que Branislav assimila à des cercueils en carbone.

Un frisson lui parcourut le dos. Il fut pris d'une envie de vomir qu'il ne put contenir.

Débarrassé de son dernier repas, il s'essuya la bouche en tremblotant avant de reprendre son observation des alentours. Des blindés cernaient les abords immédiats du village. Au milieu d'une prairie, il avisa les trois hélicoptères aperçus plus tôt. Il dut se faire violence pour regarder à nouveau l'incroyable tableau des villageois terrassés.

Deux hommes en combinaison blanche, portant de volumineuses valises, enjambaient les corps. Leur démarche lente et leur allure empruntée évoquaient les images d'astronautes évoluant à la surface de la Lune.

La route est barrée… pensa-t-il. *Putain, mais il s'est passé quoi, ici ?*

Oscillant entre excitation et dégoût, Branislav retira le cache de son appareil. Un scoop pareil ne se refusait pas. Il régla le zoom à fond et commença à mitrailler la scène.

— Pose ton appareil et lève les mains en l'air, doucement.

L'ordre le fit sursauter. Il émanait d'une voix étouffée, robotique.

— Grouille !

Le ton n'incitait pas à la désobéissance. Il s'exécuta, décomposant chacun de ses gestes.

— Maintenant, tourne-toi.

Branislav pivota, mains levées au ciel, et se retrouva face à trois militaires en tenue sombre, masques à gaz sur le visage. Ils pointaient sur lui des fusils mitrailleurs équipés de silencieux et de visées laser. Tout sauf l'équipement du soldat de base !

Un des hommes s'approcha et fouilla sans ménagement les poches de l'intrus. Il en sortit le portefeuille de Branislav et le déposa dans la main tendue de celui qui devait être son supérieur. Ce dernier en examina le contenu avec attention.

— Écoutez, messieurs, je suis journaliste et ce que vous faites constitue une violation manifeste de…

— Ta gueule ! Tourne-toi.

Branislav pivota à nouveau.

— Faudrait savoir ce que vous voulez à la fin. J'aime autant vous dire que vous entendrez parler de moi quand mon rédacteur en chef aura contacté le ministère !

Le bluff donnait parfois des résultats…

— Abattez-le.

… parfois, moins…

Le journaliste, terrifié et incrédule, ferma les yeux. Étrangement, il se surprit à penser à sa future ex-femme et prit conscience qu'il restait de l'espoir pour leur couple. Merde, il venait pour prendre des vacances, pas pour découvrir un charnier à ciel ouvert ni se faire descendre par des types des forces spéciales !

Il espérait recevoir une balle en pleine tête pour ne pas avoir le temps de souffrir. Déjà, sous l'effet conjugué de la peur et de l'adrénaline, ses tempes le brûlaient, et un sifflement strident s'amplifiait dans son crâne. Un long moment s'écoula, sans un bruit. Ses jambes flageolantes le soutenaient à peine. Que diable ces salauds attendaient-ils pour le tuer ?

— Tu vas attraper une crampe aux biceps si tu restes dans cette position, mon pote.

On lui parlait… en anglais ?

Branislav se retourna et se risqua à ouvrir une paupière.

Il découvrit les trois hommes allongés. Deux d'entre eux avaient la nuque ensanglantée. Le manche d'un couteau dépassait de la gorge du dernier, qui se tortillait au sol, saisi de spasmes incontrôlables. Il crachait du sang et finit par s'immobiliser dans une position grotesque aux pieds d'un géant chauve vêtu d'un jean et d'une veste de treillis. Le colosse se pencha et retira une impressionnante lame crantée du cou de sa victime. L'inconnu était glabre et, détail frappant, avait les sourcils rasés.

— Vous… vous êtes qui ? C'est quoi ce merdier ? Vous les avez tués tous les trois ? Il se passe quoi ici ? interrogea Branislav dans un anglais empreint d'un fort accent.

— Eh bien, ça en fait des questions ! plaisanta le géant.

Il sortit un bout de cigare et une boîte d'allumettes d'une de ses poches, coinça le mégot entre ses dents et l'alluma.

— Tu m'en veux beaucoup si je ne te réponds pas dans l'ordre ?

Branislav secoua la tête et baissa enfin les bras.

— Alors, oui, j'ai tué ces connards, mais c'était eux ou toi. Les laisser partir n'aurait servi qu'à donner l'alerte. Ce qui se passe ici, j'aimerais le savoir au moins autant que toi. Et je crains que « ce merdier », comme tu dis, ne soit que la première étape d'une longue série d'emmerdes...

Le journaliste se dirigea vers son appareil photo, sans toutefois lâcher son étrange sauveur du regard.

— Désolé, mon pote, c'est la seule chose que va te coûter mon intervention. Il me faut tes clichés, dit l'individu en présentant une paume gigantesque à Branislav.

Ce dernier voulut protester mais se ravisa avant de prononcer un mot. Un scoop ne valait pas une vie. Si ce mec tenait à ce point aux photos, qu'il les prenne ! Il tendit l'appareil, qui atterrit dans une des immenses pattes. Une pensée assaillit alors le journaliste.

— Mes parents, ils habitent près d'ici...

Le géant l'interrompit.

— Seul le village est bouclé. Si tes parents s'y trouvaient, ils sont morts. S'ils habitent à l'extérieur et sont restés chez eux, tu n'as pas à t'en faire.

— Ils vivent à quatre kilomètres au nord-est, mais la seule route passe par...

— Alors détends-toi, ils vont bien. Merci pour l'appareil, je te le renverrai à ton journal. Récupère tes papiers et file avant que d'autres mecs ne rappliquent. Je n'ai pas l'intention de décimer l'ensemble des forces spéciales tchèques. Je récupère ma moto et je dégage aussi. Il n'y a plus rien que je puisse faire ici...

— C'est vous qui m'avez doublé tout à l'heure ?

— Ouais. Information capitale, pas vrai ? Je suis certain que tu vas mieux dormir cette nuit en sachant cela, ironisa l'homme. J'étais dans la forêt avant toi. Ensuite je t'ai suivi, puis je les ai suivis en train de te suivre. Le hasard fait bien les choses, non ? Maintenant, fonce. Et si tu tiens à la vie, pas un mot à qui que ce soit de ce que tu as vu. Compris ?

— Compris, répondit Branislav en s'élançant dans la forêt.

Après quelques mètres, il stoppa sa course.

— Vous n'avez pas répondu à l'une de mes questions.

— Laquelle ?

— Comment vous appelez-vous ? J'aimerais mettre un nom sur le visage de celui qui m'a sorti de ce pétrin.

L'inconnu tira sur son cigare et expira un filet de fumée.

— Appelle-moi Eytan. Ah, et reprends donc ton portefeuille.

Il conclut sa réponse par un grand sourire, le cigare coincé entre les dents. Branislav lui rendit un sourire timide, attrapa ses papiers et prit ses jambes à son cou.

Eytan le regarda déguerpir puis alla se poster à l'endroit d'où le Tchèque avait photographié le village. Il observa longuement l'invraisemblable scène qui se déroulait devant lui. Sur l'autel de quelle folie ces gens venaient-ils d'être sacrifiés ?

Il s'accroupit et saisit une poignée de terre qu'il frotta entre ses doigts. Les hommes en combinaisons N.B.C. pullulaient désormais dans les rues. Il laissa la terre glisser en une fine cascade et soupira.

— La première étape d'une longue série d'emmerdes…

Chapitre 3

Bruxelles, ambassade d'Israël, 5 jours plus tôt

L'homme sirotait son verre de vin sans mot dire. Sa mine passablement défaite témoignait de la fatigue et du stress accumulés au cours des dernières heures.

Le silence qui régnait dans la pièce découlait du besoin impérieux qu'il avait de se retrouver au calme. Quand bien même ce calme annonçait une tempête imminente. Car les ennuis ne s'arrêteraient pas aux événements de la journée, cela ne faisait aucun doute. Depuis la tombée de la nuit, la notion du temps s'effaçait peu à peu. Au moins le téléphone avait-il cessé de sonner toutes les cinq minutes.

Ehud Amar quitta le canapé dans lequel il s'était allongé avec la ferme intention de trouver un sommeil qui ne jugea pas utile de se manifester. Il mit son incapacité à dormir sur le compte de l'adrénaline et entreprit, pour tuer le temps, de vider consciencieusement une bouteille de vin italien offerte trois mois plus tôt par son homologue basé à Rome. Ehud la réservait pour une occasion plus protocolaire, mais aux grands maux, les grands remèdes !

Alors qu'il arpentait avec nervosité son vaste bureau, il ressentit l'envie d'une cigarette. Face au problème qui se posait à lui, toute aide était la bienvenue, y compris celle de la nicotine.

Il sursauta lorsque la porte du bureau s'ouvrit à la volée. Un homme âgé entra d'un pas volontaire, avec une assurance laissant croire qu'il se trouvait chez lui. D'autorité, il s'appuya sur le dossier du canapé tout juste abandonné par Ehud. Ce dernier détailla l'arrivant. Son visage mat était barré de rides profondes, son crâne dégarni portait des taches de vieillesse, mais son regard perçant balayait toute ambiguïté : si vieux fût-il, sa sagacité demeurait intacte.

— Où est-il ? demanda l'homme d'une voix dure, sans autre forme de politesse.

— Enchanté de faire votre connaissance, monsieur Karman, répondit Ehud en esquissant un sourire ironique.

— Nous aurons tout le temps pour les ronds de jambe une fois que je l'aurai vu. Je répète ma question : où est-il ?

— Dans les sous-sols de l'ambassade. Nous disposons d'une unité médicale d'urgence en cas d'attentat ou si un de nos agents a besoin de soins rapides et disons… discrets. Suivez-moi, je vais vous conduire jusqu'à eux.

— Eux ? reprit l'importun.

Ehud sourit à nouveau, satisfait de l'effet de surprise. Ainsi, lui, simple attaché militaire à l'ambassade d'Israël, pouvait surprendre un ponte du Mossad ! Ces gens-là n'en faisaient qu'à leur tête, méprisant le travail de fourmi effectué avec application par les fonctionnaires et les diplomates. Les agents secrets se prenaient pour des dieux et n'avaient aucune considération pour les règles et les lois. En gros, les super-héros foutaient la merde et laissaient les petites mains nettoyer derrière eux.

Les deux hommes se dirigèrent vers l'ascenseur. Ehud sortit une clef et la glissa dans une petite serrure accolée à un bouton non numéroté.

— Dois-je vous préciser que vous allez pénétrer dans une zone confidentielle ?

Le regard noir dont le gratifia Karman lui fit passer toute envie de plaisanter.

— Je suppose que non…

Une vingtaine de secondes plus tard, la cabine s'ouvrit sur un long couloir éclairé par des néons ternes. De larges canalisations couraient le long des murs de béton brut. Il régnait une douce chaleur. Un bruit lancinant semblait rebondir contre les parois, évoquant un moteur de camion au point mort.

Ils parcoururent une trentaine de mètres et se présentèrent devant une double porte grise sans poignée. Ehud sortit une carte magnétique qu'il glissa le long d'un capteur situé sur la droite.

La porte coulissa en silence, dévoilant un bloc chirurgical digne des hôpitaux les plus réputés. Au centre de la pièce, une femme entravée par des lanières de cuir était allongée sur une table d'opération. Deux électrodes connectées à ses tempes transmettaient son activité cérébrale à un écran de contrôle. La fréquence des pics affichés sur le moniteur ne laissait aucun doute sur son état. La fille aux jambes interminables et aux cheveux roux coupés court était plongée dans un coma profond.

Karman s'approcha d'elle et considéra longuement son visage dur et ciselé, à la pâleur marmoréenne. Une ecchymose violacée sur la tempe gauche déparait la peau laiteuse et des marques de strangulation tissaient un collier macabre sur sa gorge. Malgré ces traces de violence, les traits de la dormeuse exprimaient la plénitude, un pli moqueur au coin des lèvres. Il ne se souvenait pas avoir vu beauté plus froide et inquiétante.

— Je ne suis pas venu pour elle, mais pour lui, lâcha-t-il en effleurant les joues creusées de la rousse.

Il retira vivement ses doigts, craignant de la réveiller.

— Nous les avons récupérés tous les deux, monsieur. J'ai pensé qu'elle faisait partie de vos services. À en juger par votre réaction, je me suis trompé.

— En effet. Elle n'est pas de chez nous. Pour la dernière fois, je n'ai pas de temps à perdre. Où est-il ?

— Votre agent se trouve dans la pièce voisine. Nous avons agi selon vos consignes, même si je ne vous cacherai pas que le chirurgien a protesté avec véhémence. Sans compter que trouver une baignoire de cette taille n'était pas aussi simple que nous le pensions.

Sans attendre la fin de la phrase, Karman s'était dirigé vers la petite porte située à droite du bloc et l'avait ouverte.

— Je vous serais reconnaissant de bien vouloir patienter ici, colonel Amar.

Cette fois, c'était certain, Ehud se taperait une cigarette sitôt cet énergumène parti…

Karman entra et ferma la porte derrière lui. Il s'était préparé à tout, jusqu'à la récupération d'une dépouille. Mais là, la pilule était un peu dure à avaler !

La salle de stockage était emplie d'étagères chargées de boîtes de compresses, de médicaments et de gants chirurgicaux. Au beau milieu de la pièce, une baignoire gigantesque avait été installée à la hâte. Et dans la cuve, incongrue en ces lieux, barbotait le plus tranquillement du monde un homme qu'Eli Karman, conservateur des archives du Mossad, avait craint de ne jamais revoir vivant.

— Eytan Morg, je crois que je vous déteste ! déclara-t-il dans un éclat de rire.

Le géant qui battait des pieds comme un gamin apprenant à nager dans le petit bain lui adressa un grand sourire.

— Je m'attendais à vous trouver mourant, Eytan. Vous auriez pu me prévenir que vous alliez bien.

— Oui, mais alors vous auriez annulé votre voyage. Et puis, à force de me voir sortir de toutes les situations, il me paraissait important de vous rappeler que je n'étais pas immortel, se défendit Eytan en appuyant ses propos d'un clin d'œil.

— Vous croyez que j'ai réellement besoin d'une piqûre de rappel ? Je vous donne l'impression de m'en moquer à ce point ?

— Bien sûr que non, Eli, mais ma dernière mission a de telles implications qu'il me fallait vous voir au plus vite. Par ailleurs, j'ai vraiment failli y rester. Pour être franc, à un certain moment, j'ai même eu envie d'y rester…

Eli baissa la tête. Ces derniers temps, il redoutait que la détermination de l'agent ne s'émousse et ne l'entraîne vers sa perte.

— J'attends votre rapport avec impatience, souffla-t-il pour briser le lourd silence qui s'installait, mais pas ici. Nous avons causé bien du souci au personnel de l'ambassade, et mon numéro de personnage occulte et odieux me fatigue assez vite. Vous êtes en état de vous déplacer ?

— Oui, la blessure à l'épaule n'est rien, et en ce qui concerne la cuisse, je vais boiter bas un moment, mais j'ai connu pire. J'imagine que l'ordre de me plonger dans un bain glacé émanait de vous ?

— À la longue, j'ai appris à vous connaître. Heureusement que le sérum a pu vous être injecté à temps. Je me suis fait un sang d'encre, Eytan. Par pitié, ne jouez plus avec mes nerfs. Je n'ai plus vingt ans, vous savez.

Eli se détourna tandis que son ami émergeait de la baignoire.

— Habillez-vous, poursuivit-il, je n'ai pas traversé toutes ces années dans le seul but de savoir si votre anatomie est d'égale proportion à tous les étages ! Vous allez me raconter les détails de l'affaire dans le bureau de l'attaché militaire. Le pauvre doit fulminer de l'autre côté de la porte. Autant le mettre au parfum. Il a bien bossé, et vu le désordre que vous avez laissé derrière vous, je doute qu'il en ait terminé avec les problèmes. D'autant que l'ambassadeur ne se trouve pas à Bruxelles. Par conséquent, il doit tout gérer seul.

Eli Karman sortit de la pièce et retourna près du malheureux Ehud qui noyait son ennui, et peut-être aussi sa vexation, dans la contemplation de la grande femme rousse à la plastique athlétique attachée sur la table.

— Il va nous rejoindre, déclara Karman sur un ton aimable qu'Ehud n'aurait jamais espéré. Il va nous faire son rapport dans votre bureau, si vous n'y voyez pas d'inconvénient.

— Heu, non, je ne pense pas. Mais, quand vous dites « nous », vous voulez dire que je serai présent pour le débriefing ? demanda le militaire, désarçonné.

— Oui, colonel Amar. Vous méritez d'en savoir plus, dans la mesure où nous sommes responsables de vos ennuis et où nous pourrions avoir besoin de vos services à l'avenir. Et puis, qui sait, vous pourriez avoir des surprises.

Une poignée de minutes plus tard, les deux hommes se retrouvèrent assis, face à face, dans le petit salon du bureau de l'ambassadeur. Son absence et les circonstances exceptionnelles justifiaient l'emprunt de son antre. La décontraction soudaine du ponte du Mossad avait incité Ehud à piocher dans la réserve d'alcools fins du diplomate. Si on lui avait posé la question, il aurait volontiers admis qu'une bonne cuite le tentait.

Karman affichait une mine réjouie qui contrastait avec la tête d'enterrement qu'il faisait une vingtaine de minutes plus tôt.

— Vous avez fait du bon travail, colonel, je vous en suis très reconnaissant.

— Je me suis contenté d'obéir à vos consignes, monsieur.

— Appelez-moi Eli, je vous en prie, l'interrompit le sexagénaire.

— Comme vous voudrez, Eli, répondit Ehud, détendu par l'ambiance apaisée.

Les premiers effets du cognac sur lequel il avait jeté son dévolu commençaient à se faire sentir.

— Ce que je vais vous raconter est classé secret-défense, colonel.

— Je connais la musique, Eli, et j'ai déjà eu affaire au Mossad.

— Ehud, vous permettez que je vous appelle Ehud ?

L'attaché militaire acquiesça d'un hochement de tête.

— Rien de ce que vous avez vu ou entendu ne peut soutenir la comparaison avec l'histoire d'Eytan Morg…

Chapitre 4

Ehud Amar contemplait le liquide ambré qu'il faisait tourner au fond de son verre.

L'incrédulité le disputait à la compassion. Si l'histoire narrée par Eli Karman ne comportait ne serait-ce qu'une once de vérité, alors bon nombre de ses certitudes volaient en éclats. Pourtant, en regardant son interlocuteur osciller entre gravité et amusement devant sa propre réaction, il n'imaginait pas que cet homme ait pu lui mentir.

— Vous m'expliquez avec le plus grand sérieux qu'au sein du Mossad et du Kidon, la division élimination et enlèvement, se trouverait un homme génétiquement modifié par des médecins SS dans les années 1940 ? Et il aurait besoin pour survivre d'un sérum ultra-secret ralentissant le fonctionnement de son métabolisme ?

— Oui.

— L'âge n'aurait aucune prise sur cet homme, ce «kidon», et ses capacités physiques seraient supérieures en tout point à la normale ?

— Oui.

— Et il s'agit du type que nous avons récupéré aujourd'hui en forêt de Soignes, à proximité d'un centre industriel souterrain dont il ne reste qu'un cratère et un amas de ferraille ? Le type que nous avons plongé dans une baignoire d'eau glacée ?

— Oui.

— Verriez-vous un inconvénient à ce que je me resserve ?

— Non.

Ehud remplit son verre et proposa la bouteille à Eli, qui refusa l'offre d'un geste de la main.

— Vous seriez étonné, reprit Eli, de la quantité d'alcool engloutie par les rares personnes qui ont entendu ce que vous venez d'apprendre.

— Vous m'en direz tant… Pour revenir à des considérations plus prosaïques, et avec tout le respect que je vous dois, votre super agent a foutu un beau merdier. J'aimerais bien savoir de quoi il retourne exactement, ne serait-ce que pour mieux contrôler les histoires que les journalistes ne vont pas manquer de sortir.

— Je n'en sais pas plus que vous à ce stade. Eytan va se faire une joie de tout nous raconter, maintenant qu'il est habillé.

Eli désigna à Ehud la porte d'entrée que franchissait en claudiquant le géant chauve.

Le colonel hésita entre reboutonner son uniforme ou tendre la main au miraculé. Ce dernier s'installa sur le canapé et allongea ses longues jambes afin de poser ses pieds sur la table basse.

— Eytan, je vous présente l'homme à qui vous devez d'avoir la vie sauve, le colonel Ehud Amar.

— Alors merci à vous, colonel Ehud Amar, dit Eytan, accompagnant ses paroles d'une parodie de salut militaire avec deux doigts.

— Agent Morg, c'est un honneur de…

— Appelez-moi Eytan et laissez tomber les formules toutes faites et le garde-à-vous. Par contre, je me serais volontiers servi à boire, mais... conclut-il en désignant le trou dans la jambe de son pantalon.

Ehud s'exécuta avec empressement. Il tendit un verre à Eytan et s'assit à ses côtés sur le canapé. Eli Karman reprit la parole.

— Bien, maintenant que les présentations sont faites et que le ravitaillement est effectué, je pense que vous nous devez quelques explications. Comment une enquête sur la disparition de dossiers datant de la Seconde Guerre mondiale au sein du MI6 a-t-elle pu vous mener ici?

— Je ne pense pas que vous allez apprécier... Je vais vous livrer la version courte, sinon nous en avons pour la nuit. J'ai retrouvé la trace de l'acheteur des documents, un Français résidant aux États-Unis. Cet homme appartenait à une organisation secrète qui a participé au financement d'Hitler et à son accession au pouvoir. Cette organisation, baptisée le Consortium, aurait pour objectif de mener l'humanité vers le progrès, quel qu'en soit le coût et au mépris de toutes les règles morales ou éthiques. Cette «société secrète», je ne vois pas de dénomination plus appropriée, a provoqué l'épidémie de choléra au Mexique. L'objectif était d'atteindre le stade pandémique et de proposer un vaccin à tous les États.

— Et pourquoi se donner tant de peine? demanda Ehud, incapable de détacher son regard d'Eytan.

— Dans le but d'injecter un mutagène développé par un médecin fou à qui je dois ma propre existence.

— Bleiberg... murmura Eli en se passant les mains sur le crâne. Il n'était donc pas mort dans l'explosion du centre de recherche en Pologne lors de votre évasion.

— Mais… pourquoi inoculer le mutagène dont vous parlez ? risqua l'attaché militaire.

— Pour provoquer un bond génétique et transformer l'humanité en une espèce améliorée. Le tout au prix de millions, voire de milliards de vies. Les doses de vaccins étaient stockées dans l'installation de la forêt de Soignes, raison pour laquelle je l'ai détruite.

Eytan désigna ses chaussures avec le plus grand sérieux.

— Je suis toujours amusé de constater que lorsqu'on fouille un prisonnier, on lui laisse souvent ses pompes. C'est pourquoi je transporte toujours une petite charge explosive dans chacune de mes semelles. La nature même des produits entreposés sur le site a facilité sa destruction.

— Je vois, soupira Eli. Et la jeune femme qui se trouve au sous-sol ? Une ennemie, à en juger par ses entraves ?

— Oui. Elle travaille pour eux, une exécutrice des basses besognes en quelque sorte. C'est à elle que je dois mes blessures. Elena, c'est son prénom, représente ma meilleure piste pour traquer le Consortium, mais j'avais une autre raison de la garder en vie.

— Elle doit être de taille, cette raison, souligna Eli, étonné. Je vous sais peu enclin à faire des prisonniers.

— Elena a servi de cobaye au mutagène de Bleiberg, ce qui fait d'elle une version avancée de ce que je suis.

Eytan termina sa phrase en regardant Ehud qui, bouche bée, ne perdait pas une miette de son récit.

— Bienvenue dans mon univers, colonel !

Celui-ci haussa les sourcils et engloutit une nouvelle gorgée.

— Comment voyez-vous la suite des opérations ? demanda Eli.

— Je vais vous taper un rapport pour que vous puissiez mener des investigations à partir de Tel-Aviv. J'aimerais que le colonel enquête sur la BCI[1] auprès de l'administration belge. La suite, nous en reparlerons tous les deux, Eli. Sans vouloir vous offenser, Ehud...

— Oh là, je vous laisse entre vous, répondit ce dernier en quittant le canapé. J'en ai pour des semaines à me remettre de cette journée, alors autant commencer maintenant. Si vous me cherchez, je vais m'en griller une dans le patio.

Ehud Amar posa son verre, s'empara de la bouteille, fouilla dans ses poches pour récupérer son paquet de cigarettes puis sortit de la pièce.

— Eli, reprit Eytan avec gravité, je traque les criminels nazis depuis des décennies, mais le temps accomplit mon travail, et ne reste plus guère à chasser que du menu fretin grabataire. Je ne dis pas que ces gens doivent s'en tirer comme si de rien n'était, mais la découverte du Consortium et de son implication dans l'arrivée au pouvoir des nazis et dans le projet Bleiberg m'incite à me consacrer exclusivement à son démantèlement.

Karman ne répondit pas. Il se tenait bras croisés face à Eytan.

— Il vous faut un nouvel ennemi, n'est-ce pas ? Une raison de continuer, c'est bien cela ?

Eytan resta muet.

— Nous ignorons tous les deux combien de temps il vous reste à vivre, et vous refusez obstinément que nos spécialistes mènent des tests pour mieux comprendre votre état. Ne pourriez-vous passer la main et essayer de profiter d'un repos largement mérité ? Laissez d'autres prendre le relais.

— Pensez-vous vraiment qu'un autre que moi puisse traiter ce genre de problèmes, Eli ? Je ne vais

---

1.   Voir *Le Projet Bleiberg* dans la même collection.

pas rester assis à attendre que le monde soit de nouveau à la merci d'une bande de fous sanguinaires. L'économie est exsangue, les petites gens souffrent, et les dirigeants sont de plus en plus éloignés des réalités. Cela ne vous rappelle rien ? Les conditions sont propices à l'émergence de forces délétères, obscures. Je l'ai appris au fil des ans, je peux faire la différence. Je dois faire la différence...

— C'est bien ce qui me terrifie, Eytan. Vous courez après une chimère, mon ami. Et je sais de quel mal vous souffrez.

— Je suis curieux de savoir lequel.

— La peur du vide. La peur que l'inaction vous oblige à vous retrouver seul face à vous-même. Vous êtes l'homme le plus buté que je connaisse, alors je ne vais pas vous donner un ordre, mais vous faire une demande : envisagez la possibilité de vivre pour vous, de faire la paix avec le monde. De faire enfin la paix avec vous-même...

— Eli, laissez-moi accomplir cette ultime mission.

Karman soupira.

— Ma fille doit bientôt accoucher à Boston. Je pars la rejoindre en fin de semaine. Je ne raterais la naissance de mon petit-fils pour rien au monde. Alors, voici le deal, et il est non négociable : accordez-vous un congé. Rentrez chez vous pour un semblant de convalescence. À mon retour, nous prendrons le problème à bras le corps. D'ici là, farniente, agent Morg.

Eytan se leva et se balança d'une jambe sur l'autre en grimaçant.

— Vendu pour la convalescence. Embrassez Rose pour moi. Dites-lui que je passerai la voir un de ces jours.

— Vous promettez cela depuis bientôt deux ans, je doute qu'elle y croie encore...

La remarque toucha Eytan au cœur. Rose figurait sur la liste des multiples sacrifices imposés par son engagement total dans ses diverses missions.

— Je vous donne ma parole que je n'attendrai pas deux ans de plus.

— Parfait, alors comptez sur moi. J'oubliais : que faisons-nous de la fameuse Elena ?

— Enfermez-la au secret. J'ai demandé son placement en coma artificiel pour éviter toute action de sa part. Elle est dangereuse, croyez-moi, et compétente. Une fois transférée, qu'elle soit réveillée et traitée décemment, mais avec une vigilance accrue. Cette femme ne plaisante pas, et la sous-estimer aurait des conséquences désastreuses. Je l'interrogerai à mon retour de vacances.

— Message bien reçu. Je me charge de son rapatriement à Tel-Aviv.

— Bien, nous avons fait le tour, nos chemins se séparent à nouveau ici.

— Il me semble.

Karman tendit la main à Eytan, qui la saisit en le regardant fixement. Le géant lâcha prise le premier et se dirigea vers la sortie. Il s'immobilisa sur le palier et tourna la tête vers le futur grand-père.

— Eli, pensez à me passer un coup de fil quand l'enfant sera né.

Chapitre 5

Quelque part, au large des côtes irlandaises

La proue du bateau fendait les vagues, projetant des embruns glacés sur le pont déserté. Les rares passagers à rejoindre la petite île s'étaient réfugiés dans la cabine arrière du chalutier assurant les deux liaisons quotidiennes entre la civilisation et cet endroit oublié du monde moderne. Le capitaine, solide gaillard aux cheveux courts et à l'abondante barbe noire, manœuvrait son embarcation avec le sérieux et l'application de ceux à qui la mer n'avait pas fait de cadeaux. Ancien patron de pêche, il avait perdu deux jeunes matelots au cours d'un chavirage une dizaine d'années auparavant et s'en était lui-même tiré par miracle. La soudaine dégradation des conditions climatiques lors de la funeste sortie était seule à blâmer, il en était conscient. À l'époque, la presse avait évoqué les risques du métier, bien maigre consolation…

Sa mise hors de cause ne suffisait pas à effacer la culpabilité qui l'étreignait quand il croisait sur le port les parents de ses employés disparus au large.

Quand la municipalité lui avait fait part de son souhait de mettre en place deux navettes quotidiennes entre le petit port de pêche et l'île, il avait sauté sur l'occasion de reprendre la mer.

Le capitaine James O'Barr convoyait donc vers l'îlot sauvage des touristes audacieux, de riches excentriques qui trouvaient l'endroit « délicieusement rétro » et une poignée d'irréductibles randonneurs attachés au calme et à la paix.

Seule une dizaine de maisons se dressaient sur le « grand roc », comme aimaient à l'appeler les villageois.

En ce début d'après-midi, les nuages couvrant le ciel distillaient sans concession un crachin susceptible d'en pousser plus d'un à l'abri. Pourtant, un passager demeurait sur le pont, assis sur un tas de cordage, un grand sac militaire kaki à ses pieds.

James savait peu de choses sur cet homme qu'il ne voyait guère plus d'une ou deux fois l'an. Selon la rumeur, principal organe d'information dans cette partie isolée du monde, il possédait une vieille demeure perdue au milieu de la lande. Sous l'impulsion des pires commères, les spéculations allaient bon train. Certaines le disaient acteur de cinéma en quête de solitude, d'autres évoquaient même un criminel en cavale. Le physique hors norme de l'inconnu alimentait le qu'en-dira-t-on au-delà du bon sens. La vieille Kelly Cahill prétendait même qu'il était agent secret. Mais la pauvre vieille n'avait plus toute sa tête depuis belle lurette. La seule certitude qui l'emportait parmi les habitants était que ce colosse constituerait une recrue de choix pour l'équipe de rugby locale, régulièrement promise aux punitions dominicales infligées par les communes avoisinantes.

Pour le moment, le passager caressait le museau de Bart, le berger allemand de James, assis à ses côtés. Ni l'un ni l'autre ne semblaient prêter attention à l'humidité ambiante, et ils paraissaient même s'en satisfaire pleinement.

Après plus d'une heure de traversée, la côte découpée et rocailleuse se dessina à l'horizon, barrière naturelle annonçant aux visiteurs qu'ils n'étaient pas les bienvenus. Résider ici demandait une bonne dose de masochisme tant l'île était inhospitalière. La végétation se limitait à des touffes d'herbes éparses, et le vent soufflait en rafales jour et nuit.

Enfin, le bateau accosta le ponton de bois sombre qui s'étirait vers la mer. Le ralentissement des moteurs fit sortir de leur abri les quatre autres voyageurs. Tous saluèrent distraitement le capitaine et débarquèrent ensuite, les bras chargés de cartons à provisions, puis remontèrent le sentier menant vers l'intérieur des terres. Là, des voiturettes électriques, de celles que l'on trouve sur les parcours de golf, attendaient les arrivants.

Seul le géant, fidèle à son habitude, vint serrer la main de James, toujours suivi du chien toute langue dehors. L'étranger flatta les flancs de l'animal et, sac sur l'épaule, descendit de l'embarcation.

Eytan arriva au sommet du chemin escarpé qui serpentait entre les hautes pierres grises. Il grimaçait un peu plus à chaque pas. Au fil du temps, au gré des combats, il avait récolté de nombreuses blessures, encaissé de nombreux coups et, à ce moment précis, il se demandait si son corps ne lui présentait pas la facture d'une vie menée tambour battant. L'espace d'un instant, il se sentit vieux, écrasé par le poids des ans, submergé par la liste sans fin des amis évanouis le long d'une route trop longue et accidentée. Cela lui coûtait de l'admettre, mais les propos d'Eli ressemblaient plus à une prédiction qu'à un avertissement. Son combat contre le Consortium serait le dernier. Ensuite, il se retirerait sur cette île, dans cette fermette protégée de la brutalité du monde. Il remiserait ses armes et passerait ses journées à peindre en attendant la mort et le repos qu'elle lui apporterait. Enfin.

Depuis toujours, conscient que rien ne lui rendrait ce que la folie des hommes lui avait pris, il se battait pour les autres : ses parents, son frère et nombre d'inconnus qui n'entendraient jamais parler de lui. Pourtant, il n'attendait ni remerciements, ni louanges d'aucune sorte.

Oui, Eli avait vu juste. Eytan ne connaissait qu'une peur, celle du vide de son existence. Voilà pourquoi il ne revenait que rarement dans le seul endroit qu'il pouvait nommer « chez lui ».

Après trente minutes d'une marche pénible à travers la lande, il arriva en vue d'une grande bâtisse en granit. Cette maison était la seule confidente de ses doutes et de l'abattement qui le gagnait parfois.

Construite de plain-pied, elle s'étendait sur une trentaine de mètres. De grands volets bleus obstruaient les quatre fenêtres de la pièce principale. Eytan marqua une pause et leva les yeux. De la fumée blanche s'échappait de la cheminée ancestrale trônant sur le toit. Il reprit son avancée, un grand sourire accroché aux lèvres.

Il pénétra dans le salon dépourvu de tout ameublement superflu : une table ronde, quatre chaises en bois dont deux n'avaient jamais servi et un canapé en tissu marron. L'ensemble datait des anciens propriétaires. Machinalement, Eytan appuya sur l'interrupteur le plus proche et constata sans surprise que le groupe électrogène fonctionnait déjà. Grâce, sans le moindre doute, à la même personne qui avait pris soin de faire brûler deux grosses bûches dans l'âtre de la cheminée.

Eytan jeta négligemment son sac militaire sur le sol et ouvrit les volets un par un afin de profiter des dernières lueurs du jour.

Son regard s'abandonna sur les toiles accrochées aux murs de pierre de la bicoque. Il s'attarda longuement sur un crayonné représentant un enfant en culottes courtes, flanqué d'une veste et d'une casquette trop grandes. Les traits flous de l'enfant et les différentes nuances de gris conféraient au tableau une profonde tristesse. Eytan retint sa main qui, presque malgré lui, s'apprêtait à effleurer le dessin. Il se dirigea vers la petite cuisine américaine attenante au salon et en ouvrit le réfrigérateur. Ce dernier regorgeait de victuailles alignées avec une précision quasi militaire, signe du passage récent de sa voisine. Ann – il ne connaissait que son prénom – vivait retirée du monde depuis le décès de son mari. Elle avait pris Eytan en affection dès leur première rencontre. Un jour, elle lui avait extorqué la promesse de la prévenir avant chacune de ses visites. Ainsi, elle s'occuperait de l'entretien de la demeure et veillerait à ce qu'il trouve un garde-manger bien garni.

L'alerte septuagénaire partageait avec lui un goût prononcé pour la peinture. À de rares occasions, ils s'installaient côte à côte et s'adonnaient à leur passion commune sans échanger un mot, jetant tout au plus quelques regards à la va-vite sur l'œuvre de l'autre. Peu avant la tombée de la nuit, Ann retournait chez elle au volant de sa voiturette.

Elle n'avait jamais posé de questions. Ces deux-là respectaient leurs silences et prenaient un plaisir simple à partager leur solitude. Eytan se demandait souvent quelle avait été la vie de cette femme dont les rides et les cheveux blancs et bouclés masquaient à peine la beauté passée. Sans doute nourrissait-elle les mêmes interrogations envers le géant.

La perspective de la voir le lendemain après-midi enchanta le kidon et vaporisa la nostalgie qui l'étouffait.

Les vents violents qui érodaient la côte avaient passablement malmené la maison. Son refuge avait trop longtemps souffert de son absence. Eytan entreprit d'abord de se réapproprier les lieux et se plongea deux jours durant dans des travaux de réfection.

Du volet aux gonds partiellement descellés au toit de chaume fatigué, la tâche s'avérait titanesque pour qui n'était pas accoutumé à ce type d'ouvrage. Il pouvait compter sur les conseils avisés d'Ann qui, pour saluer son initiative, avait glissé une boîte de sparadraps dans son armoire à pharmacie. Son chevalet au pied du muret qui bordait la bicoque, la vieille femme profitait de ses visites pour esquisser la silhouette massive de son voisin et railler ses maladresses.

Au soir du troisième jour, alors qu'il massait ses épaules endolories par l'effort, le monde extérieur se manifesta à travers la sonnerie du téléphone. Irrité, Eytan jeta un regard mauvais à l'appareil, hésita quelques secondes puis se ravisa, conscient qu'il ne pouvait ignorer l'appel.

— Eytan…

Une voix familière tremblotait à l'autre bout du fil.

— Rose ? Que se passe-t-il ?

La fille d'Eli Karman éclata en sanglots.

— Eytan, c'est papa…

Chapitre 6

× 2

Banlieue de Tel-Aviv, au même moment

Avi Lafner détestait travailler de nuit. Et, il l'avouait aisément à ses collègues après un verre ou deux, il détestait également travailler de jour. Non que sa profession lui fût odieuse par nature, mais les conditions dans lesquelles il l'exerçait lui sortaient par les trous de nez. Pourtant, l'intitulé de son poste laissait présager une existence haletante, romanesque en diable, digne des plus grands films d'aventures. Mais la réalité s'avérait bien éloignée des fantasmes…

La mission première du «superviseur médical du Mossad» consistait à effectuer des examens prophylactiques trimestriels sur des agents sans personnalité ni relief dont les facultés rhétoriques se limitaient à : «Bonjour docteur, au revoir docteur.» Ainsi se déroulaient ses journées dans la clinique privée, déserte à cette heure tardive, qui servait de couverture à son département.

Sans le voir venir, Avi s'était retrouvé médecin du travail pour les services secrets. Et dire qu'il possédait tous les atouts pour devenir une superstar de la médecine : belle gueule, sourire canaille, silhouette racée, Q.I. hors du commun et compétences acquises auprès des professeurs les plus réputés. Quel gâchis !

Cette nuit, afin de boucler le maximum de documents et autres formulaires fastidieux avant son départ en vacances, il s'était installé à son bureau, avait lancé un CD de standards du swing et compulsait les dossiers médicaux en souffrance.

Après deux heures de travail studieux, la tentation de conclure le bilan physique d'une jeune recrue par les mots «inapte, refusé» lui traversa l'esprit. Juste pour s'amuser, car les résultats de l'agent en question confinaient à l'excellence.

Voilà où il en était… Mijoter des blagues potaches pour tenir le coup et tromper la lassitude qui gagnait chaque jour du terrain. S'il continuait sur cette pente, le commandant de la base ne tarderait pas à poser son gros cul sur des coussins péteurs ou à trouver du poil à gratter dans sa veste ! *Après tout*, pensa-t-il, *c'est toujours mieux qu'une dépression…*

Heureusement, Avi entretenait d'excellentes relations avec le personnel administratif de la clinique. Il passait ses très nombreux moments perdus dans le petit espace cafétéria situé dans le hall, à draguer des collègues féminines autour d'un expresso particulièrement dégueulasse. Mal réglée, la machine automatique distillait une trop grande quantité d'eau, noyant définitivement la saveur du breuvage et l'espoir de trouver un quelconque réconfort dans la caféine. Avi avait réclamé à cor et à cri le remplacement de l'appareil, sans succès. Depuis, il cherchait désespérément une opportunité de coller cette saloperie en panne pour contraindre le service achats à casser sa tirelire. Dans son esprit, il ne s'agissait pas tant de vandalisme que d'un acte humanitaire !

Aux alentours de minuit, le médecin n'aurait pas craché sur un petit excitant. Certes, la pharmacie regorgeait de remontants, plus ou moins légaux, mais les souvenirs de dopage lors de ses sessions d'examens ne l'incitaient guère à replonger dans la drogue, fût-ce pour la bonne cause. Avi quitta donc son bureau, non sans avoir rassemblé de la monnaie dans son portefeuille, et se dirigea vers la cafétéria en sifflotant. Avec un peu de chance, il se retrouverait seul en tête-à-tête avec l'abomination automatique et lui réglerait son compte : ni vu, ni connu.

Alors qu'il empruntait les escaliers, le médecin sentit une vibration dans la poche de sa blouse. Qui pouvait bien lui faire parvenir un message à une heure aussi tardive ? Célibataire endurci, sans enfant et orphelin depuis belle lurette, il n'attendait de nouvelles de personne. Il se saisit de son portable et lut le SMS qu'il venait de recevoir.

« Arrivée d'un détenu pour examen préliminaire à incarcération. Rendez-vous immédiatement à la réception.» Plus encore que le numéro de l'émetteur, le style rudimentaire désignait sans l'ombre d'un doute le colonel en charge de la base militaire voisine de trois kilomètres. Cet homme au sens de l'humour sous-développé et au caractère soupe au lait ne vivait que pour son travail et la stricte application des règlements. Les bruits de couloir lui prêtaient des états de service exceptionnels ou inquiétants, suivant que l'on était viandard ou humaniste. Avi appartenait à la deuxième catégorie et détestait cordialement ce triste sire.

Cinq minutes plus tard, soit le temps de descendre à pied les trois étages menant au rez-de-chaussée et d'opérer un crochet vers le secrétariat pour y récupérer les indispensables formulaires d'admission, Avi traversait un long couloir faiblement éclairé pour se rendre dans le hall de la clinique.

C'est alors que les premiers coups de feu retentirent. Instinctivement, Avi se baissa et continua d'avancer en se collant au mur. Arrivé au niveau de la porte à double battant donnant sur l'entrée, il se releva et jeta un œil par l'oculus. Les dalles néon imitant la lumière du jour s'éteignaient les unes après les autres au rythme de nouvelles détonations. Il ne resta bientôt que la lueur verte des blocs de sécurité indiquant les sorties d'urgence. Dans cette pénombre irréelle, le médecin eut toutes les peines du monde à ajuster sa vision.

Sur la gauche de la porte automatique menant vers l'extérieur, quatre bancs bleus reliés par une longue barre de métal regardaient la redoutable machine à café. À droite de la porte, un comptoir servait de repaire à la réceptionniste le jour et au gardien la nuit.

Les dalles blanches et mouchetées du faux plafond, alignées avec celles, grises, du sol, conféraient à l'endroit un charme purement médical d'une triste froideur. Mais on venait rarement visiter une clinique pour en apprécier la décoration. L'entrée ressemblait donc à un cube sans âme.

Un brancard déserté roulait en direction de la réception.

Le gardien de nuit se tordait de douleur au sol. Il hurlait en se tenant le mollet à deux mains. La vitesse à laquelle la flaque de sang grandissait laissait craindre que l'artère tibiale ne soit touchée. Formé aux interventions sur les théâtres d'opérations, dénomination édulcorée des champs de bataille, Avi sentit monter en lui le désir de se précipiter vers le blessé pour lui administrer les premiers soins. Mais la scène qui se jouait devant ses yeux l'en dissuada.

Au milieu de trois soldats, une femme en sous-vêtements à la silhouette athlétique virevoltait, assénant coups de poing et de pied avec une vélocité fulgurante.

Les hommes paraissaient démunis, inoffensifs face à la furie qui se ruait sur eux. Si la force des impacts ne suffisait pas à les mettre hors de combat, leur fréquence scellerait bientôt l'issue de l'affrontement. *Pourquoi diable ne dégainent-ils pas leurs armes ?* se demanda Avi, subjugué par la gestuelle parfaite de l'amazone aux cheveux courts. En comparaison, les ripostes maladroites des soldats confinaient au pathétique. Pourtant, à la faveur d'une offensive simultanée due au seul hasard, l'un d'eux lança un direct qui toucha l'assaillante au visage, lui entaillant profondément la lèvre inférieure. Sonnée, elle vacilla sous le choc. Les militaires reprirent l'initiative, se rapprochèrent en arc de cercle et montèrent à la charge.

L'un d'entre eux cria :

— Rappelez-vous les consignes : il nous la faut vivante !

Loin de calmer la femme, le changement de situation sembla décupler ses forces. Et sa rage. L'homme placé à sa droite, profitant d'un angle favorable, s'approcha pour la ceinturer. Il en fut quitte pour un terrible uppercut au menton qui l'assomma pour de bon. Le bruit d'os brisés qui parvint jusqu'à Avi le fit frémir. Le soldat en face d'elle lança deux crochets rapides et nerveux. À coup sûr, ce type pratiquait la boxe. Et à coup sûr, il ne remonterait pas sur un ring avant un bon moment. Plutôt que de parer ou d'esquiver, la fille répliqua par deux crochets similaires. Ses poings vinrent heurter ceux de l'attaquant, légèrement de biais. L'impact fut bruyant et douloureux pour le malheureux, dont les poignets ne résistèrent pas. Garde baissée et sans protection, il vit une rafale de droites et de gauches s'abattre sur lui. Un coup de pied en plein thorax l'envoya valdinguer contre le distributeur automatique de boissons, occasionnant des dégâts irréversibles à l'odieux appareil.

Avi n'en revenait pas. La femme gagnait en rapidité et en puissance à mesure que le combat avançait, et, plus étonnant, elle ne manifestait aucun signe d'essoufflement. Le médecin en aurait juré, elle ne fournissait aucun effort !

Le dernier homme encore sur ses pieds avait tiré le même constat. Peu assuré, il multipliait les feintes pour éprouver les nerfs de son adversaire. Laquelle demeurait impassible et se contentait de suivre des yeux les mouvements de son opposant. Un grand sourire aux lèvres, elle fit mine d'attaquer. Il bondit en arrière.

— N'aie pas peur, petit, chuchota-t-elle, satisfaite de son effet. Réponds à mes questions et tu sortiras d'ici entier. Je te le promets, conclut-elle en caressant sa lèvre blessée.

Le soldat observa ses compagnons éparpillés dans le hall, tous salement amochés. Sa volonté vacilla.

— J'emmerde les ordres ! s'écria-t-il. Je vais te plomber de bas en haut, salope !

Il porta les mains au pistolet-mitrailleur placé à sa ceinture. Mais avant même qu'il ait pu la mettre en joue, la salope en question se retrouvait collée à lui, les doigts crispés autour de sa gorge. Il n'eut pas le temps d'apprécier la dureté du regard de celle qui lui broyait la trachée. Des borborygmes s'élevèrent de sa gorge tandis que la poigne implacable terminait sa besogne.

— Quel idiot, cracha-t-elle, entre mépris et fatalisme.

Le corps sans vie s'écrasa au sol. La femme se baissa pour ramasser l'Uzi et le manipula quelques secondes. Avi, incapable de réfléchir, continuait d'observer la scène. Elle s'approcha lentement d'un blessé, le visa avec soin et pressa la détente. Elle exécuta ainsi chacun des hommes d'une balle dans le front. Froidement.

Le médecin se plaqua contre le mur, ferma les yeux puis colla une main sur sa bouche pour retenir le cri d'effroi qui montait malgré lui. Il réussit à garder le silence *in extremis*. La stupeur laissait place à la panique, Avi n'arrivait plus à ordonner ses pensées. De trop nombreuses interrogations se télescopaient dans son esprit.

Que faire ? Qui est cette femme ? Pourquoi est-elle ici ? Dois-je appeler des renforts immédiatement, ou vaut-il mieux fuir les lieux d'abord et appeler les secours ensuite ?

Dans l'immédiat, rouvrir les yeux serait un premier pas constructif avant de prendre une décision. Il déplia sa haute silhouette et se risqua à regarder de nouveau dans le hall, à présent totalement silencieux. Désolation était le terme convenant le mieux à la scène qui s'offrait à lui. Les cadavres des quatre pauvres types gisaient sur le carrelage au milieu de mares de sang qui ne cessaient de s'étendre. Le brancard vide se tenait bêtement au centre de la pièce tandis que des étincelles jaillissaient sporadiquement des néons détruits par les impacts de balles. La machine à café aussi rendait l'âme en grésillant. Avi se demanda s'il aurait l'occasion de découvrir sa remplaçante. La folle furieuse responsable du massacre n'était pas en vue. Et compte tenu du labyrinthe qu'était la clinique, elle pouvait lui tomber dessus à tout moment.

Ne pouvant plus rien pour les malheureux, Avi décida de ne pas traîner au rez-de-chaussée et de remonter à son bureau pour s'y mettre à l'abri et prévenir la cavalerie. Il rebroussa donc chemin dans le couloir et avança vers la cage d'escalier le plus discrètement possible.

— Encore un pas et je vous descends. Comme vous l'aurez constaté, je n'hésite pas à tirer.

Avi s'immobilisa et leva machinalement les bras.

— J'aime les hommes obéissants. Tournez-vous vers moi. Lentement.

Il s'exécuta. La jeune femme s'approchait à pas chaloupés. Sa décontraction contrastait avec la gravité de la situation. Elle se campa à un mètre du médecin et entreprit de le dévisager, inclinant la tête de droite et de gauche comme devant quelque étrange animal qu'elle découvrait pour la première fois. Elle tendit la main vers lui et saisit le badge épinglé à sa blouse blanche.

— Bien, docteur Lafner. Je me prénomme Elena et je suis enchantée de vous rencontrer, dit-elle avant de s'effondrer au sol, inconsciente...

Chapitre 7

Eytan sentit un vide abyssal s'emparer de tout son être. Embarqué dans sa traque des criminels de guerre, toujours par monts et par vaux, il en avait oublié qu'Eli était âgé, fragilisé par des problèmes de santé dont il ne connaissait même pas les détails. À moins qu'il n'ait simplement pas voulu les connaître par crainte d'affronter une nouvelle fois la perte d'un être cher. Comment un homme avec son passé pouvait-il à ce point faire l'autruche ? Au plus profond de son cœur, il savait qu'un jour arriverait le coup de fil funeste annonçant l'inéluctable.

Notre mort n'est rien, se répéta-t-il. *Celle des autres est insupportable.*

— Rose, calme-toi. Que se passe-t-il avec ton père ?

La jeune femme prit une profonde inspiration.

— Papa nous a appelés depuis Tel-Aviv. Il a donné à Steve le numéro de son vol et son horaire d'arrivée à Boston. Steve est parti le chercher à l'aéroport, mais papa n'est jamais descendu de l'avion. Au guichet de la compagnie aérienne, l'hôtesse lui a indiqué qu'aucun Eli Karman ne figurait sur la liste des passagers. J'étais furieuse, je croyais qu'un nouveau problème top secret l'avait retenu, comme d'habitude. Alors, j'ai essayé de le joindre, mais à chaque tentative je suis tombée sur sa messagerie. Et puis j'ai reçu un appel émanant de son portable il y a dix minutes.

— Et ? demanda Eytan.

Rose étouffa un sanglot.

— Ce n'était pas lui au téléphone, mais un homme qui affirmait le détenir en otage. Il m'a chargée de te transmettre un numéro et de te dire de l'appeler, faute de quoi il abattrait papa. Mais je ne comprends pas pourquoi ils ne t'ont pas joint directement puisqu'ils sont en possession de son portable.

— Eli ne conserve pas mon numéro en mémoire, annonça Eytan en se saisissant d'un stylo. C'est bon, j'ai de quoi noter.

Rose dicta une série de chiffres qu'Eytan inscrivit au dos d'une enveloppe qui traînait sur une petite table basse.

— Tu n'as rien remarqué de particulier au cours de l'appel ? Aucun détail, même anodin ?

— Non… Enfin… Peut-être. Je ne sais pas si c'est important, mais la personne était… presque courtoise…

— Je l'appelle immédiatement. Par pitié, calme-toi. Si quelqu'un a enlevé ton père dans le but de me contacter, alors il ne craint rien pour l'instant.

— Eytan, j'ai peur, murmura la jeune femme. Au fil du temps, j'ai fini par m'habituer aux risques que vous couriez l'un et l'autre, et même à les oublier. Mais là…

— Rose, as-tu confiance en moi ?

— Plus qu'en quiconque.

— Je vais le ramener indemne. Je te le jure. Tu m'entends ?

— Oui.

— Je te tiens au courant dès que j'en sais plus. Et ne t'angoisse pas, dans ton état ce n'est pas indiqué. Je m'occupe de tout.

Eytan composa sur son clavier la suite de chiffres donnée par Rose. Le numéro, anormalement long, correspondait à un système de transmission crypté. De toute façon, l'agent ne disposait d'aucun équipement pour tracer l'appel et localiser son interlocuteur. Après une série de sonneries aux tonalités toutes plus inhabituelles les unes que les autres, une voix chaude et grave se fit entendre.

— Monsieur Morg, merci de nous rappeler aussi promptement.

— Votre demande était formulée de telle façon que je me voyais mal refuser. Que voulez-vous ?

— Je vois que vous faites abstraction des politesses pour aller à l'essentiel. Vous m'en voyez ravi car je suis moi-même assez pressé. Vous allez vous rendre à Prague, monsieur Morg. Débrouillez-vous pour vous y trouver demain après-midi. Vous rappellerez ce numéro à 17 h 30, heure locale.

— Et ensuite ?

— Ensuite, nous vous indiquerons le lieu de notre rencontre. Puis nous évoquerons ensemble le sort de M. Karman et les termes de l'accord que nous souhaitons passer avec vous. Cela vous convient-il ?

— Ai-je vraiment le choix ?

— Vous conservez votre libre arbitre, monsieur Morg. Vous pouvez accepter mon offre ou la décliner. Il vous est loisible de renoncer, de vous détourner de vos proches et de vos responsabilités pour continuer votre chemin. Bien sûr, vous ne pouvez envisager cette option qu'en vous affranchissant des scories qui limitent habituellement vos possibilités : vos émotions et surtout vos principes ! En somme, pour avoir pleinement le choix, il vous faut renoncer à celui que vous avez choisi d'être… pontifia l'homme avec un petit rire satisfait. Nous vous connaissons assez pour savoir que vous n'adopterez pas une telle attitude.

Encore un narcissique qui aime se bercer du son de sa voix...

Eytan, impassible, s'abstint de tout commentaire. Son interlocuteur reprit avant que le silence ne s'installe :

— Agent Morg, nous vous voulons au meilleur de votre forme.

— Sur ce point, je crains de vous décevoir, répondit Eytan, laconique.

— Même si vous êtes diminué par vos récentes blessures, nous ne commettrons jamais l'erreur de vous sous-estimer. Avant que vous ne posiez la question, je vous assure que M. Karman se porte à merveille et que je veille personnellement à ce qu'il soit traité avec respect et attention.

— N'espérez pas que je vous en remercie ou que je vous croie sur parole, répliqua Eytan d'un ton cassant.

— Je n'en demande pas tant.

— Comment êtes-vous au courant de mes blessures ?

— Voyons, vous devriez commencer à comprendre que notre influence s'étend bien au-delà du simple domaine pharmaceutique...

Eytan laissa fuser un rire désabusé.

— Je vois... Vous représentez donc le Consortium.

— Nous en discuterons plus avant demain. 17 h 30, Prague.

— Prague ? Je n'irai nulle part sans une preuve de vie.

— Je comprends. Je vous passe M. Karman, il se trouve à mes côtés.

— Eli ?

— Oui, Eytan. Rassurez-vous, je vais bien.

La voix rocailleuse de son ami le rasséréna. Le combiné changea à nouveau de main.

— Voilà, vous souhaitiez une preuve de vie, vous l'avez. Ah, j'oubliais… Inutile de faire appel à vos services ou même de les informer de la situation. Les conséquences seraient dramatiques, conclut l'homme avant de raccrocher.

Eytan regarda le téléphone. Dans quelques instants, il appellerait Rose pour lui dire qu'à coup sûr, il ramènerait son père sain et sauf, dût-il pour cela mettre le monde entier à feu et à sang. Puis il contacterait le capitaine O'Barr et lui demanderait de venir le chercher en urgence. Le trajet lui coûterait une somme rondelette, prix à payer pour vivre en reclus, mais l'argent ne représentait rien aux yeux d'Eytan. Et encore moins aujourd'hui. Enfin, il activerait ses propres réseaux sur le continent, constitués au fil de ses missions, afin d'obtenir le matériel dont il aurait besoin.

Jamais jusqu'à présent la vie d'Eli n'avait été en jeu. Le kidon menait ses combats, comme le reste de son existence, en solitaire. L'attachement, l'affection, constituaient des luxes bien trop coûteux pour qui courait, comme lui, au-devant du danger.

Oui, pour Eytan, aimer confinait à la faute professionnelle…

Mais, pour le moment, il s'accrochait à une idée rassurante. Certes le Consortium tenait Eli, mais lui aussi possédait une monnaie d'échange. Il avait hésité à abattre Elena dans le complexe de la BCI et se félicitait désormais de lui avoir laissé la vie sauve.

Chapitre 8

Moscou, quelques jours avant l'attentat de Pardubice,
8 heures du matin

La foule dense serpentait tel un reptile géant mu par la nécessité dans les couloirs blêmes. Elle se scindait au gré des intersections, inconsciente de son environnement. À la seconde où il pénétrait dans les sous-sols du métro, l'individu s'effaçait et se fondait dans l'impersonnelle entité.

Oleg Kerzhakov contemplait le spectacle quotidien offert par la station Loubianka aux heures de pointe. Qui aurait cru que, quelques mois plus tôt, une vingtaine de personnes y avaient perdu la vie dans un attentat suicide ?

Combien parmi les usagers au faciès inexpressif et au regard absent empruntaient encore la ligne rouge du métropolitain la peur au ventre ?

Membre des services de renseignement russes depuis la fin des années 1990, le trentenaire trapu aux allures de boxeur avait compté parmi les premiers arrivés sur les lieux du drame. Nul doute que son expérience au sein des groupes antiterroristes l'avait au moins partiellement protégé des séquelles psychologiques engendrées par l'horreur des corps déchiquetés et des victimes hagardes.

Chaque jour qui passe efface un peu plus le sang des murs, se disait-il en se rendant à son bureau du FSB, le service fédéral de renseignement intérieur, successeur du KGB. Disqualifié du département « Action » par une blessure au genou due à une mauvaise réception lors d'un saut en parachute, il assurait désormais la sécurité au sein du bâtiment situé à proximité de la station meurtrie. Si le contraste était sévère entre les commandos et son nouveau job, il conservait au moins le droit de porter une arme. Mine de rien, on s'y habituait...

Oleg avançait dans les larges allées, détaillant chaque visage, examinant chaque geste des gens qu'il croisait. Quand l'occasion de draguer une jolie fille se présentait – Moscou en regorgeait –, il se fendait du sourire en coin qui lui avait valu bien des conquêtes. Un temps complexé par son nez et sa gueule cassés (merci la boxe !), il découvrait depuis son arrivée dans la capitale que les femmes n'étaient pas aussi exigeantes que les hommes en matière de beauté académique. Sans doute son allure de mauvais garçon accentuée par sa mèche brune rebelle jouait-elle en sa faveur.

D'humeur joyeuse, Oleg se dirigeait vers les escaliers menant à la surface quand son regard fut attiré par une charmante quadragénaire type *working girl*. La machine à séduire se mit en route, pour s'arrêter aussitôt. Derrière la femme, deux hommes marchaient à un rythme soutenu, la capuche de leur sweat-shirt rabattue sur la tête. Ils devaient avoir la vingtaine et avançaient collés l'un à l'autre. Oleg s'immobilisa, ce qui lui valut d'être bousculé à plusieurs reprises. Il se baissa et fit mine de renouer ses lacets. De sa position, il aperçut la main d'un des types... et la crosse du pistolet que celui-ci dissimulait dans l'une de ses poches.

Avant que le tandem ne se perde dans la masse, il fit demi-tour et entama la filature dans les entrailles du métropolitain.

La tentation d'intervenir lui-même le taraudait. Mais la présence policière, renforcée depuis les attentats de mars 2010, l'incitait à prévenir la première patrouille qu'il croiserait et à lui refiler le bébé. Fidèle à l'adage « Jamais là quand on a besoin d'eux », aucun flic ne se profilait à l'horizon. Poussé par son instinct professionnel, Oleg suivit les deux types jusqu'au quai et se posta derrière eux. Une rame s'immobilisa devant les nombreux voyageurs agglutinés près de la voie. Les suspects se balançaient d'une jambe sur l'autre et ressemblaient aux caricatures de junkies qui pullulaient dans les séries américaines. Ils montèrent dans le wagon, bousculant au passage ceux qui en descendaient. Un très vieux monsieur perdit l'équilibre. Oleg le rattrapa de justesse par son imperméable avant qu'il ne s'étale de tout son long.

Le grand-père s'appuya contre lui, peinant à se redresser.

— Merci, jeune homme, bredouilla-t-il, le souffle court.

— De rien, répondit Oleg, pressé d'en finir et de rejoindre ses malfrats.

Mais le vieux, les mains crispées sur ses épaules, mettait un temps fou à se relever. Ce qui devait arriver arriva : les portes se refermèrent, et la rame reprit sa course.

— Je suis désolé, vous avez raté votre métro par ma faute.

— Pas grave, soupira distraitement Oleg.

Il venait de repérer deux policiers déambulant à l'autre bout du quai avec une nonchalance qui l'énervait encore un peu plus que l'enquiquineur grabataire.

— Je vous laisse. Ça va aller ?

— Oui, oui, filez, mon ami.

Oleg partit comme une flèche en direction de la patrouille. Arrivé à son niveau, il dégaina sa carte et expliqua la situation. L'un des hommes relaya par radio les informations à ses collègues postés dans les stations desservies par la ligne rouge. La foule autour d'eux avançait sans leur prêter la moindre attention. Un gamin les bouscula en toussant.

— On met la main devant la bouche ! le réprimanda un des flics.

L'enfant leva la tête vers lui, dévoilant un visage livide, des yeux rougis. Il fut pris d'un nouvel accès de toux. Une gerbe de sang jaillit. Il tenta d'agripper la manche du policier mais s'effondra avant d'y parvenir.

D'instinct, Oleg recula et balaya le quai du regard. Partout des gens crachaient, titubaient, se frottaient les paupières. Certains convulsaient au sol, baignant dans leurs vomissures. Du sang maculait les murs et les dalles. Ils étaient ainsi des dizaines, peut-être une centaine à agoniser sous ses yeux. Oleg repéra le vieillard à l'imperméable. Il lui tournait le dos et avançait lentement, comme hagard, vers l'autre extrémité du quai.

— Tirez-vous, et demandez une interruption du trafic ! hurla-t-il aux deux policiers tétanisés par la scène. Et prévenez les secours !

Il n'eut pas à le répéter deux fois. Les hommes détalèrent à la vitesse de l'éclair. Il les imiterait sitôt le vieux à l'abri.

— Monsieur ? cria-t-il, sans résultat. Putain, il va m'emmerder jusqu'au bout, celui-là !

Il réitéra son appel. Cette fois, l'homme s'immobilisa. Il se trouvait à une trentaine de mètres d'Oleg qui n'osait pas avancer au milieu des cadavres jonchant le sol. Le bruit d'une nouvelle rame résonna dans le tunnel.

Alors, le vieillard pivota face aux rails. Il tenait à la main un vaporisateur en métal marron identique à ceux utilisés par les coiffeurs pour projeter de la laque. Il tourna la tête vers Oleg. L'agent n'en crut pas ses yeux. Un masque à gaz recouvrait son visage. Le train ralentissait et s'arrêterait d'ici une poignée de secondes. L'homme fit signe à Oleg de partir.

Ce dernier écarta les pans de sa veste en lin et dégaina son arme. Il ajusta son tir et, au moment même où les portes allaient s'ouvrir, appuya sur la détente. Trois fois. Trois coups au but. Touché au torse, le papy bascula sur le côté et atterrit brutalement contre le carrelage. Le train reprit sa course sans libérer ses passagers, signe que les deux policiers avaient fait leur travail.

Oleg enjamba les corps. Il jeta un œil à chacun d'entre eux, à la recherche d'éventuels survivants. Les lumières lui parurent soudain plus violentes, et il forma une visière avec sa main tant la douleur allait crescendo. Chaque pas lui coûtait plus que le précédent. Sa gorge le démangea d'abord, puis une intense brûlure lui déchira la poitrine. Oleg s'appuya contre un des piliers pour retrouver son souffle.

Une quinte de toux monta, secouant son corps avec une violence telle qu'il ne put conserver son équilibre et roula au sol.

Les légistes débordés établirent l'heure de son décès à 8 h 10…

Chapitre 9

Prague, le jour de l'attentat de Pardubice

Le vol en provenance de Londres se posa à 14 h 45 précises, à la grande satisfaction d'Eytan, tant les retards sur les moyens courriers étaient monnaie courante. Soulagement partagé par son infortunée voisine, quinquagénaire bon chic bon genre compressée contre le hublot pendant tout le trajet. La faute au gabarit de cet homme étrange, peu compatible avec l'exiguïté de la cabine d'un Embraer 170. L'air renfrogné du colosse avait découragé toute tentative de négociation en vue de glaner quelques précieux centimètres…

Une fois dans l'aérogare, Eytan alluma son téléphone portable et constata l'absence d'appel ou de messages. L'adage « Pas de nouvelles, bonnes nouvelles » ne pouvait être plus adapté.

Le débarquement et la récupération de son sac militaire se déroulèrent sans difficulté. Il se dirigea ensuite vers un kiosque à journaux, fit le plein de quotidiens en langue anglaise et s'installa dans une brasserie surpeuplée de voyageurs en partance ou en transit accompagnés de chariots bourrés de valises. Son téléphone indiquait 15 h 30. Il lui restait donc deux heures à tuer. Une façon comme une autre de s'échauffer…

Cent cinq minutes s'écoulèrent à grand renfort d'analyses sur la crise économique qui secouait la Grèce et menaçait de s'étendre, de nouvelles superficielles des incendies de forêt qui étouffaient Moscou, déjà endeuillé par un attentat attribué aux indépendantistes tchétchènes. Suivaient des bilans plus ou moins complets sur l'étendue des inondations qui affectaient le Pakistan. En gros, le monde tournait sans cesse plus vite, mais toujours aussi peu rond. Eytan se demandait si le Consortium se cachait derrière telle ou telle situation de crise. Cette simple interrogation attisait la curiosité de l'agent.

À 17 h 15, il quitta son poste de lecture et se rendit aux toilettes. Il se délesta de son sac devant un des trois lavabos alignés face aux cabines, puis se lava les mains et se passa un peu d'eau froide sur le crâne. Un jeune type mince vêtu d'un jean bleu, d'un tee-shirt « I Love Praha » et chaussé d'une paire de baskets à bandes dorées s'installa à ses côtés, posant lui aussi un sac, apparemment lourd, à ses pieds. Il ne devait pas avoir plus de vingt ans. Un touriste comme l'aéroport en voyait des milliers. Côte à côte, les deux hommes n'échangèrent pas un regard. Eytan reprit ses affaires et quitta les lieux. Quelques instants plus tard, son voisin l'imita…

À l'extérieur de l'aéroport, la douceur du jour s'effaçait au profit d'une fraîcheur bienvenue pour le kidon. Installé sur un banc de pierre, il dégaina son téléphone et passa le coup de fil exigé. Trois sonneries s'enchaînèrent sans réponse. Puis la même voix doucereuse que la veille se fit entendre.

— Merci de cette ponctualité, monsieur Morg. Je présume que vous vous trouvez à l'aéroport ?

— Je n'allais pas venir à Prague à la nage…

— C'est regrettable, voir la ville aux cent tours depuis la Vltava est un émerveillement.

— Le moment me paraît mal choisi pour parler tourisme.

— Allez savoir, monsieur Morg... allez savoir... Dans l'immédiat, je vous prierais de vous rendre à la station de taxis située face au terminal 1. Un chauffeur vous y attend avec un panneau à votre nom. L'homme ne sait rien hormis la destination où il doit vous conduire. Inutile donc de vous en prendre à lui.

— Me croyez-vous à ce point porté sur la violence ?

— J'ai toujours pensé qu'il valait mieux prévenir que guérir, répondit l'anonyme interlocuteur, d'un ton enjoué. Le trajet ne prendra pas plus d'une demi-heure. À tout à l'heure.

La conversation s'arrêta abruptement. Mais pour Eytan, elle n'avait que trop duré.

Le taxi contourna la ville sans qu'Eytan prête la moindre attention au paysage. En jetant un œil au GPS, par-dessus l'épaule du chauffeur, il avait vite compris que l'adresse donnée par son mystérieux interlocuteur se situait hors de l'agglomération. Seule importait désormais la préparation de l'entretien. Et, dans son esprit, préparation rimait avec armement. Il ouvrit le sac échangé dans les toilettes de l'aéroport et constata avec plaisir la présence de l'arsenal qu'il avait demandé. Il sortit discrètement un pistolet et le glissa à sa ceinture.

Le Consortium le voulait au meilleur de sa forme. Eytan ne souhaitait surtout pas le décevoir...

Après une petite demi-heure et de nombreux ralentissements liés à une circulation dense, contre laquelle le chauffeur pesta dans un sabir audacieux formé de tchèque et d'anglais, la voiture arriva dans une zone industrielle visiblement à l'abandon. Au milieu d'une véritable jungle d'herbes folles se dressaient de vieux bâtiments aux vitres fracassées et aux toitures branlantes. De gigantesques fresques composées de tags aux couleurs criardes agrémentaient les façades. Ce terrain de jeu pour *street artists* convenait à merveille à un rendez-vous de type « Tout le monde n'en sortira pas vivant ».

Le taxi déposa Eytan et repartit en trombe. Le géant chargea son sac sur l'épaule et marcha au milieu de ce qu'il imaginait être des vestiges de l'industrie communiste. En temps normal, avancer à découvert dans un tel environnement équivalait à supplier un sniper de faire un carton. Mais, si le fond de l'histoire lui échappait encore, il ne craignait pas une seconde pour sa sécurité. Sa curiosité, elle, grimpait en flèche.

Moins de cinq minutes plus tard, Eytan arriva face à un hangar sans toiture devant lequel stationnait une limousine noire. Par réflexe, son regard se porta d'emblée sur la plaque d'immatriculation. Il en mémorisa les numéros, au cas où… La présence d'une telle voiture détonnait en ces lieux abandonnés.

La grande porte de tôle rouillée fermant l'entrepôt coulissa. Deux hommes à la carrure musculeuse, vêtus de costumes gris et équipés d'oreillettes, la franchirent et se dirigèrent vers l'agent israélien. Ce dernier les guettait, paré à toute éventualité.

— Vous êtes attendu à l'intérieur.

Les sens en alerte, Eytan avança vers les cerbères et ralentit au moment de passer entre eux deux. Ils se contentèrent de s'écarter pour lui libérer le passage. L'un d'eux prit la parole.

— Souhaitez-vous que nous conservions votre sac ?

— Merci, je… vais le garder avec moi, répondit Eytan, incrédule.

Ils me laissent mes affaires et ne me fouillent pas. De plus en plus étrange…

— Comme vous voulez, monsieur. À tout à l'heure.

Passablement déstabilisé, l'exécuteur du Mossad pénétra dans le bâtiment. Un homme élégant, de taille moyenne, l'y attendait debout à côté d'une table en métal sur laquelle trônait un iPad posé sur un socle.

— Approche, Eytan, n'aie pas peur, déclara l'inconnu. Même désarmé, tu n'as rien à craindre de moi. Tu peux m'appeler Jenkins.

Même désarmé ?! s'étonna Eytan.

Il se planta à une dizaine de mètres du dénommé Jenkins et le détailla. Manteau trois-quarts marron clair, chaussures de cuir italiennes à bout pointu, le must chez les métrosexuels, costume gris et frange blonde impeccable : son interlocuteur cumulait tous les attributs vestimentaires du jeune cadre dynamique !

Le géant resta silencieux.

— Bien, reste là-bas si tu préfères, reprit le jeune homme, un sourire carnassier accroché aux lèvres. Alors, comme tu es un peu en retard, je te présente directement le marché. Si tu veux revoir ton copain Karman en un seul morceau, tu vas travailler pour nous.

Eytan voulut intervenir, mais Jenkins l'interrompit d'un geste de la main. Son corps, animé par de petites secousses incontrôlées, trahissait un haut degré d'excitation.

— Avant que tu ne protestes, sache que tu serviras la bonne cause. Je connais ton côté boy-scout ! Ah, et au passage, tu serais bien aimable de libérer Elena.

Eytan inclina la tête vers son épaule. Le blanc-bec aux joues lisses et glabres affichait l'arrogance de ceux à qui la vie n'a encore rien appris.

— Alors, Morgy, qu'en dis-tu ?

L'agent ne réagit pas à la provocation.

— Ce que j'en dis… Laissez-moi réfléchir une seconde, répliqua-t-il en affectant un air songeur. Je suis un homme d'action, pas un intellectuel, contrairement à vous. Il me faut un peu de temps pour bien comprendre les tenants et aboutissants de la situation. Vous avez enlevé Eli Karman dans le but de me contraindre à travailler pour une organisation responsable de la mort de millions de personnes, qui planifiait d'en tuer encore plus, et qui, accessoirement, a modifié le cours de ma vie. Je dirais même «volé ma vie». C'est à peu près ça?

— Voyons… bredouilla Jenkins, les sourcils froncés. Ce n'est pas ainsi…

— Et vous me demandez ce que j'en pense? insista Eytan.

— Oui, se renfrogna son interlocuteur, une lueur d'inquiétude dans le regard.

— Hmmm… Je réagis un peu à chaud, désolé, mais je dirais une semaine d'hospitalisation après l'opération et de cinq à six mois de rééducation.

— Mais qu'est-ce que tu racontes? s'insurgea le jeune homme, tentant de reprendre le dessus. Je ne comprends pas.

Une rougeur diffuse s'empara de ses joues tandis que des gouttes de sueur perlaient sur son front.

— C'est normal, je m'exprime avec un manque de clarté déplorable, continua l'agent israélien. La faute à une éducation lacunaire. Je parlais de genou, de ligaments croisés, des conséquences médicales.

— Genou? Ligaments? Mais quel genou?

La voix auparavant assurée était ridiculement montée dans les aigus.

— Le tien, dit Eytan.

Il dégaina son pistolet et tira sur la jambe gauche de Jenkins. Des bouts de tissus se mêlèrent au sang lorsque la balle mordit la chair. L'homme tomba à la renverse en hurlant.

Eytan fit la moue, s'approcha du blessé et s'accroupit à ses côtés, flingue en main.

— Ça fait mal, pas vrai ? Tu vas mettre un peu de temps à remarcher ; et pour le jogging et le squash, tout dépendra du doigté de ton chirurgien et de ton courage durant la rééducation.

— Putain, mais pourquoi t'as fait ça ? T'es dingue ou quoi ? Ton pote va y passer, j'te le jure.

Eytan plissa les yeux et regarda au loin, comme si les parois métalliques du hangar n'existaient pas.

— J'en doute. Le problème avec vous, les esprits supérieurs, c'est que vous compliquez tout. Je vais t'exposer la situation de mon point de vue. Au fait, j'espère que tu ne m'en veux pas de te tutoyer maintenant que nous sommes plus intimes. Ton organisation a besoin de moi, sinon vous m'auriez abattu à la seconde où je suis entré dans ce hangar. Et si Eli meurt, vous pouvez dire adieu à ma collaboration. Donc, en gros, pour parler ton langage, celui du business et des *winners*, vous négociez à poil. En temps normal, je te proposerais de profiter de l'instant présent, de regarder autour de toi pour savourer une dernière fois la beauté du monde. Mais, premièrement, ce bâtiment pourri ne mérite pas le coup d'œil. Et deuxièmement, j'aimerais que tu profites pleinement d'une rééducation longue et pénible. Alors, je vais oublier le grandiloquent, te laisser la vie sauve et attendre avec toi.

Eytan s'assit à même le sol, près de sa victime.

— Attendre quoi ? répondit l'homme, le souffle court.

— Que ton patron déboule, Ducon, ou qu'il nous appelle. Tout dépend comment il entend faire son entrée.

— Mais comment...

— Ah, mais tu ne fais pas semblant, tu ne comprends vraiment rien ? Sache, jeune crétin ambitieux et vaniteux, que pour négocier à poil, un vrai chef envoie des sous-fifres. Voilà donc ce que tu es, mon con, un sous-fifre. D'ailleurs, si je t'avais jugé de quelque importance, la balle se logeait directement entre tes deux yeux. Je comprends mieux pourquoi tes «collègues» m'ont laissé mes armes. Et voilà, petit père, tu viens d'échouer au casting des grands leaders charismatiques. Je serais surpris qu'on t'écrive…

— Monsieur Morg, je salue votre perspicacité et votre gestion des ressources humaines. Si vous veniez à quitter le Kidon, je vous accueillerais avec plaisir au sein de notre organisation.

La voix s'élevait de l'iPad. Eytan la reconnut sans l'ombre d'un doute. Le géant rengaina son arme à la ceinture de son pantalon. Il se pencha vers Jenkins et lui chuchota à l'oreille :

— Je te laisse, les grandes personnes vont parler de choses sérieuses. Et n'oublie pas : cinq à six mois. Courage !

Il conclut son court laïus sur un clin d'œil. La bouche du blessé se déformait pour cracher des jurons tout juste réfrénés par la crainte. La voix désincarnée se fit de nouveau entendre.

— Auriez-vous l'amabilité de vous saisir de l'appareil, monsieur Morg ? Il est équipé d'une caméra. Pardonnez ma prudence, mais je trouvais peu raisonnable de m'exposer directement à votre courroux.

— En toute honnêteté, vous avez bien fait, je suis un peu à cran, dit Eytan en s'emparant de la tablette, sur laquelle s'affichaient deux fenêtres. L'une diffusait l'image de l'agent en gros plan. L'autre montrait un homme opportunément placé à contre-jour.

— Je me demandais si vous alliez le tuer. Jenkins a une capacité à susciter l'irritation qui ne cessera jamais de m'amuser. Enfin… jusqu'à ce que je décide de me passer de ses services, évidemment. Ne vous inquiétez pas, mes hommes vont emmener cet imbécile à l'hôpital.

— Vous vouliez vous débarrasser d'un collaborateur encombrant, n'est-ce pas ?

— J'y songeais effectivement.

— Le respect des procédures n'est pas mon fort, mais vous ne pensez pas qu'une simple lettre recommandée aurait suffi ?

— Si, mais la portée de la leçon n'aurait pas été la même. Jenkins profitera de sa convalescence pour réfléchir à la différence entre le pouvoir d'un individu et celui de l'entreprise pour laquelle il travaille. L'entreprise perdure, les collaborateurs, eux sont…

— … remplaçables ?

— Précisément.

— Ils n'apprennent pas ça dans leurs écoles de commerce ? ironisa Eytan.

— Vous seriez étonné de tout ce qu'on n'enseigne pas dans ces écoles…

— Je me suis pourtant laissé dire que les frais d'inscription étaient prohibitifs.

— Je ne vous le fais pas dire. On frise l'indécence. Mais nous ne sommes pas là pour disserter sur la déliquescence des élites. Des problèmes plus urgents se posent à nous.

— Je confirme…

— Que savez-vous du Consortium, monsieur Morg ? Pardon, je reformule. Que croyez-vous savoir ?

— Je sais que votre société secrète a encouragé l'accession au pouvoir d'Hitler pour qu'il provoque un chaos planétaire dans le seul but d'affranchir la recherche scientifique de toute entrave éthique. Je sais aussi que, par l'entremise d'entreprises pharmaceutiques, vous envisagiez de provoquer une mutation génétique à l'échelle mondiale. Mais votre plan a connu un petit accroc…

— Ma foi, l'état des lieux me paraît assez juste, à quelques détails près.

— C'était une version courte.

— Simpliste, pour le moins…

— Je ne demande qu'à en savoir plus, ne serait-ce que pour glaner les informations qui me permettront de mettre le feu à votre organisation et de la regarder cramer. Mais pour l'instant, j'aimerais surtout savoir ce que vous me voulez.

— Eh bien, pour entrer dans le vif du sujet, que savez-vous exactement des laboratoires P4 ?

Chapitre 10

Eytan marchait, sac à l'épaule, le long d'un chemin contournant le bâtiment qu'il venait de quitter. La tablette informatique dans la main droite, il progressait en suivant les indications de celui qui s'était présenté sous le nom de Cypher. Le jour vivait ses dernières heures et les partageait avec une douce brise estivale balayant les herbes hautes. La zone industrielle à l'abandon évoquait un décor de fin du monde. La rouille dévorait le métal des structures désormais à nu, et la végétation encerclait inexorablement les ruines. La nature gagnait du terrain et effacerait bientôt toute présence de l'homme en ces lieux.

Malgré les circonstances, Eytan goûtait la poésie singulière de ce paysage et se demanda comment il intitulerait un tel tableau s'il devait le peindre un jour.

Mais l'heure n'était pas au chevalet ni aux pinceaux. Il reprit le cours de la conversation.

— Les laboratoires P4 obéissent à des normes de sécurité et à des procédures très strictes, si ma mémoire est bonne. Celles-ci imposent aux chercheurs le port de scaphandres, et les locaux comportent plusieurs sas de décontamination, des portes étanches… Le plus connu est le CDC, Center for Disease Control, à Atlanta.

— Réponse honorable, commenta Cypher. Laissez-moi éclairer davantage votre lanterne. Les normes et procédures drastiques que vous évoquez découlent directement du type d'agents pathogènes traités dans ces enceintes. Le nom de certains virus suffit à éveiller les pires angoisses de l'humanité : Congo-Crimée, Marburg, Lassa...

— ... Ébola... En gros, les pires saloperies qui soient...

— Précisément. À ce stade de mon exposé, un petit retour sur l'Histoire s'impose. En 1967, les chercheurs du laboratoire Behring, à Marburg, œuvraient à la production de vaccins à partir de cellules prélevées sur des singes verts importés d'Ouganda. Hélas, ces cobayes étaient porteurs d'un filovirus encore inconnu à l'époque, de type Ébola. Les symptômes d'une contamination sont terrifiants : céphalées, diarrhées, vomissements. Les hémorragies frappent au bout d'une semaine et entraînent la mort dans la plupart des cas. Je vous fais grâce des effets connexes tels que l'agressivité exacerbée chez les malades, quand le virus atteint le cerveau.

Sans perdre une miette du propos, Eytan tentait d'identifier l'accent de Cypher. Chaque indice compterait au moment de le traquer. Il ne faisait aucun doute que cet homme était anglais. Ce dernier poursuivit son récit.

— Une épidémie se répandit parmi les primates avant de toucher le personnel du laboratoire. Au total, trente et un laborantins furent infectés, et sept d'entre eux connurent une fin peu enviable. Le virus hérita du nom de la ville : Marburg. L'incident se répéta sensiblement au même moment à Francfort et en Yougoslavie. La contagion resta confinée, mais elle aurait pu entraîner des conséquences bien plus dramatiques. En réaction, les instances internationales créèrent les accréditations P4 et mirent en place les multiples sécurités que vous avez citées.

L'ombre à l'écran porta la main vers son visage. Un bruit d'aspiration s'ensuivit, et une légère fumée s'éleva sans qu'Eytan n'aperçoive la moindre incandescence. Fumeur de cigarettes électroniques. Un détail plus riche en informations qu'il n'y paraissait.

— Voyez-vous, monsieur Morg, je suis toujours stupéfait de voir l'opinion publique s'offusquer des risques liés au nucléaire alors que, dans l'indifférence générale, des chercheurs manipulent au quotidien des micro-organismes susceptibles de décimer la planète entière.

— Les images d'Hiroshima et Nagasaki ont marqué les esprits…

— Et pour la plupart des gens, un problème, un danger ou une maladie n'existent pas tant qu'ils n'en souffrent pas directement ou qu'ils ne font pas la une des journaux.

Eytan s'immobilisa et fouilla dans les poches poitrine de sa grande veste au motif camouflage. Il finit par en sortir un cigare.

— Je suis d'accord avec vous, souffla-t-il en craquant une allumette. Bon, tout ceci est passionnant, mais j'aimerais connaître le rapport entre ces fameux laboratoires et ma présence ici. Je ne suis pas impatient de nature, mais l'enlèvement d'Eli Karman suscite chez moi une irritabilité pouvant m'entraîner vers les pires excès. Vous connaissez ma réputation.

— Oh, monsieur Morg… enlèvement… le vilain mot. Disons que votre supérieur est notre invité, rien de plus. Une fois cette histoire réglée, il retrouvera sa petite famille et son agent préféré.

— Votre sbire exigeait la libération d'Elena. Vous confirmez cette condition ?

— Oui. Nous échangerons M. Karman contre ma protégée. Mais avant cela, vous ferez équipe avec elle pour traiter l'affaire que je souhaite vous confier.

Rien que ça !

Eytan accusa le coup puis réfléchit un instant. Il évalua la situation et parvint à une conclusion fort simple : personne n'avait le choix. Les deux parties pouvaient sortir gagnantes ou perdantes, sans aucune garantie. Pour le moment, faire le dos rond était la seule option. Mais le dénouement de cette histoire aurait des accents de *Règlement de comptes à O.K. Corral*, ce qui n'était pas pour lui déplaire.

— D'accord. Maintenant, exposez-moi les faits.

— J'y viens. Dans l'immédiat, prenez sur votre gauche et continuez tout droit.

Le géant s'exécuta sans sourciller. Cypher reprit les hostilités.

— Il y a environ trois mois, un scientifique travaillant dans un de nos laboratoires P4 a disparu. J'emploie ce terme à dessein. Cet homme est arrivé à son travail un matin, l'a quitté le soir et s'est volatilisé sans laisser la moindre trace. Lieu de résidence intact, aucun mouvement suspect sur ses comptes bancaires avant la disparition et plus aucune opération par la suite. Cette affaire est un mystère.

Ces malades ont des laboratoires P4…

En mettant fin au projet Bleiberg, Eytan pensait avoir infligé un sérieux coup à son nouvel ennemi. Visiblement, sa capacité de nuisance demeurait intacte et dépassait même ce qu'il avait envisagé de prime abord.

— Quel est le profil de votre « Houdini » ? demanda-t-il en masquant son amertume.

— Vu la sensibilité de ses travaux, cet homme faisait l'objet d'une surveillance régulière, et son passé avait été décortiqué avant l'embauche, sans résultat. En somme, une personne compétente et sans histoire.

— Et là, vous me révélez la nature des expériences qu'il menait…

— Je salue votre perspicacité, monsieur Morg. Ce chercheur travaillait sur des souches conçues pour des applications militaires.

— Pourquoi ne suis-je pas surpris ? soupira Eytan.

— Attention, je ne vous dis pas qu'il développait des armes biologiques. Il cherchait au contraire des moyens de « désamorcer » les stocks accumulés par les deux grands blocs au cours de la guerre froide.

— Un site civil, moins surveillé que les bases scientifiques de l'armée... Votre disparu s'est envolé avec les souches sur lesquelles il effectuait ses travaux. C'est bien ça ?

— Mais comment faites-vous donc, monsieur Morg ? s'amusa Cypher.

— J'applique simplement la politique du pire. Mettez cela sur le compte de l'expérience. Encore quelques questions, pour rire : les services secrets des grandes puissances doivent être sur les dents. Alors, pourquoi moi ? Et pourquoi le Consortium s'inquiète-t-il tant de ce problème ?

— Le sujet qui nous préoccupe étant extrêmement sensible, vous comprendrez que nous tenions pour l'instant ces messieurs des services secrets à l'écart. Pourquoi avons-nous recours à vos services ? Permettez-moi de réserver ma réponse pour plus tard. Vous n'avez pas besoin de connaître nos motivations pour mener à bien cette affaire. Sachez seulement que j'ai été favorablement impressionné par vos talents. D'une certaine façon, je vous dois beaucoup, monsieur Morg. La fin tonitruante du projet Bleiberg, que je désapprouvais, a précipité mon accession aux affaires. Ma nomination à la tête du comité de direction sonne un changement radical d'orientation... disons... plus humaniste.

Eytan leva son cigare au ciel. L'occasion de tester son interlocuteur, trop obséquieux à son goût, lui parut idéale.

— Alléluia, mes frères, chanta Eytan avec emphase, la mouvance «Peace and Love» prend les choses en main! Si vous teniez tellement à partager un pétard avec moi autour d'un feu de camp en chantant du Bob Dylan, enlever Eli Karman était superflu, voire contre-productif.

— En d'autres circonstances, votre humour pourrait me déplaire, monsieur Morg, rétorqua Cypher sur un ton aigre.

L'onctuosité de façade se fissurait sous les coups de boutoir de la provocation. Le personnage se révélait irri-table, et donc dangereux. Eytan ne manqua pas d'enre-gistrer l'information… pour l'avenir.

— Je vais pleurer… continua Eytan, à l'affût des réac-tions de Cypher.

L'ombre aspira une longue bouffée et souffla bien plus de fumée que précédemment. L'agacement gagnait l'homme mystère.

— Vous ne me prenez pas au sérieux lorsque j'évoque la nouvelle politique du Consortium, soit, reprit-il avec un calme retrouvé. L'approvisionnement des deux superpuissances en souches virales était le fait de l'an-cienne direction. Même si je ne suis pas responsable de l'incident, je ne laisserai pas de telles abomina-tions dans la nature, à la portée du premier terroriste venu.

— Ah, le grand mot est lâché! La piste terroriste ne tombe pas du ciel, je présume?

— Soyons pragmatiques, voulez-vous? On n'exfiltre pas des souches virales dans le seul but d'en faire col-lection. Un tel acte demande de la patience, une grande maîtrise de soi et un objectif fort. En outre, la nature même des pathogènes dérobés induit une volonté claire de répandre la mort à grande échelle.

— Je ne vois là qu'une hypothèse. De nombreux gouvernements tireraient profit au plan politique de l'obtention de telles armes biochimiques.

— Sauf, monsieur Morg, qu'une lettre d'avertissement en bonne et due forme est parvenue la semaine dernière au gouvernement tchèque. Le ou les auteurs annonçaient une attaque biologique ciblée, aujourd'hui même, sur le territoire national, sans plus de précision.

— Une revendication dans cette lettre?

— Non.

— Des raisons de prendre la menace au sérieux? interrogea Eytan en contournant un petit tas de gravats.

— Oui.

— Lesquelles?

— L'attaque vient d'avoir lieu, monsieur Morg. Elle aura, à n'en point douter, les mêmes conséquences désastreuses que le récent attentat perpétré dans le métro moscovite…

Eytan se rappela les articles de journaux survolés durant son attente à l'aéroport.

— L'attentat attribué aux Tchétchènes? demanda-t-il, dépité.

— Oui. Les autorités russes ont eu recours à leur bouc émissaire favori pour dissimuler la vérité. L'attaque était de nature biochimique, loin des méthodes habituelles des indépendantistes. Ah, nous y sommes! Regardez donc sur votre gauche.

Eytan, totalement concentré sur les paroles de Cypher, en avait oublié son environnement. Il tourna la tête dans la direction indiquée et avisa une Kawasaki 1400 ZZR noire ainsi qu'un casque jaune.

— Je vous présente votre « monture ». Votre ami Karman m'assure que la moto est votre moyen de transport préféré. Nous avons opté pour le plus grand modèle de casque, ce qui réduit quelque peu les choix esthétiques. Je souhaitais vous fournir un blouson en cuir, mais il semblerait que vous ne quittiez jamais votre veste fétiche. Lors de l'examen de cet engin, car je ne doute pas une seconde que vous partirez à la recherche de mouchards et autres merveilles technologiques, vous trouverez une balise GPS. Rien d'autre. Mais je ne vous imagine pas me croire sur parole.

— Vous faites bien.

— Le même équipement attend Elena dans le parking de l'hôtel Impérial qui vous servira de base arrière. Vous trouverez dans la suite réservée à votre nom un sac contenant les effets personnels de notre jeune amie ainsi que ses passeports et un ordinateur pour faciliter nos échanges. (Cypher marqua une pause puis reprit.) Rendez-vous sur les lieux de « l'incident » et procédez aux observations. Les coordonnées du site de l'attaque viennent d'arriver sur votre système de navigation. Ensuite, vous libérerez Elena. De mon côté, je collecterai toutes les données possibles pour faciliter votre enquête. Servez-vous du numéro de téléphone qui vous a été remis dès que vous entrez en possession d'une information importante. Au cas où vous auriez des questions particulières durant votre enquête, n'hésitez pas. Dans la mesure du possible, nous y répondrons. Bon courage, monsieur Morg.

La liaison s'interrompit, laissant l'agent du Mossad dubitatif, au milieu de nulle part. Il examina la moto par principe. Le GPS indiquait la région de Pardubice, à l'est de la République tchèque.

« L'attaque vient d'avoir lieu. » Les mots tournaient en boucle dans l'esprit d'Eytan. Depuis plus d'un demi-siècle, il menait dans l'ombre une guerre féroce et sans merci. Les ennemis possédaient tous un visage, un corps, et une balle ou un coup de poing réglait le problème.

Mais l'arme chimique… Comment combattre un ennemi invisible, désincarné ?

Eytan, les mains dans les poches déformées de sa veste, pivota lentement. Ce lieu désert, abandonné de l'homme, que la nature reprenait centimètre par centimètre, n'avait plus rien de poétique, n'exprimait plus nul espoir.

Le titre du tableau s'imposa alors de lui-même, sans équivoque : *Prophétie.*

Chapitre 11

Prague, le soir après l'attentat de Pardubice

Eytan n'avait pas jugé opportun de rester à proximité du hameau dévasté. La disparition des trois commandos des forces spéciales attirerait l'attention, et transformer la zone en champ de bataille ne ferait pas avancer ses affaires. Il réfréna son envie de mener sa propre enquête et, après avoir dissimulé les corps, récupéra sa moto et reprit la route de Prague.

La nuit était tombée, et son vol pour Tel-Aviv partait juste avant minuit. Le temps de passer à l'hôtel réservé par Cypher – sans doute pour le garder à l'œil –, d'y prendre une douche et une collation, d'y laisser son arsenal, et il partirait libérer Elena.

Cette seule idée lui vrillait les tripes.

Après tout, cette femme était responsable de la mort de la mère de Jeremy Corbin, le trader embarqué avec lui à la poursuite du professeur Bleiberg. Elle prétendait également avoir tué Bernard Dean, un agent de la CIA qui veillait sur le jeune homme depuis de nombreuses années. Eytan lui devait une blessure à l'épaule et une autre à la cuisse. Et sans l'intervention désespérée de Jeremy, la route du géant se serait terminée aux pieds de cette redoutable exécutrice.

Avec Elena libérée, Eli prisonnier et un risque bio-terroriste avéré sur les bras, Eytan trouvait cette fin de semaine un peu raide ! Les quatre heures de vol lui offrirent l'occasion de ressasser ses motifs de mécontentement. Heureusement, dans un avion désert à une heure aussi tardive, il n'eut pas à subir la présence d'un voisin.

À peine débarqué, Eytan fut pris en charge par trois agents, deux hommes et une femme, qui le conduisirent au lieu de détention d'Elena.

Chemin faisant, ils lui racontèrent les « exploits » nocturnes de la prisonnière…

La loi de Murphy n'est pas un simple adage, se dit le géant. Il se demanda un instant si Jeremy ne lui avait pas refilé sa poisse…

Vingt minutes plus tard, Eytan retrouvait le docteur Lafner, la mine fatiguée et les cheveux en bataille, devant l'entrée de la clinique. Celui-ci écarta les bras en signe de bienvenue. Dès leur première rencontre, cinq ans plus tôt, les deux hommes s'étaient entendus comme larrons en foire. Ils partageaient le même goût pour l'initiative, le détournement des règles à leur avantage et une certaine réticence à l'égard de l'autorité. En outre, Avi possédait une qualité déterminante : il n'ignorait rien des particularités génétiques d'Eytan et ne les évoquait jamais.

— Salut, Eytan ! Tu ne peux pas savoir à quel point je suis heureux que tu sois là.

— Content de te voir, Avi, mais je crains que nos retrouvailles soient de courte durée.

— Même pas le temps de prendre un café ? Ils nous livrent une nouvelle machine dans une semaine, mais les pontes nous ont autorisés à amener une vraie cafetière, dit-il, un sourire gourmand aux lèvres.

— J'ai un avion à prendre…

Il pénétra dans le bâtiment, aussitôt suivi par Avi, intrigué. Eytan appréciait cet homme et se réjouissait de le voir vivant, mais rien ne le distrairait de son objectif. S'il voulait reprendre la main sur des situations qui lui échappaient de plus en plus, le temps jouerait un rôle décisif.

— Dommage… Viens, j'ai jugé plus sage d'enfermer cette furie dans un des cabanons psychiatriques jusqu'à ton arrivée. Elle est désormais dans une salle surveillée. J'ai profité de la nuit et de son inconscience pour procéder à quelques examens.

— Tout ce que j'aime…

Avi se tourna vers Eytan et le désigna d'un index faussement menaçant.

— Eh oh! Tu arrêtes ton numéro tout de suite. Je ne mène pas des expériences sur elle, je m'assure de son état de santé. C'est un peu différent, si tu permets. Tu veux rencontrer les familles des soldats qu'elle a abattus? Elle n'a même pas cherché à les prendre en otage. Cette folle furieuse les a tués de sang-froid, et sans un énorme coup de chance, je serais mort également. Cette malade m'a collé la trouille de ma vie. Alors ton sketch sur les médecins, merci!

Il conclut par un mouvement de la main au-dessus de sa tête indiquant un ras-le-bol clair et précis.

— Dis, c'est une impression ou tu es un peu à cran?

— Doux euphémisme…

Eytan posa une immense patte sur l'épaule de celui qu'il considérait comme son seul vrai copain au sein du Mossad.

— Écoute, je suis désolé pour les soldats, mais nous avions précisé le niveau de dangerosité d'Elena. À l'évidence, les moyens affectés à sa surveillance étaient insuffisants. D'ailleurs… comment t'en es-tu sorti?

— Elle est tombée dans les pommes au moment de s'occuper de mon cas.

— Qu'est-ce qui explique son évanouissement? Ton charme fait des ravages, mais la dame n'est pas du genre à tomber en pâmoison.

Il cligna de l'œil, complice.

— Ne me sous-estime pas, Eytan, se rengorgea le médecin. Concernant son évanouissement, je ne sais pas encore. J'attends les résultats des examens, je te tiendrai au courant dès que je les aurai reçus.

— Je compte sur toi.

— Ouais, ben en attendant, je ne suis pas fâché que tu débarques pour la transférer.

Eytan se frotta le front et afficha un air gêné peu habituel.

— La libérer.

— Pardon? demanda le médecin, effaré.

— Je ne viens pas la *transférer*, mais la *libérer*.

Lafner souffla bruyamment avant de lever les bras au ciel.

— De mieux en mieux! J'adore les services secrets, si tu savais à quel point je m'y épanouis jour après jour… Et inutile de te donner autant de mal pour marcher normalement, j'ai remarqué que tu étais blessé à la cuisse.

— T'es vraiment chiant, lança Eytan.

— J'espère que tu m'aimes aussi pour ça.

Ils arrivèrent devant une porte gardée par deux hommes lourdement armés. Lafner resta en retrait.

— Seul, ordonna Eytan aux gardes qui s'apprêtaient à l'accompagner dans la pièce.

La petite salle ressemblait à une cellule de prison, aux murs de béton brut, avec des barreaux à l'unique fenêtre. Elena portait un pyjama bleu et se tenait, rigide, mains sur les cuisses, assise sur une chaise devant une petite table rectangulaire.

— Bonjour, Elena.

— Morg… Si tu viens chercher des informations, épargne-toi les questions et cogne tout de suite. Prépare-toi à me tuer, car je ne dirai rien.

Elle lui jeta un regard torve en passant un doigt sur sa lèvre fendue.

— C'est demandé avec tant de gentillesse…

— Amuse-toi, c'est le privilège des vainqueurs.

— Tu répètes le soir devant ta glace ou bien débiter des conneries te vient naturellement ?

La provocation fit mouche, et la rousse se renfrogna. Eytan s'installa en face d'elle.

— Tu as tué quatre hommes après les avoir tabassés. Pourquoi ?

— L'un d'entre eux a dégainé une arme. Jusqu'alors, nous jouions à la bagarre. Après, nous étions en guerre.

— Dire que je me croyais psychorigide…

— Tu n'aurais pas agi différemment.

— Je ne les aurais pas abattus froidement.

— La compassion…

— Ou le fair-play, question de point de vue.

— Tu comptes m'infliger un cours de sémantique ou une leçon de morale ? Dans les deux cas, tu parles dans le vide. Tu as gagné, j'ai perdu. Le reste est sans intérêt. Alors, finissons-en si tu…

Eytan l'interrompit pour s'épargner un laïus interminable.

— J'ai deux nouvelles pour toi : une bonne et une mauvaise. Pour moi, les deux sont mauvaises. Voilà qui devrait te satisfaire.

— Me satisfaire, c'est à voir. Par contre, tu as piqué ma curiosité.

— La bonne nouvelle : je te libère. La mauvaise : nous devons collaborer.

— Je ne comprends pas.

— Je laisse un autre que moi t'expliquer, soupira-t-il en sortant son téléphone portable.

Il le posa sur la table après avoir enclenché la fonction haut-parleur. Les sonneries s'enchaînèrent puis une voix s'éleva.

— Monsieur Morg, quelles nouvelles ?

— Je suis avec Elena, elle vous entend.

— Bonjour, ma chère. Comment allez-vous ?

Elena se redressa sur sa chaise.

— Cypher ?

— Je comprends votre surprise, ma chère, mais nous manquons de temps pour les effusions. Contentez-vous d'écouter et de suivre à la lettre mes consignes.

— Oui, monsieur.

Penchée en avant, jambes serrées et bras croisés sur la poitrine, elle ressemblait à une première de la classe écoutant son professeur préféré. Eytan ne perdait pas une miette de ses réactions. Ainsi, cette femme dure comme le silex était capable de soumission. Intéressant. Et intrigant…

— Nous sommes confrontés à une crise inattendue, et M. Morg va nous aider à la résoudre. À cette fin, je vous assigne à ses côtés. Il vous expliquera la situation.

— Bien, répondit la jeune femme, sidérée.

— Je m'adresse désormais à vous deux. Mettez votre animosité de côté. M. Morg connaît les conséquences le concernant mais, Elena, j'attends de vous une égale implication.

— Comptez sur moi, monsieur, répondit-elle, résignée.

— Je n'en attendais pas moins. Monsieur Morg, le premier qui dispose d'informations prévient l'autre.

— Entendu.

— Bon courage à vous deux.

Eytan raccrocha et fit virevolter le téléphone entre ses doigts avant de le ranger dans sa poche. Un long silence s'installa. Le regard sombre d'Elena se fixa sur celui, clair, d'Eytan.

— Et voilà. Comme tu peux le constater, nous voici baisés tous les deux, conclut-il.

— Je te rejoins.

— Tes fringues t'attendent dans la pièce voisine. Nous prenons l'avion pour Prague dans une heure. Je te mettrai au parfum durant le trajet.

— Pourquoi obéis-tu à Cypher ? demanda la jeune femme, l'air inquisiteur.

— Et pourquoi lui obéis-tu, toi ?

Elle glissa sa paume sur la table.

— Oui, je vois. Aucun de nous ne livrera ses motivations à l'autre.

— Tu as tout compris. Cette situation nous emmerde tous les deux, mais nous devons faire avec. Que les choses soient claires : je suis ton supérieur sur cette opération. Tu fais ce que je dis, quand je te le dis. Et pour ton équipement, je te le remettrai une fois arrivés. Tu ne bénéficieras ni d'armes ni de moyens de communication sauf si j'en décide autrement. Si l'envie de m'éliminer te travaille toujours, tu auras tout le loisir d'essayer une fois que nous en aurons terminé.

— Je m'en satisferai. Aucune urgence à te tuer aujourd'hui. Demain me suffira.

— Bien, soupira-t-il, sur ces saines paroles…

Il s'approcha d'Elena et lui fit signe de présenter ses poignets entravés. Avec une pince, il découpa le fil nylon. À peine libérée, elle se leva brusquement et, profitant de sa poussée, entraîna Eytan contre le mur. Elle pressa le cou du kidon de son avant-bras droit et appuya contre sa cuisse blessée de la main gauche. Il sentait à nouveau la respiration de la tueuse contre son visage, comme lors de leur rencontre dans le complexe de la BCI. Mais cette fois, Jeremy n'était pas présent pour la mettre hors d'état de nuire.

Elle accentua la pression, arrachant une grimace au géant.

— La tentation est grande, souffla-t-elle, mâchoire serrée.

Elle remit un peu de poids dans sa poussée puis relâcha brusquement.

— Mais je suis une fille obéissante. Si Cypher veut que nous collaborions, soit.

L'absence totale de réaction d'Eytan surprit Elena, mais elle n'en laissa rien voir. Comme si de rien n'était, il traversa la cellule et ouvrit la porte.

Elle passa devant lui. Ils se dirigèrent vers la pièce voisine.

— Tu peux prendre une douche si tu le souhaites. Nous partons dans un quart d'heure, sois ponctuelle.

La jeune femme pénétra dans la salle où l'attendaient ses vêtements. À l'extérieur, Eytan consultait sa montre, inquiet à l'idée de rater le vol de retour vers la capitale tchèque. La perspective de prendre à nouveau place dans un avion l'irritait au plus haut point.

Avi Lafner surgit dans le couloir.

— Paré pour le départ ? demanda le médecin avec une pointe de reproche dans la voix.

Eytan soupira et lui lança un regard dépité.

— Tu m'as l'air de mauvais poil, reprit son ami.

— Dure semaine…

Chapitre 12

Prague, le même soir

Branislav ne recouvrait pas son calme. Une tasse de thé bouillant à la main, il tournait en rond dans le salon de l'appartement douillet que son épouse et lui-même louaient en périphérie de la capitale. Il doutait de trouver le sommeil tant les événements de la journée l'avaient secoué. Jamais de sa vie il n'aurait imaginé se retrouver face à des militaires prêts à l'exécuter. Et puis, il y avait tous ces morts, et aussi le grand mec mystérieux qui l'avait sauvé. Non, décidément, Branislav ne se calmerait pas cette nuit, et il abandonna l'idée même de dormir. Car, en prime, il était toujours sans nouvelles de ses parents, les liaisons téléphoniques restant coupées depuis son retour. Il tenta une nouvelle fois de les joindre, et se heurta au sempiternel message automatique : « Pour des raisons techniques, blablabla… »

Il jeta le téléphone sur le canapé et s'y affala à son tour. Ce bon vieux sofa aux motifs fleuris le recueillait depuis qu'ils avaient décidé, avec sa femme, de ne plus partager la même couche. Par miracle, Lucie travaillait sur un film pour la télévision et ne rentrerait pas à la maison avant deux jours. Au moins resterait-elle en dehors de cette effrayante histoire.

Branislav posa sa tasse sur la table basse et se massa le front. Lui qui reprochait à sa femme ses fréquents voyages sur les lieux de tournage se retrouvait, aujourd'hui, à s'en réjouir. Si elle lui en laissait l'opportunité, s'il restait encore un petit espoir pour leur couple, il ferait amende honorable pour le temps et l'énergie gâchés en vaines querelles.

Vie de cons... pas capables de nous satisfaire de ce que nous avons jusqu'au moment où tout fout le camp, pensa-t-il avec amertume.

Deux heures du matin. Nouvelle tournée de boisson chaude. Il jeta son dévolu sur une tisane, des fois que les remèdes de bonne femme l'aident à retrouver les bras de Morphée.

La paranoïa l'avait gagné sur le chemin du retour: il passait son temps à scruter les rétroviseurs à la recherche d'éventuels poursuivants. Il avait longuement hésité entre regagner son domicile et s'installer quelques jours à l'hôtel, histoire de se faire oublier. Mais oublier de qui? Trois types connaissaient son identité et son adresse, or seul Dieu et l'étrange motard glabre savaient maintenant où étaient passés leurs cadavres. Quant aux policiers bloquant les accès routiers, il ne leur avait donné aucune raison de relever le numéro de sa plaque d'immatriculation. Il balaya ses craintes après un examen de la situation à tête reposée.

Prudent, oui, irrationnel, évitons... se dit-il.

Des ombres dansaient sur les murs du salon, animées par la lueur des phares des voitures qui empruntaient encore la rue à cette heure tardive. Bran alluma une cigarette et s'allongea dans le canapé. Il s'abîma dans la contemplation des volutes de fumée qui traçaient des arabesques dans l'air puis s'évanouissaient avant d'atteindre le plafond.

Alors que les questions devenaient plus confuses, les idées moins précises et la pièce moins présente, Branislav sombra dans un profond sommeil.

Un ronronnement agressif le réveilla en sursaut. La lumière du jour l'aveugla et tandis que le téléphone à ses côtés ne cessait de vibrer, il dut se concentrer pour se rappeler qu'il se trouvait chez lui. Il s'y reprit à trois fois pour attraper l'appareil et décrocha *in extremis* avant que sa messagerie ne le fasse à sa place.

— Bran ? Tu vas bien ?

— Maman ?

— Mais où es-tu, mon chéri ? Ton père et moi nous faisons un sang d'encre depuis hier.

Il se leva avec difficulté. Le gyroscope achevait de se remettre en route. La gorge sèche, il se dirigea vers la cuisine pour se préparer un indispensable café.

— Je suis à la maison. J'ai essayé de venir hier, mais…

Sa mère l'interrompit.

— Tu n'as pas été pris dans l'incendie ?

— L'incendie ? demanda-t-il, surpris.

Le réveil devait être encore plus difficile qu'il ne l'imaginait.

— Tu n'es pas au courant ?

— Ben… non… de quoi tu parles ?

— Un énorme feu de forêt a éclaté hier en fin de journée. Les routes sont coupées et le réseau téléphonique ne fonctionne que depuis ce matin. Nous étions morts d'inquiétude à l'idée que tu sois…

— Non, non, je vais bien, maman. Je comprends mieux pourquoi la police bloquait la route. J'ai dû rebrousser chemin, et avec le réseau téléphonique en panne, je n'ai pas pu vous joindre. Comment ça se passe : vous allez être évacués ?

— Pas pour le moment. Il semble que les pompiers contrôlent la situation et maintiennent le feu à distance. Un camion est passé ce matin pour nous annoncer que nous ne craignions rien. Mais la télé dit que le village d'à côté a été détruit. Tu te rends compte?

— Maman, je file au journal, j'aurai plus d'info là-bas, je vous rappelle. Au pire, prenez le bateau de papa et passez sur l'autre rive du lac si les flammes se rapprochent. D'accord?

— Tu connais ton père, il a déjà tout préparé au cas où il nous faudrait partir.

— Embrasse-le pour moi. À tout à l'heure, maman.

— À tout à l'heure, mon chéri. Et bisous à Lucie.

Branislav coupa son téléphone portable et se précipita pour allumer sa télévision. Télécommande en main, il passa sur ČT24, chaîne d'information pour laquelle il avait officié à ses débuts. Les images qui s'affichèrent témoignaient de l'atrocité du drame. Des avions survolaient la forêt qu'il connaissait si bien et déversaient des tonnes d'eau sur des flammes cyclopéennes. Le commentateur évoquait avec emphase l'impressionnant nombre de pompiers déployés pour contenir l'incendie et la lutte acharnée menée toute la nuit durant.

Le bandeau en bas de l'écran annonçait la destruction d'un hameau cerné par le feu. Le premier bilan faisait état d'une cinquantaine de personnes disparues.

Branislav n'en croyait pas ses yeux et encore moins ses oreilles. Il ne pouvait admettre ce que son instinct de journaliste lui soufflait : l'incendie servait de couverture à la réalité des faits dont il avait été témoin la veille.

La politique de la terre brûlée…

Une demi-heure plus tard, ragaillardi par une bonne douche et par les nouvelles rassurantes de ses parents, le journaliste se ruait dans sa voiture et prenait la direction de sa rédaction. Il lui fallait en savoir plus. Savoir. Tout court. Une telle histoire lui offrirait peut-être l'opportunité de démontrer ses vraies capacités et le sortirait du marasme de ses sujets habituels. En chemin, la tentation de faire demi-tour le tarauda. Coincé entre la crainte et la curiosité, il se laissa emporter par cette dernière. Quelques heures plus tôt, il regardait la mort en face. Branislav devait découvrir quelle étrange affaire avait failli lui coûter la vie. Mais, conscient du danger qui rôdait, il la jouerait fine…

Son arrivée en salle de rédaction fut saluée par une salve de lazzis. Les membres du service politique ne manquèrent pas de souligner avec force moquerie le courage, l'abnégation et le sens du devoir du journaliste sportif annulant ses vacances pour finaliser un reportage sur un obscur club de foot auquel personne ne s'intéressait – seule excuse qu'il avait pu inventer pour justifier son retour inopiné. Par contre, les rédacteurs qui planchaient sur le terrible accident survenu dans la région de Pardubice ne trouvèrent pas le temps de rire. L'information s'étalerait en couverture de l'édition du lendemain et réclamait des recherches pointues. Trois vieux journalistes s'attelaient à la tâche et enchaînaient les coups de fil pour glaner tuyaux et renseignements. Un envoyé spécial dépêché sur place en urgence se chargerait de faire parvenir, avant le bouclage du soir, les interviews des pompiers et des éventuels témoins de l'accident. Pour le moment, le niveau de stress au sein du quotidien interdisait à Branislav de poser des questions, sous peine de se faire envoyer promener à grande vitesse.

Il s'installa à son bureau et y déposa le sandwich qui lui tiendrait lieu de déjeuner, puis se connecta au serveur global du journal. Les articles terminés y apparaîtraient au fur et à mesure de la journée et lui fourniraient certainement des informations intéressantes. Ou des désinformations passionnantes. En attendant, il mènerait ses propres investigations, loin de l'agitation censée détourner l'attention du vrai fond de l'affaire. Et il savait par où commencer...

Vers quinze heures, un communiqué diffusé par la chaîne info annonça la victoire des soldats du feu sur leur adversaire. Le texte rappelait également le maintien du bouclage de la zone pour maîtriser toute reprise éventuelle de l'incendie. Le nombre et l'identité des victimes restaient encore à établir. Les premières indiscrétions des officiels évoquaient un accident lié à un spectacle pyrotechnique, élément à confirmer par une enquête minutieuse.

L'absence de sommeil n'entamait pas plus la curiosité que la détermination de Bran. Les premières demandes lancées par e-mail aux informateurs habituels du journal commençaient à donner des résultats. Le jeune reporter avait pris soin de ne pas révéler le but de ses requêtes. Après la trouille de la veille, il ne souhaitait pas attirer l'attention sur lui. Et il ne doutait pas que le moindre faux pas générerait des alertes auprès des autorités gouvernementales, militaires, ou plus occultes encore. Certaines habitudes liées au passé « compliqué » de la République tchèque avaient la vie dure. Si un doute subsistait sur ce point, la tournure prise par cette sombre affaire le dissipait sans mal.

La réminiscence de cette époque, connue de lui essentiellement par les livres tant ses parents esquivaient le sujet à chaque tentative de discussion, lui donna des frissons. Bran lutta pour se concentrer sur l'examen des listes électorales du hameau martyr. Des retraités représentaient l'essentiel des inscrits. Et parmi les noms, un en particulier attira son attention et le plongea dans une absolue perplexité.

La sonnerie du téléphone ne le tira pas de sa lecture. Il répondit sans décoller les yeux des feuilles qui tapissaient son bureau. La voix mélodieuse de Světlana, la gracieuse hôtesse d'accueil, chanta dans le combiné.

— Bran, il y a un paquet pour toi à l'accueil.

— C'est quoi?

Son inquiétude dictait la question.

— Un appareil photo avec une enveloppe. Tu viens les chercher ou je te les monte?

Le journaliste resta silencieux.

— Bran, t'es là?

— Oui, oui. Qui te les a déposés?

— Un grand mec aux sourcils épilés, genre baraqué, mais pas mal. Si c'est un copain à toi, je veux bien que tu lui glisses un mot en ma faveur.

— J'y penserai... Si tu peux me les apporter, ce serait sympa, je suis coincé pour le moment.

— OK.

Celle-là, il ne l'avait pas vue venir! En fait, il espérait ne jamais avoir de nouvelles de son sauveur. La facilité apparente et la brutalité avec lesquelles cet homme avait éliminé les trois commandos ne le rassuraient pas. De toute évidence, il ne faisait pas bon être son ennemi...

Světlana ne tarda pas à apparaître, attirant comme d'habitude les regards concupiscents. Tout en lui remettant l'appareil et le mot l'accompagnant, elle gratifia Branislav d'un sourire enjôleur. Le genre de moment qui égaye même la pire des journées!

Le départ de la ravissante blonde obscurcit un peu la pièce. La jeune femme semblait entraîner la lumière dans son sillage. Après quelques secondes de flottement, le bourdonnement de la salle de rédaction reprit de plus belle.

Le journaliste connecta l'appareil numérique à son ordinateur et constata, avec un mélange de surprise et de satisfaction, son parfait fonctionnement. Plus étonnant, la totalité des photos prises sur les lieux du drame étaient encore en mémoire. À bien y regarder, un fichier supplémentaire apparaissait dans la liste des vignettes. Un double clic plus tard, la devanture d'un café s'afficha à l'écran. Et pas n'importe quelle devanture : celle du troquet situé en face de l'immeuble abritant le quotidien. L'heure de la prise du cliché levait toute équivoque quant aux intentions de son auteur : cinq minutes avant l'appel de Světlana.

L'enveloppe contenait un petit billet avec une note sibylline : « Imprimer photo DSC 081. Grand format. » Il transféra l'image indiquée sur une clef USB et effectua le tirage demandé.

Branislav rangea les feuilles traînant sur son bureau dans une pochette en plastique, déconnecta son appareil et embarqua le tout après avoir enfilé sa veste. Répondre à cette invitation pour le moins originale tenait plus de la pulsion que de la raison.

En espérant qu'il ne s'agissait pas d'une pulsion morbide…

Chapitre 13

Située dans un quartier peu touristique de la capitale, la rue était quasi déserte en cet après-midi. Sur ses gardes, Branislav scruta les environs à la recherche d'une voiture en planque ou de passants suspects. Mais il ne remarqua rien de tel. Seule la présence d'une jeune femme adossée à l'abribus voisin de l'entrée du journal capta son attention.

La silhouette élancée, idéalement proportionnée à son goût et mise en valeur par un jean noir et une fine veste en cuir, était un régal pour les yeux. Mais l'attitude de l'inconnue, bras croisés sur le torse, tête baissée et regard revêche, aurait calmé les velléités des aventuriers les plus hardis.

L'absence de danger immédiat détendit le journaliste, qui traversa néanmoins la rue avec une vigilance soutenue.

Il inspira profondément avant de pénétrer dans le bar, repaire habituel de la rédaction. Du premier café matinal à l'apéritif de fin de journée en passant par les interviews menées le midi autour de repas arrosés, l'endroit comptait toujours un gratte-papier parmi ses clients. Si un jour le quotidien venait à déménager, le patron, Venceslas, fermerait boutique dans l'heure.

Grand gaillard aux pectoraux saillants, le jovial quinquagénaire vivait derrière le comptoir de son bar et accueillait chaque client, habitué ou non, avec un enthousiasme communicatif. Cet ancien guitariste d'un groupe de hard rock arborait, été comme hiver, des polos manches courtes offrant une vue sidérante sur des bras musclés, tatoués jusqu'aux poignets. Des photos d'Henry Rollins, son idole, ornaient les murs de l'établissement, aux côtés de pochettes de mythiques 33 tours de l'histoire du rock.

Cette décoration thématique détonnait face à un choix de mobilier fort classique par ailleurs. De larges banquettes de velours pourpre encadraient des tables au plateau de marbre soutenu par des pieds en fer forgé.

— Salut, le sportif, lança Venceslas, sans cesser de remplir un grand bock de bière brune.

— Salut, l'artiste, répondit Branislav avec moins d'entrain qu'à l'habitude.

— Ton rendez-vous t'attend au fond. File t'installer, je vous apporte du carburant dans deux minutes. Dis, il est dans quel sport, celui-là ? Parce que niveau gabarit, c'est du lourd !

Branislav se contenta de hausser les sourcils, ce qui dans son langage signifiait : « mystère ». Il traversa ensuite la salle principale, saluant divers confrères d'un simple signe de tête. À chaque pas, son cœur battait un peu plus la chamade. Il franchit le petit couloir menant à l'arrière-salle et repéra immédiatement l'homme dont il n'oublierait jamais le visage.

Bras écartés sur le dossier de la longue banquette appuyée sur le mur du fond, l'armoire à glace faisait montre d'une décontraction très éloignée du stress qui nouait la gorge du journaliste.

D'un geste de la main, accompagné d'un grand sourire, le géant invita Branislav à le rejoindre.

Ne lui montre pas que tu as la trouille, se dit le journaliste en s'approchant de celui qui, vingt-quatre heures plus tôt, lui avait sauvé la vie.

— Je me suis permis de commander à Venceslas ta boisson préférée. Il nous apporte une assiette de *pražská šunka*. Je profite de mon séjour forcé pour goûter aux spécialités locales… Et détends-toi, tu fais peine à voir.

Bran se regarda dans le miroir situé près de la porte des toilettes. Visage émacié, cernes profonds sous des yeux constellés de petits vaisseaux qui ne demandaient qu'à éclater : tous les stigmates d'une insomnie causée par un mélange d'angoisse et d'adrénaline. Sans compter les nuits précédentes passées dans un canapé moins confortable qu'annoncé dans les brochures.

Le jeune homme ôta son imperméable et le posa sur le dossier de sa chaise. Tout en s'asseyant, il plaça sa chemise plastifiée et son appareil photo sur la table. Dans le même temps, Venceslas débatoula, plateau en main. Une fois la commande servie et les deux hommes à nouveau seuls dans la pièce, Eytan poussa les couverts et l'assiette de jambon blanc vers son invité sans le quitter des yeux.

Bran mourait de faim. Et puis, contrarier ce type n'était sûrement pas la meilleure des idées. Il commença à manger sous le regard amusé d'Eytan.

— Comment… Comment m'avez-vous retrouvé ?

— Portefeuille.

— Pourquoi me contacter ?

— Tu le sais très bien.

Il désigna la pochette d'un signe de tête.

— Comment saviez-vous que je mènerais ma petite enquête ?

— Journaliste. Scoop potentiel.

Branislav laissa échapper un éclat de rire en se redressant contre le dossier de la chaise.

Laconique, mais juste.

— Bien vu...

— Alors ?

— J'ai d'autres questions à vous poser avant...

— Pas le temps. Plus tard... Nous verrons.

— J'imagine que je n'ai pas le choix ?

— J'ai eu une conversation plutôt tendue à ce sujet pas plus tard qu'avant-hier, ironisa le géant. On a toujours le choix. Il faut juste assumer les conséquences.

Après la démonstration de cet homme face aux trois membres des forces spéciales, l'affirmation prenait tout son sens. Une évidence s'imposa à lui : si ce « Eytan » voulait sa peau, son cas serait déjà réglé. Il lui fallait en avoir le cœur net, même si obtenir des réponses était hypothétique.

— Dites-moi juste quel est votre rôle dans cette histoire. Et si j'ai quelque chose à craindre de vous.

— Je suis ici pour comprendre ce qui s'est produit et mettre les fautifs hors d'état de nuire. Quant à ta deuxième question... Eh bien... J'adore regarder mes futures victimes dévorer du jambon blanc. Ça m'émoustille...

Branislav faillit s'étouffer avec le quignon de pain qu'il mâchait consciencieusement. Le sourire goguenard que lui adressait son interlocuteur finit de décontracter le journaliste. Il avala tant bien que mal la nourriture coincée dans sa bouche et se lança.

— Je vois... Bon, je vous préviens, ça tient plus de la spéculation que de la certitude avérée.

— Toute enquête commence ainsi. Je t'écoute.

— OK. Qu'avons-nous vu hier ? Des gens surpris par la mort, des types en combinaisons N.B.C., donc un problème nucléaire, bactériologique ou chimique.

— Éliminons le nucléaire, ça ne colle pas avec les décès ni avec l'état du patelin.

— Je suis d'accord. Qu'avons-nous d'autre ? De lourds moyens militaires déployés et des commandos prêts à éliminer les témoins, ce qui prouve que le problème est ultrasensible.

— Et réglé, ou du moins identifié, d'où l'incendie allumé pour justifier le drame et en dissimuler les vraies causes auprès des médias et de l'opinion publique. Et tu ne crois pas que tout ceci soit un essai ou une opération militaire ayant mal tourné ?

— C'est possible, mais j'en doute.

— Pourquoi ?

— Ce que j'ai vu hier ressemblait plus à une réaction d'urgence face à une situation inattendue.

— Je suis d'accord.

— Sur ces bases, j'ai suivi votre conseil de me faire discret et, plutôt que d'attirer l'attention en fouillant du côté du gouvernement, de la police ou de l'armée, je me suis concentré sur le hameau. Au cas où un mobile se cacherait sur place.

— Pas con.

— Merci. Je me suis procuré les listes électorales puis j'ai fait des recherches via les impôts pour en savoir un peu plus sur les habitants du village.

— Malin, commenta sobrement Eytan.

Branislav, flatté par la remarque, sortit ses listings et les fit pivoter vers Eytan.

— Regardez, la plupart des résidents sont des retraités. Le truc qui ne colle pas, c'est que pour la majorité d'entre eux, je n'ai trouvé aucune trace de leur profession. En fait, c'est le cas pour tous ceux âgés de plus de soixante-cinq ans.

— Continue…

— Ces gens ont bossé, payé des impôts, de grosses sommes pour certains, mais impossible de savoir dans quel domaine ils travaillaient. J'ignore ce que cela signifie, mais reconnaissez que c'est troublant. En fait, la seule certitude qui ressorte de cette journée, c'est qu'un ancien collègue et vieil ami de mon père habitait dans le hameau. Je l'appelais tonton Ivan quand j'étais petit. Je ne savais pas qu'il vivait près de chez mes parents. J'espère qu'il ne fait pas partie des victimes. En fait, je crois bien ne pas l'avoir revu depuis que papa et lui ont quitté Paramo. Mine de rien, ça fait un bout de temps.

Plongé dans l'examen des feuilles éparpillées sur la table, Eytan leva lentement la tête. La décontraction affichée jusqu'ici s'était effacée et laissait désormais place à un air inquisiteur.

— Ton père travaillait chez Paramo ?

— Ben… oui. Pourquoi ?

Eytan abandonna sa nonchalance et se redressa brusquement, saisissant un grand sac militaire bien rempli.

— Prends tes affaires. Nous nous occuperons de la photo que je t'ai demandé d'imprimer plus tard. Ta voiture est dans le coin ?

— Oui, mais…

— J'ai tout à coup très envie de parler à tes parents. Allez, grouille !

Embarqué presque malgré lui, Branislav suivit tant bien que mal les grandes enjambées d'Eytan. Une fois dans la rue, il désigna du doigt sa Škoda.

— Vous pensez que mes parents sont en danger ? demanda-t-il chemin faisant.

— C'est très exactement ce que je veux éviter. D'ailleurs, tu devrais les appeler, histoire de te rassurer. Au cas où ils seraient sur écoute, n'évoque pas ma venue, OK ?

— Compris.

Le coup de fil fut rapide, et sa teneur suffisamment neutre pour ne pas éveiller les soupçons d'éventuels auditeurs. Bran afficha son soulagement à savoir ses parents hors de danger. Il se félicita à voix haute de la réactivité et du sérieux des pompiers. Sa mère lui indiqua qu'après une première visite la veille au soir, les soldats du feu étaient repassés dans l'après-midi pour s'assurer que la propriété et ses habitants ne couraient plus aucun danger.

Le regard grave d'Eytan à cette annonce raviva les inquiétudes du Tchèque.

Ils arrivèrent à la voiture, dans laquelle ils grimpèrent en silence : Branislav au volant, Eytan à ses côtés. Ce dernier eut beau reculer le siège au maximum, il se retrouva les genoux coincés contre la boîte à gants. Tandis qu'il cherchait tant bien que mal une position à peu près confortable, la portière arrière s'ouvrit. Après un sursaut ponctué d'un petit cri, Branislav jeta un œil dans le rétroviseur et y découvrit avec stupéfaction la jeune femme aperçue sous l'abribus, une demi-heure plus tôt.

— Pas de panique, elle est avec moi, marmonna Eytan en se battant avec la ceinture de sécurité.

— Elena, annonça-t-elle d'un ton sec.

— Branislav, rétorqua le journaliste, la voix suave.

Elle le gratifia d'un sourire crispé. Bran eut l'impression qu'elle fournissait là un effort douloureux ou du moins très inhabituel.

Le minimum syndical accompli, la rousse se désintéressa de ses compagnons et reporta son attention sur la rue.

— Je peux savoir pourquoi on me colle d'autorité à l'arrière ?

La question, inattendue, suscita chez Eytan une réaction plus inattendue encore.

— Parce que je suis le plus grand, voilà ! Et merde, à la fin !

Bonne ambiance, pensa Branislav, convaincu que la neutralité prévalait devant un tel échange entre ces deux personnalités à l'allure peu commode.

Il mit le contact sans plus attendre. Le voyage s'annonçait réjouissant...

Chapitre 14

Le voyage vers Pardubice s'interrompit, sur une injonction d'Eytan, environ cinq cents mètres après le départ.

« Bon, je ne vais pas tenir des heures. Nos motos sont garées à côté. Nous allons te suivre, ça m'évitera de subir les humeurs de Madame et de finir concassé dans ta bagnole pour nain » avaient été ses seuls mots avant de sortir du véhicule.

Branislav crut voir la dénommée Elena sourire à la contrariété du géant. Sur le moment, il déplora de ne pas posséder une plus grande voiture. Mais, après tout, il n'avait pas vocation à servir de taxi pour des colosses irascibles !

La défection de ses passagers lui permit de conduire en musique. Jamais en présence de ses deux chaperons Branislav n'aurait osé écouter KC and the Sunshine Band, particulièrement *Shake your Booty*. Là, il ne s'en priva pas et poussa même le volume à fond. D'autres tubes disco envahirent l'habitacle. La crainte avait disparu au profit de l'excitation de se retrouver embarqué dans une enquête, une vraie. Qui sait, peut-être lèverait-il un lièvre assez gros pour gagner ses galons de reporter et quitter la rubrique sportive ?

De temps à autre, il vérifiait la présence des deux motos dans ses rétroviseurs. Sans pouvoir dire pourquoi, il ressentait une profonde fierté à disposer d'une telle escorte. Toutefois, Eytan lui inspirait plus confiance qu'Elena, dont le regard froid laissait penser qu'elle pouvait lui sauter à la gorge à tout moment.

Sur les conseils… Non… Conformément aux consignes d'Eytan, Branislav prit la direction du sud afin d'éviter la route principale menant à la propriété de ses parents. La zone touchée par l'incendie était sans doute encore interdite à la circulation, et la discrétion s'imposait.

L'étrange cortège délaissa les axes principaux et s'engagea sur des voies secondaires, puis des chemins vicinaux. Deux heures après avoir quitté Prague, ils arrivèrent à une aire de stationnement donnant sur une plage artificielle au bord du lac. Les motos se garèrent de chaque côté de la voiture, phares allumés pour éclairer la petite étendue sablonneuse. Des nuages couleur de plomb, gorgés de pluie, saturaient le ciel et un peu de lumière n'était pas un luxe. Une grande baraque de bois tout en longueur s'étendait vers la rive. Deux pontons à proximité confirmaient qu'ils se trouvaient sur une modeste base nautique.

Bran ne put s'empêcher d'admirer Elena pendant qu'elle ôtait son casque. Eytan, sans un mot, ouvrit le coffre et empoigna son sac.

— Tu es certain que ton père vient nous chercher ? demanda le géant en jetant un œil à la ronde.

— Pas de problème, il a répondu au SMS que je viens de lui envoyer. Il va arriver. C'est fou, tout a l'air tellement calme ici… J'ai l'impression que les deux derniers jours font partie d'un mauvais rêve.

— Ta petite vie pépère s'écroule, mon cher. Ce n'est pas une impression : tu es dans un mauvais rêve. Et tu pourrais bien ne jamais en sortir…

Elena lui avait parlé sans lui accorder le moindre regard. Sa voix grave au phrasé caressant avait des accents de prophétie. La jeune femme avança vers la berge et scruta le lac.

Branislav frissonna et s'approcha d'Eytan qui hochait la tête, dépité.

— Dites donc, elle est engageante votre collègue, ça fait plaisir à voir.

L'agent soupira avant de se fendre d'une grimace explicite qui en disait long sur son fatalisme.

— Vous savez que c'est ici que j'ai fait mon premier reportage ?

— Ah bon, répondit Eytan, par politesse plus que par un réel intérêt.

Il s'était accroupi et fourrageait dans son sac.

— Ouais, j'y dressais le portrait d'un champion d'aviron qui s'entraînait régulièrement dans le coin. Je ne me souviens plus de son nom. J'avais intitulé l'article *Le chant des rames*, conclut-il, perdu dans ses souvenirs.

— Les rameurs utilisent des pelles, pas des rames, précisa la rousse, sans quitter l'eau des yeux.

Bran grommela dans sa barbe et envoya un coup de pied dans le sable.

— *Le chant des pelles*, ça sonne moins poétique...

Le ronronnement d'un moteur remobilisa le groupe. Une barque manœuvrée par une silhouette massive apparut à quelques encablures de la rive. L'embarcation accosta le ponton. Eytan coupa les phares des motos et rejoignit Elena et Branislav déjà occupés à monter à bord. Ce dernier échangea de courtes phrases avec son père puis s'assit avec ses compagnons de voyage. Personne ne pipa mot durant les dix minutes de la traversée.

Ils arrivèrent en vue d'une maison aux dimensions impressionnantes. Autant l'évocation par le jeune

Tchèque du «bateau de papa» était largement usurpée, autant la notion de «propriété» prenait tout son sens face à l'imposante villa. Construite à flanc de colline, elle s'élevait sur deux étages et offrait une vue imprenable sur un paysage grandiose. Les murs de crépi blanc, surmontés d'une toiture rouge, et les multiples balcons de bois couverts de pots de géranium, donnèrent à Eytan l'impression fugace de se trouver en Bavière. Pics enneigés à l'horizon en moins, évidemment.

Seules les fenêtres du rez-de-chaussée étaient éclairées, et une série d'appliques murales extérieures dispensaient assez de lumière pour compenser le déclin du jour.

Eytan connaissait la Bohême pour une mauvaise raison. Heydrich, l'âme damnée d'Himmler, y avait si bien sévi qu'il avait acquis en une poignée de semaines le surnom de «boucher de Prague». Mais sur ce lac, l'agent découvrait la beauté de cette région. La nature se chargeait de purger la planète des pires méfaits de l'humanité et rappelait que, quoi que nous fassions, nous ne sommes que de passage. Ces paysages perdureraient bien au-delà de l'espèce humaine…

Le père de Bran descendit de la barque en premier et l'arrima à un poteau. L'homme possédait une solide carrure de manœuvre, accentuée par un ventre proéminent qui exprimait plus la force que l'obésité. Son visage rond, son crâne chauve et son nez épaté illustraient à merveille la bonhomie. Ses habits de gentleman-farmer tranchaient avec ce physique puissant. Peu loquace, il était resté sur son quant-à-soi et n'avait marqué aucune surprise à la vue de son fils encadré par deux parfaits étrangers le dépassant d'une bonne tête. Désormais arrivé en son domaine, il abandonna sa réserve et proposa son bras à Elena pour l'aider à monter sur le ponton.

Fidèle à elle-même, elle déclina l'offre sèchement et se propulsa vers la terre ferme, provoquant un remous qui faillit envoyer le journaliste par-dessus bord. Eytan le retint de justesse par le col de son imperméable.

Deux minutes plus tard, tous se présentaient sur la terrasse devant une porte vitrée ouvrant sur un salon richement décoré.

Une femme élégante aux cheveux blancs permanentés sortit de nulle part et se précipita sur Branislav sans faire cas des autres. Elle le serra dans ses bras et le regarda avec une tendresse et une douceur désarmantes. Ils échangèrent quelques mots en chuchotant tandis qu'elle pressait les joues de son fils entre ses mains.

— Maman, dit le jeune homme en anglais, je te présente Eytan et Elena.

Les deux invités se fendirent d'un salut de la tête, souriant pour l'un, crispé pour l'autre.

— Enchantée, je suis la maman de Branislav, bredouilla-t-elle sans cesser de couver son fiston.

Son accent à couper au couteau la rendait difficilement compréhensible. Le père se présenta à son tour.

— Vladek Poborsky. Entrez, nous allons discuter autour d'un verre. À moins que vous n'ayez faim ?

Il parlait un anglais remarquable.

— Va pour le verre, lança Eytan en pénétrant dans le salon.

Tout le monde lui emboîta le pas et, quelques secondes plus tard, ils se retrouvèrent assis autour d'une bouteille de Becherovka glacée et de ramequins remplis de biscuits apéritifs. La tentation de s'enfoncer profondément dans les coussins du sofa effleura Eytan. Mais devant l'attitude stricte, sans doute gênée, de ses hôtes, il jugea plus indiqué de ne pas trop prendre ses aises. Elena, installée dans un fauteuil, bâillait ostensiblement, les jambes croisées.

Pendant ce temps-là, elle ne pense pas à me tuer…

Coincé entre père et mère, le journaliste ressemblait à un enfant.

Établir un lien de filiation entre Vladek et Branislav Poborsky était impossible. Ces deux-là n'avaient aucun trait en commun, sur le plan tant morphologique que comportemental. Eytan percevait Bran comme un gentil garçon, du genre intelligent et timide qui tente d'exister sans déranger personne, et pour qui le statut de reporter représentait déjà un accomplissement.

Vladek, par contre, incarnait à merveille l'écrasante figure paternelle contre laquelle toute tentative de révolte se brisait invariablement. Physiquement du moins. Car ce sexagénaire à la voix rocailleuse et aux yeux bleus inquisiteurs se montrait plus sympathique et affable que son aspect ne le laissait présager.

Non, le fils tenait plutôt de sa mère, aux traits délicats et harmonieux.

Quand les regards interrogateurs s'ajoutèrent au silence, Eytan estima le moment adéquat pour attaquer les choses sérieuses.

— Monsieur et madame Poborsky, merci de votre accueil. Hélas, nous ne sommes pas venus pour une visite de courtoisie.

Le père s'adossa contre le dossier de son fauteuil et joignit les mains sur sa bedaine. Il dévisagea les deux inconnus, promena les yeux sur le sac d'Eytan puis laissa fuser un rire inopiné. Il murmura quelques mots à l'oreille de son épouse. Celle-ci adressa un sourire à la cantonade et quitta la pièce.

— Qui êtes-vous ? demanda-t-il à Eytan avec un sérieux retrouvé.

— Nous sommes des amis. Moins vous en saurez, mieux cela vaudra… pour tout le monde.

— Jeune homme, j'ai passé plus de la moitié de ma vie dans un pays appartenant au bloc communiste, avec toutes les contrariétés que cela implique. Alors il faudra plus que des faux pompiers et deux agents secrets en mission pour m'impressionner.

La sortie du père de Branislav réveilla Elena qui, tout à coup, sembla plus concernée par la discussion. Devant la surprise de ses interlocuteurs, Vladek désigna le sac.

— L'œil exercé détecte vite la forme des canons dans un sac bourré d'armes...

— *Des faux pompiers ?* reprit Eytan, sourire aux lèvres, sans relever plus avant la dernière remarque.

— Je suis les informations à la télé depuis ce matin. J'aurais pu gober cette histoire d'incendie si nous n'avions pas reçu la visite de pompiers hier soir et cet après-midi. J'ai dirigé pendant plus de dix ans la production d'une société qui stockait des produits hautement inflammables et explosifs. Alors, croyez-moi, j'ai assez collaboré avec des soldats du feu pour les reconnaître. De plus, leurs questions n'étaient pas en rapport direct avec l'incendie.

— Justement, que voulaient-ils savoir ? demanda Eytan.

— Si nous passions souvent par le hameau incendié, si nous y avions fait un tour avant-hier, si nous avions remarqué quelque chose d'inhabituel ces derniers jours. Ils ont glissé ces questions au fil de la conversation, mine de rien. Mais ils auraient aussi bien pu porter des pancartes « police secrète ».

Eytan considéra le sexagénaire d'un œil neuf. Les anciens pays du bloc de l'Est regorgeaient de ces personnages roublards, passés maîtres dans l'art de contourner les interdictions et prompts à repérer les éventuelles chausse-trapes. Vladek appartenait bien à cette race d'individus inoxydables.

— Vous ont-ils interrogé sur votre passé à Paramo ? s'enquit Eytan à brûle-pourpoint.

Pris au dépourvu, le père de Bran ne chercha pas à éluder la question.

— Non. Je vous vois venir, inutile de tourner autour du pot.

Son invité saisit la perche.

— Monsieur Poborsky, avez-vous travaillé sur le Semtex ?

— Le Semtex ? C'est quoi ce truc ? s'exclama Bran, les yeux brillants de curiosité.

Elena jugea le moment opportun pour démontrer que le monosyllabisme n'était pas son seul mode d'expression. Et puis, elle ne voyait pas chez les Poborsky, mère, junior et senior, des ennemis potentiels.

— Le Semtex est un des explosifs les plus puissants jamais créés. Son inventeur est un Tchèque : Stanislav Brebera. Amusant, non ? Cette merveille tire son nom de sa ville d'origine, Semtin, située, si je ne m'abuse, à quelques kilomètres de Pardubice. Dernier détail croustillant, le Semtex a longtemps été le joujou préféré de bon nombre de terroristes.

— Papa, c'est vrai ?

Vladek haussa les épaules.

— Tu le saurais si tu t'étais davantage intéressé à mon travail et un peu moins au football ! Évidemment, nous en produisions. À des fins industrielles, principalement pour des entreprises de démolition. Nous fournissions aussi la version militaire, mais je n'ai travaillé dessus qu'à la toute fin de ma carrière. Son utilisation par des terroristes était totalement indépendante de notre volonté.

— En quoi consistait précisément votre travail ? demanda Eytan.

— Ajouter un additif chimique pour faciliter la détection du matériau. Dans sa version brute, le Semtex est quasiment indécelable. À la suite de la mise en cause du produit dans différents attentats, et sous la pression de la communauté internationale, nous avons ajouté certaines substances pour lui donner une signature reconnaissable grâce à l'émission de vapeurs.

— Et d'après Bran, un de vos anciens collègues, Ivan, vivait à proximité. Il pourrait compter au nombre des victimes. Pouvez-vous nous dire quelles étaient ses attributions ?

Vladek réfléchit quelques instants.

— Ivan... Il faisait partie de mon équipe, c'est tout. Je peux savoir pourquoi vous me posez toutes ces questions ? Qu'est-ce qui s'est vraiment passé dans le coin hier ?

Eytan se tourna vers Branislav et lui adressa un signe de tête sans équivoque.

— Papa, en venant, j'ai vu quelque chose dont les médias ne parlent pas...

En dépit des multiples questions et des protestations véhémentes de Poborsky senior face aux risques encourus par son rejeton, Branislav arriva au terme de son récit.

— Nous espérions que votre lien avec Paramo nous livrerait un début de piste, intervint Elena avant même qu'Eytan ne puisse ouvrir la bouche.

Ce dernier ne protesta pas, se félicitant plutôt de la voir s'impliquer.

— Pour quels services travaillez-vous ?

— Pour l'instant, contentez-vous de savoir que nous œuvrons pour éviter d'autres catastrophes, répondit Eytan, coupant l'herbe sous le pied d'Elena.

— Papa, il m'a sauvé la vie. Je pense que tu peux lui faire confiance.

— Laisse-moi en juger. Répondez.

— Nous travaillons pour le Mossad, dans une branche antiterroriste. Nous avons de bonnes raisons de penser que ce qui s'est passé ici inaugure une vague d'attentats plus large et plus meurtrière. Vladek, toute information peut s'avérer capitale.

— Bran ?

— Oui ?

— Va voir ta mère.

— Hein ? Mais…

— Fais ce que je te dis !

Le jeune homme se leva sans quitter son père des yeux. Et, malgré son évidente frustration, se plia à l'injonction paternelle.

— Promettez-moi que ma femme et mon fils ne craignent rien.

— Tant que nous n'en savons pas plus, je ne peux vous le promettre. Mais, ils n'ont rien à craindre de nous. Nous ferons tout pour assurer votre sécurité.

— Vous faites fausse route avec le Semtex, murmura Vladek en se frottant le menton.

— Qu'est-ce qui…

Eytan n'eut pas le temps de formuler sa question.

— Mais Bran a sans doute visé juste en épluchant la liste des habitants du hameau.

— Soyez plus précis, reprit Elena qui s'impatientait.

Le sexagénaire se leva de son fauteuil. Il s'approcha d'un grand buffet et en ouvrit un tiroir qu'il fouilla avec vigueur. Eytan glissa discrètement une main vers son arme. Après une poignée de secondes, Vladek, soulagé, exhiba une tablette de chocolat.

— Ma femme va hurler, elle devient hystérique dès qu'il s'agit de mon cholestérol.

Il déchira l'emballage, préleva un peu de la gourmandise et proposa le paquet à Elena qui refusa ; Eytan, en revanche, se laissa tenter.

— Les mauvais souvenirs ont la vie dure, reprit Vladek en s'asseyant, et les Tchèques traînent de nombreux démons. De 1950 à 1990, notre pays a joué un rôle prépondérant dans le développement de substances psychoactives pour le compte de l'U.R.S.S. Nos chimistes étaient considérés comme les meilleurs du bloc de l'Est. Et il se trouve qu'une grande partie des habitants du hameau a œuvré dans ces laboratoires. Je ne peux vous dire avec précision quels étaient leurs domaines de compétence. J'ai glané ces informations au détour de discussions anodines. Il est fort probable que le village comptait moins d'innocents que les apparences ne le laissaient penser.

— Le peu que j'ai vu ne ressemblait pas à une opération militaire planifiée, précisa Eytan, mais à une réaction dans l'urgence. L'incendie et sa médiatisation en attestent. Les autorités poursuivent deux objectifs : détourner l'attention du vrai problème, comprendre et régler ledit problème. Et pour ça, elles semblent prêtes à tout.

— Rien de tel qu'un incendie pour allumer un contre-feu, commenta Elena avec un sourire narquois.

— Une méthode vieille comme le monde, mademoiselle. Je regrette de ne pouvoir vous renseigner davantage. Vous en savez désormais autant que moi.

Eytan se pencha vers son sac et en sortit la pochette dans laquelle Bran stockait le résultat de ses recherches. Il se saisit de l'agrandissement photographique et se leva pour le donner à Vladek. Puis il s'assit à ses côtés. Elena les rejoignit à pas feutrés.

— Examinez bien ce cliché. Vous ne remarquez rien ?

Vladek accusa le coup. Des cadavres jonchaient le bitume. Des gens qu'il croisait depuis des années. Peut-être avait-il partagé des parties de pêche avec certains d'entre eux. Sentant les regards pointés sur lui, il se concentra et examina en détail le cliché.

— Là, sur le mur, derrière l'homme en combinaison N.B.C., précisa Eytan.

— On dirait… une série de dessins, ou des bouts de majuscules. C'est bizarre.

— Aviez-vous déjà remarqué cette inscription ?

— Non, jamais, affirma Vladek, sûr de lui.

— Étant donné le profil des habitants, je les imagine mal taguer les murs… Maintenant, dans le coin, que voyez-vous ?

— Un autre type en combinaison blanche, mais on dirait… qu'il prend une photo de ce mur.

Eytan reprit le tirage des mains de Vladek.

— Nous tenons au moins deux pistes, déclara Elena, satisfaite. Pas celles que nous pensions mais, tout de même, ce n'est pas si mal.

— Une seule façon d'en avoir le cœur net… lança Eytan.

— … Capturer un des militaires présents sur les lieux. Et le faire parler, conclut Elena, ragaillardie.

La jeune femme semblait désormais totalement investie dans l'enquête.

— Vous n'aurez pas à chercher loin, dit Vladek en se levant. Le poste de commandement est situé à deux kilomètres au nord-est. Et comme je soupçonne les pompiers de faire partie des forces spéciales de l'armée, vous devriez trouver ce qu'il vous faut. Vous pourrez rejoindre le camp à pied en coupant par la forêt.

Eytan se l'avoua silencieusement : après des milliers de kilomètres avalés et un nombre extravagant d'allers-retours, un peu d'action ne lui ferait pas de mal.

En avisant la jovialité affichée par Elena, qui se frottait les mains avec une impatience évidente, et l'enthousiasme du géant, Vladek eut une pensée compatissante pour les pauvres types qui allaient les prendre sur le coin de la figure…

Chapitre 15

Le bureau était plongé dans un silence de cathédrale. Vladek et Elena observaient Eytan: subjugué par une toile d'inspiration flamande représentant des bourgeois aux trognes rubicondes, réunis autour d'une table de ferme sur laquelle abondaient corbeilles de fruits et gobelets de vin, le géant cogitait. Trois autres croûtes du même acabit recouvraient les murs de la pièce. Pour un amateur de peinture, et particulièrement de Claude Monet, le conformisme de Vladek Poborsky en la matière s'avérait déprimant.

Tant qu'il ne m'oblige pas à les exposer chez moi...

La tentation de gratter la peinture le saisit, au cas improbable où un joli croquis se cacherait sous les couches généreuses et excessives appliquées par l'« artiste ».

— Vous vous intéressez à l'art? demanda Vladek avec un mélange d'espoir et d'incrédulité.

— Non, mentit Eytan pour éluder une conversation longue et stérile. Je me demandais juste...

— Quoi? interrogèrent en chœur Elena et Vladek.

— La Tchécoslovaquie jouait un rôle très spécifique dans l'organisation soviétique et... je ne saisis pas encore le lien avec certitude, mais...

— Mais quoi ? insista la jeune femme, excédée par son soliloque improductif.

— Laissez tomber, je réfléchis à voix haute. De toute façon, nous devons aller chercher les infos où elles se trouvent. Par contre, Vladek, je dois demander à votre fils de nous accompagner.

— Pardon ?

— Nous n'avons pas le choix, intervint Elena. Nous partons dans le but d'observer le campement mais, si nous pensons y trouver des informations importantes, alors nous passerons à l'action. Je ne parle pas tchèque et je pense qu'il en va de même pour mon équipier.

D'un hochement de tête, Eytan confirma l'allégation.

— Comment voulez-vous que nous puissions identifier des éléments dans une langue dont nous ne comprenons pas un traître mot ?

La précision d'Elena eut des répercussions hélas prévisibles.

— Hors de question, aboya Vladek.

Calme et posé jusqu'alors, il rougissait à vue d'œil. Si ce type assumait les fonctions de directeur de production dans une usine, certains avaient dû se ramasser de sérieuses raclées.

— Inutile de vous emporter. Sans interprète, nous sommes bloqués, soupira la jeune femme.

— Emmenez-moi. En plus, je parle mieux l'anglais que mon fils.

Vladek se campa fermement sur ses jambes, les poings sur les hanches, un air de défi accroché au visage. Elena interrogea Eytan du regard. À lui de désamorcer la situation.

— Monsieur Poborsky, j'aimerais procéder autrement. Traîner un civil lors d'un raid n'offre que des inconvénients. Mais les options ne se bousculent pas. Au cas où il faudrait déguerpir à grande vitesse, Bran s'en tirerait mieux que vous, conclut Eytan.

— À mon âge, je peux encore vous en remontrer! objecta le sexagénaire, obstiné.

— Je vous crois sur parole… Malheureusement, il ne s'agit pas de jouer à qui pisse le plus loin. Cette action comporte de nombreuses inconnues et un réel danger.

— Qu'est-ce qui me prouve que vous êtes capables de réussir votre coup et d'assurer la sécurité de mon fils?

Eytan demeura silencieux un moment puis planta ses yeux bleus dans ceux de Vladek, qui sentit un frisson parcourir sa colonne vertébrale. Évanouie, l'expression sympathique du colosse. Son regard exprimait une détermination froide. Ce garçon portait en lui une énergie particulière, comme… séculaire. *Voilà le soldat derrière l'homme*, pensa le Tchèque.

— Monsieur Poborsky, dit Elena d'une voix douce, personne ne serait plus en mesure de protéger votre fils. Et nul autre que nous ne saurait mener à bien une opération de ce type.

L'intervention d'Elena, étonnamment bien disposée, acheva d'apaiser Vladek.

— Soit, se résigna-t-il. C'est un grand garçon. S'il souhaite vous accompagner, je ne m'y opposerai pas. Je vais le chercher. Ma femme va m'arracher la tête…

Il quitta la pièce avec une mine angoissée, laissant seuls les deux agents.

— À quoi joues-tu? demanda Eytan en se penchant vers Elena.

Elle se tortilla dans son fauteuil et tapota les accoudoirs de ses doigts longs et fins.

— Je ne voulais pas parlementer des heures pour obtenir le consentement d'un papy. J'ai prononcé les mots qu'il souhaitait entendre, voilà tout. Je désire autant que toi en finir au plus vite avec cette histoire, 302. Je compte bien faire tout ce qu'il faudra dans ce but, aussi étonnant que cela te paraisse. Et puis je n'ai pas menti sur tous les points.

Elle afficha un sourire énigmatique.

— Mais encore ?

— Personne ne peut rivaliser avec nous.

Pas totalement faux, songea Eytan en s'enfonçant dans le canapé, mais la propension de cette femme à verser dans l'excès de confiance le dérangeait. Depuis des années, il planifiait ses actions sans faire cas de ses capacités hors norme et comptait plus sur le sérieux, l'entraînement et la concentration. Elena se considérait intrinsèquement supérieure et s'en contentait. S'il se félicitait de ce travers chez ses adversaires, il le tolérait mal de la part de ses coéquipiers, si rares fussent-ils.

Vladek revint dans le bureau en compagnie de son fils. Ils se plantèrent au milieu de la pièce. Branislav accueillit la demande sans surprise apparente et accepta sans discuter.

Eytan et Elena échangèrent un regard entendu et se levèrent dans un même élan.

— Si tout va bien, nous serons de retour dans environ deux heures. D'ici là, ne bougez pas de chez vous. Laisse ton téléphone et tes papiers ici, ordonna le kidon en se tournant vers Branislav. Ah, Vladek, encore une requête…

Deux minutes plus tard, la petite troupe hétéroclite se retrouvait sur la terrasse. Le vent s'était levé : il bruissait à la surface du lac et ébranlait la cime des arbres. Vladek donna à Eytan des informations sur le trajet, la topographie de la zone à atteindre et deux ou trois autres détails. Branislav, bras ballants, fixait Elena avec des yeux de chien battu.

— J'ai l'air d'un con, grommela le journaliste. Et en plus, cette saloperie me démange !

— Mais non, tu es très bien. À vrai dire, je te trouve plus mignon attifé de la sorte, badina la jeune femme.

— J'en doute… grogna-t-il.

Elle s'approcha et tira sur les côtés de la cagoule bleu nuit qu'Eytan avait imposée à leur traducteur improvisé.

— Là, c'est mieux, seuls tes yeux sont visibles. Tant qu'à ressembler à un débile mental, autant que cela serve à quelque chose.

— Donc, j'ai vraiment l'air con…

— Branislav, souffla-t-elle en posant ses deux mains sur les épaules du journaliste, comment pourrait-il en être autrement ?

Elle l'abandonna à ses illusions perdues et, satisfaite de sa raillerie, rejoignit Eytan et Vladek. Le reporter la suivit en traînant des pieds.

Son volumineux sac militaire sur l'épaule, l'agent donna d'un signe de tête le signal du départ.

Ils disparurent dans les bois entourant la colline. En les regardant partir, Vladek ressassait les révélations de la soirée. Celles d'Eytan et de son fils. Les siennes.

Il rentra dans le salon où son épouse l'attendait, ramassée dans le canapé, incapable de prononcer un mot.

— Ils vont nous le ramener indemne.

Elle le fusilla du regard.

— Comment peux-tu affirmer une chose pareille ?

— Une intuition, murmura-t-il.

Il s'empara de la télécommande du téléviseur et passa sur la chaîne info qui continuait à diffuser les images du ballet des Canadairs survolant la forêt locale. Les mêmes plans tournaient en boucle depuis des heures alors que les avions avaient regagné leur base depuis belle lurette. La présentatrice revenait sur la coordination exemplaire entre les pompiers et l'armée qui avait permis de juguler la catastrophe.

En écoutant les énormités relayées innocemment par les journalistes, Vladek repensa avec tristesse à la devise de son pays : *Pravda zvítězí.*

La vérité vaincra…

Chapitre 16

La lune montait dans le ciel de Bohême, offrant une luminosité bienvenue pour la traversée de la forêt mais nettement moins propice à une mission furtive. Depuis maintenant vingt minutes, ils progressaient dans le silence recueilli des sous-bois, le bruit de leurs pas étouffé par le sol humide. Emmener Branislav s'était avéré une sage décision tant les indications de son père manquaient de précision. De fait, le journaliste avait pris la tête de la troupe et la guidait à bon rythme sur des sentes escarpées difficiles à repérer pour les non-initiés.

Eytan fermait la marche et observait, amusé, le jeune homme à l'allure empotée qui ouvrait la voie avec sa petite lampe torche à la main. Face aux protestations conjointes des deux agents, qui souhaitaient privilégier la discrétion à tout prix, il s'était contenté d'objecter qu'en plus de passer pour un abruti avec sa cagoule, il n'allait pas se fouler une cheville pour leurs beaux yeux.

La justesse de l'argument et le terrain très accidenté lui valurent l'autorisation de relever ladite cagoule.

Le kidon gardait un œil sur Elena, dont il ne cernait ni le comportement ni la personnalité profonde. Parfois renfermée, parfois impliquée, elle se révélait imprévisible et restait un mystère. De la même manière, il ne comprenait pas quelles raisons la poussaient à vouloir absolument en découdre avec lui une fois cette « crise » réglée. Mais, dans l'immédiat, il s'agaçait surtout de voir Bran maintenir les branchages des buissons écartés pour faciliter le passage de la rousse qui, quant à elle, prenait un malin plaisir à les lui relâcher en pleine face…

Une demi-heure après le début de leur randonnée improvisée, ils quittèrent la forêt et débouchèrent au sommet d'une colline verdoyante. L'endroit offrait une vue plongeante sur la vallée en contrebas, au creux de laquelle serpentait un petit ruisseau gorgé d'eau de pluie.

Eytan s'immobilisa et posa délicatement son sac à ses pieds. Il fit coulisser la fermeture éclair et en retira une arme.

— Je pars en repérage. Attendez-moi ici, ordonna-t-il en tendant le pistolet à Elena, qui ne se fit pas prier pour s'en saisir.

— Tu me fais confiance, 302 ? demanda-t-elle en soupesant la crosse dans sa paume.

— Je ne gaspillerai pas mon énergie à te surveiller. Bute-moi ou fais ce que je te demande.

Sur quoi il s'enfonça dans la futaie.

Elena ôta le chargeur de son arme et en vérifia le contenu. Satisfaite, elle replaça le tout et installa le pistolet à sa ceinture.

— C'est donc ça, l'humour des agents secrets ? demanda Branislav, dubitatif.

— Pardon ?

La jeune femme semblait ne pas comprendre la question.

— Il vous propose de le buter, dit qu'il ne peut pas vous surveiller, et vous l'appelez par son matricule. C'est moi, ou vous entretenez des rapports étranges pour des équipiers ?

Le visage d'Elena s'éclaira. Collaborer ne signifiait pas rendre la vie de l'agent israélien plus simple.

— Eytan n'est pas mon équipier, mais mon geôlier. Nous ne sommes pas collègues, mais ennemis. Je me suis juré de le tuer. 302 n'est pas son matricule, mais son numéro de cobaye. Voilà qui dissipera les malentendus, conclut-elle avec le plus grand sérieux.

— Vous vous moquez de moi ?

— En ai-je l'air ?

— À bien y regarder, pas vraiment, mais…

Elena se lassa de la conversation et se détourna de Branislav.

— Assieds-toi et ferme-la avant que je ne sois tentée de te montrer ce qui fait vraiment rire les agents secrets.

Sans même protester, ne sachant que penser de cette femme, Branislav s'exécuta.

À une centaine de mètres en amont, Eytan, jumelles en mains, observait son objectif, allongé entre les arbres à l'orée du bois.

Monté en toute hâte dans un champ au pied des collines alentour, le campement était délimité par des véhicules de pompiers et des blindés légers formant un rectangle d'environ cent mètres de long par cinquante de large : à peu près la superficie d'un terrain de football. Une dizaine de projecteurs éclairaient l'intérieur du bivouac. Au centre de la zone se dressait une grande et haute tente octogonale en tissu camouflage beige, jouxtée par trois paraboles sur trépied. Des câbles raccordaient l'arrière de l'installation à un semi-remorque blanc sur lequel trônait un énorme cube gris. Eytan connaissait ces groupes électrogènes conçus pour les besoins spécifiques de l'armée. Entre les systèmes de communication satellite et l'approvisionnement en énergie, il ne faisait aucun doute que le chapiteau renfermait le poste de commandement. Les ouvertures opaques ne permettaient pas de voir ce qui se passait à l'intérieur, mais de fins rais de lumière filtraient sous la toile. Deux militaires montaient la garde, fusil mitrailleur au poing. La cible prioritaire se trouvait toute désignée.

Un autre poids lourd de grand tonnage était garé à une trentaine de mètres sur la droite du campement. Si le tracteur n'avait rien de particulier, le conteneur, lui, attira l'attention de l'agent. Métallique, aux arêtes arrondies, et surmonté de quatre blocs d'aération, il ressemblait à un mobile-home. À l'arrière se trouvait une porte noire équipée d'une lucarne translucide. Une rampe massive s'étirait de la plateforme du semi-remorque vers le sol.

Soudain, les ventilations situées sur le toit de l'étrange cabine libérèrent une épaisse vapeur et, une poignée de secondes plus tard, la porte s'ouvrit. Une femme vêtue d'un pantalon noir et d'une blouse blanche sortit du caisson et descendit la rampe. Elle secoua ses cheveux bruns bouclés puis s'éloigna de cinq pas et accosta un des gardes qui patrouillaient dans le camp. Ce dernier la salua, puis ils échangèrent quelques mots. L'homme finit par lui tendre un paquet de cigarettes et un briquet. Clope allumée, elle se mit à l'écart, s'adossa contre un camion de pompiers et fuma seule.

Un poste de commandement et un caisson de quarantaine mobile. Bingo ! se félicita Eytan. Il nota mentalement les informations indispensables à la bonne réussite du plan qu'il ourdissait en silence. Il quitta son poste d'observation et retourna auprès d'Elena et Branislav. Il les trouva assis à une dizaine de mètres l'un de l'autre, sages comme des images. Presque trop sages…

— Tout va bien ?

— Aucun souci, répondit la rousse. Pas vrai, Branni ?

— Oui, oui, impeccable, sourit le Tchèque, crispé.

Eytan n'entendit pas la déglutition difficile qui conclut sa phrase.

— Bien, Elena, nous allons intervenir. Ils sont environ trente, quarante au grand maximum. Et comme je n'ai pas repéré de cantonnements, je pense que notre petit monde ne va pas tarder à décamper.

Eytan tira la fermeture éclair du sac, qui s'ouvrit de part en part, dévoilant un impressionnant arsenal : deux fusils d'assaut de type M14, autant de pistolets mitrailleurs Heckler and Koch MP5K, deux canettes métalliques et tout un tas de chargeurs, dont certains étaient cerclés d'un autocollant bleu. Plusieurs petits coffrets sombres traînaient au milieu des armes.

— Pas très « Mossad », mais beau matériel, souligna Elena.

— Je pouvais aussi apporter un Uzi, des Desert Eagles et le guide du routard spécial Tel-Aviv. D'ailleurs, comme je n'ai pas de cagoules, je vais vous donner des kippas…

— C'est fin, répliqua-t-elle à la moquerie d'Eytan.

Branislav détaillait, effaré, l'équipement étalé sous ses yeux.

— Vous voyagez toujours avec ça ? bredouilla-t-il en pointant les armes d'un doigt tremblant.

— *Niet*. Mais ne sachant pas dans quoi je m'embarquais en venant à Prague, j'ai jugé plus prudent de voir large et de m'armer lourdement. En l'occurrence, je ne regrette pas mon initiative.

Eytan empoigna un coffret, l'ouvrit et en sortit trois minuscules oreillettes. Il en inséra une dans son oreille droite et tendit les deux autres à Elena et Bran.

— Elles sont préréglées sur une fréquence sécurisée.

Le Tchèque examina ce qui lui évoquait un simple bouchon d'oreille et ne pesait d'ailleurs pas plus lourd.

— Y a pas de micro, s'étonna-t-il.

— Pas besoin. Elles captent la voix. Par contre, l'autonomie est faible.

— Sympa, commenta Branislav.

— Les mecs de la section Recherche et Développement méritent tous de finir en camisole de force, mais j'avoue qu'ils bossent bien.

Eytan reprit son sérieux et se tourna vers le jeune homme.

— Bran, quoi que tu entendes, tu restes ici et tu ne bouges pas jusqu'à notre retour. Par contre, si tu n'entends plus rien dans ton oreillette, tu t'enfonces dans le bois *illico* et tu files chez tes parents en vitesse.

— Compris. Mais… vous comptez vraiment attaquer entre trente et quarante militaires entraînés à deux ?

— Oui, répondit Eytan en glissant les chargeurs dans les poches de sa veste. Tu apprendras qu'une guerre ne se gagne pas sur le nombre, mais sur ta capacité à surprendre l'adversaire. Ils ont certainement renforcé leur sécurité suite à la disparition des trois hommes qui en avaient après toi. Mais, crois-moi, ils ne s'attendent pas une seconde à ce qui va leur tomber dessus. Et le meilleur des entraînements n'est rien face à la réalité de la guerre.

— Vous n'allez quand même pas tuer tous ces gens ?

— Après ce que tu nous as raconté sur ta mésaventure d'hier, tes scrupules m'étonnent, ironisa Elena tout en s'attachant autour de la cuisse un holster pour MP5. As-tu protesté quand Eytan a éliminé les trois mecs qui s'apprêtaient à te descendre ?

— Non, évidemment, mais la situation s'apparentait plus à de la légitime défense, protesta-t-il.

— Je vois, Monsieur ajuste ses critères moraux en fonction de son propre intérêt.

Branislav s'emporta devant une mauvaise foi aussi évidente.

— Hé, c'est quoi votre problème, à la fin ?

Elena se dirigea vers lui d'un pas décidé, prête à en découdre. Eytan abandonna ses préparatifs et s'adressa aux deux belligérants.

— Arrêtez vos conneries ! ordonna-t-il. Elena, prends ton matériel, nous y allons, maintenant ! Quant à toi, ajouta-t-il en fixant le Tchèque, je te pensais assez mature pour ne pas répondre à de telles provocations.

La fermeté de l'injonction n'incita personne à en enfreindre les termes, et une trêve précaire s'instaura. La jeune femme lança un sourire mauvais à la cantonade et retourna s'équiper.

Branislav saisit au vol la manche d'Eytan alors que ce dernier s'apprêtait à rejoindre Elena.

— Ne tuez pas ces gens…

Le kidon se pencha, retira son oreillette et chuchota au journaliste :

— Je te trouve sympa, mais tu commences vraiment à me faire chier. Attends avant de crier au loup. Dorénavant, et jusqu'à notre retour ou l'apparition d'un imprévu : silence radio.

Il termina en réajustant la cagoule sur le visage de Branislav. Ce dernier resta seul, penaud, ne sachant plus quelle attitude adopter face au massacre qui s'annonçait. Indifférents à ses interrogations, Elena et Eytan quittèrent le campement improvisé et rejoignirent leur poste de combat.

Arrivés sur les hauteurs surplombant la base tchèque, ils s'allongèrent côte à côte en bordure de la forêt. Le géant tendit ses jumelles à sa coéquipière.

— La tente de commandement constitue notre cible prioritaire. J'écoute ton plan.

— Tu me demandes mon avis ? répliqua Elena, surprise.

— Il semblerait…

Elle observa la configuration des lieux pendant une petite minute.

— La zone est trop petite et trop éclairée pour espérer quoi que ce soit d'une approche discrète. Je préconise l'attaque frontale à l'arme lourde en tirant profit de la hauteur. Tu prends le flanc nord, pour les contraindre à se placer à couvert en me tournant le dos. J'ouvre un deuxième front ici, au sud. Feu croisé. J'allume l'entrée de la tente pour les dissuader de sortir. Et, de ton côté, tu coupes l'alimentation électrique et les systèmes de communication. Une fois la menace réduite ou sous contrôle, nous entrons. Ça te convient ?

— Rien à redire.

— Que comptes-tu faire pour le camion de droite ? C'est une unité de quarantaine mobile, donc blindée.

— Ce n'est pas notre objectif principal. Quant au blindage, il ne m'inquiète pas. Je suis plus préoccupé par ce qui se trouve à l'intérieur.

— Ouais… tu crains qu'ils n'y stockent des cadavres contagieux, pas vrai ?

— Ceux qui restent, oui. J'ai repéré des traces de pneus similaires à ceux de l'unité encore présente, ils ont donc déjà embarqué une partie des corps. Pas besoin de prendre le risque d'y pénétrer. Contentons-nous de faire prisonnier un médecin ou la personne en charge de toute l'opération. Tu ouvres le feu à mon signal.

Ils échangèrent un regard entendu. Toute animosité, toute méfiance s'étaient effacées devant la reconnaissance d'un objectif commun.

Eytan courut jusqu'à son poste de combat, une centaine de mètres plus au nord. Il disposa à ses pieds une canette en métal et trois chargeurs. Puis il épaula son fusil d'assaut, ajusta sa lunette ACOG et visa les paraboles situées à côté de la tente de commandement.

— *Showtime...*

Chapitre 17

Karel et Jan, membres des forces spéciales, patrouillaient avec une attention redoublée. L'attentat contre le village et la disparition de trois de leurs frères d'armes les poussaient à une vigilance extrême.

L'état-major déployait, sur ordre de l'exécutif, des moyens colossaux pour faire face à une menace terroriste dépassant de loin tout ce que la jeune république avait connu. Au moins les années d'entraînements quotidiens intensifs trouvaient-elles, en ces circonstances exceptionnelles, une justification. Car force était de constater qu'à l'instar de l'ensemble de l'armée tchèque, le recours à leurs services était pour le moins épisodique...

Les gardes, sens en alerte, se cramponnaient à leurs fusils d'assaut, parés à des éventualités qui ne se présentaient pas. Leur secteur d'intervention se limitait à la tente de commandement, toujours occupée par des gradés peu loquaces et des scientifiques militaires visiblement préoccupés.

Pour oublier la fatigue, compréhensible après de nombreuses heures de surveillance, les deux hommes devisaient de tout et de rien en attendant le démantèlement du camp annoncé pour le matin. Une façon comme une autre de tromper l'ennui sans sortir du cadre professionnel. Karel, spécialisé dans le tir de précision, expliquait à Jan, lui-même expert en combat rapproché, les bienfaits de la pratique du yoga pour la maîtrise du souffle. Vertu capitale pour un sniper !

Un cliquetis métallique attira leur attention, suivi d'une dizaine d'autres. Ils forcèrent le pas en direction des bruits et se retrouvèrent devant les paraboles assurant les transmissions. Des grésillements émanaient des appareils. Karel s'accroupit et examina la surface des antennes. Elles portaient des traces d'impacts dévoilant des fils dénudés parcourus d'étincelles. Le temps de se tourner vers son collègue pour lui faire part de ses constatations, un lieutenant surgissait de la tente en beuglant une bordée d'insanités à propos de communications interrompues. Lorsqu'il arriva au niveau des deux sentinelles, les projecteurs autour du camp s'éteignirent les uns après les autres en l'espace d'une poignée de secondes, dans un fracas de verre lugubre. Puis une énorme explosion retentit, décollant du sol un camion de pompiers dans une gerbe de flammes apocalyptique.

Karel sentit son cœur accélérer et la sueur perler soudain sur son front. Il assura sa prise sur la crosse de son fusil et entreprit de réguler sa respiration suivant les enseignements de son maître yogi. Dans le même temps, il vit une patrouille qui passait à proximité d'un véhicule être projetée dans les airs par le souffle d'une seconde déflagration. Partout résonnaient des cris rauques donnant l'alarme. Alertés par les explosions, des gradés émergèrent de la tente et essuyèrent un feu nourri. Touchés chacun à plusieurs reprises, ils virevoltèrent tels des danseurs désarticulés. Les assaillants invisibles visaient avec une précision diabolique. Des corps commençaient à joncher le sol, et aux injonctions désordonnées succédaient maintenant gémissements et appels à l'aide. Recroquevillé à couvert entre le groupe électrogène et la tente, Karel, collé à Jan, pointait son arme devant lui sans plus savoir où donner de la tête.

Dans son dos, deux nouvelles détonations lui indiquèrent avec une clarté inquiétante qu'on les attaquait à revers...

Sur la colline dominant le campement, Branislav ne tenait plus en place. D'irrépressibles larmes lui montaient aux yeux. Il entendait dans son oreillette les consignes d'Eytan précisant à Elena où tirer, annonçant le lancement d'une grenade ou d'un explosif quelconque. Le géant n'avait pas hésité à tuer de sang-froid les trois commandos qui, la veille, menaçaient Branislav. Fallait-il vraiment s'attendre à quelque mansuétude de la part d'un tueur? La gratitude du Tchèque atteignait ses limites. Mais que pouvait bien faire un simple journaliste pour empêcher le massacre qui se déroulait quasiment sous son nez?

Eytan visa les paraboles, qui ne résistèrent pas à quelques coups ciblés. Il retira son chargeur vide, le remplaça à la volée et concentra son attention sur les projecteurs situés sur sa gauche. Au moment de presser la détente, il lança: «À toi, Elena.»

Cette dernière attendait patiemment l'ordre d'ouvrir le feu et ne s'en priva pas, explosant une à une les sources lumineuses dépendant de son périmètre d'intervention.

— OK, commenta calmement Eytan. On maintient le rythme. Concentre-toi sur le groupe électrogène du poste de commandement puis fais sauter les véhicules. Je m'occupe de ma zone. Après, on tire dans le tas. *Go!*

Les pans de la tente s'ouvrirent sur un homme en uniforme. Avant que l'entrée ne se referme, Eytan avisa, penchée sur un ordinateur portable, la brune aperçue quelques minutes plus tôt en train de fumer une cigarette.

À cet instant précis, l'alimentation électrique rendit l'âme sous les tirs précis d'Elena.

— Nouvelle consigne, fais sauter le camion de quarantaine pour accroître la diversion.

— Mais, ça ne risque pas…

— Il est blindé, vise le tracteur, ça suffira. Maintenant.

Sitôt dit, sitôt fait. Cinq secondes plus tard, l'avant du poids lourd se souleva comme projeté par une force invisible puis le véhicule, tel un jouet en ferraille, s'écrasa sur le flanc dans un bruit assourdissant. La remorque et le caisson de quarantaine se couchèrent sur le sol. Eytan surveilla quelques instants la porte arrière, mais personne n'en sortit. Il reprit le cours normal de son plan…

Karel regardait l'univers s'écrouler, le chaos se répandre, raz de marée implacable. Ses efforts pour retrouver son calme ne donnaient pas les résultats escomptés. Entre les impacts de balle incessants, les râles des blessés, l'obscurité et les véhicules incendiés, il n'arrivait plus à réfléchir. Le camion où officiaient les scientifiques militaires venait d'exploser dans un froissement de métal agonisant. Son collègue respirait de plus en plus bruyamment, et ses yeux hagards exprimaient une peur totale, absolue, paralysante.

Pourtant, Jan démarra si vite que Karel ne put le retenir. Il vit son camarade, genoux fléchis, longer la tente dans l'espoir d'y trouver refuge. Une nouvelle rafale le rappela à l'ordre, et il plongea au sol pour ne pas être touché à son tour. La tente, par contre, ne résista pas et se retrouva trouée comme un gruyère.

Puis vint le silence. Karel risqua un coup d'œil et scruta les environs. En l'espace d'une minute, deux maximum, le paisible poste avancé s'était métamorphosé en paysage de fin du monde. Et maintenant, quoi ?

— 302... Enfoiré ! cracha Elena tout en visant un fuyard dont elle doucha l'optimisme d'un tir à l'omoplate.

— Qu'est-ce qui se passe ? osa Branislav, au bord de la crise de nerfs.

— Toi, ta gueule ! lui répondit la rousse.

— Silence, tous les deux. Elena, tu gardes tes humeurs pour toi. Branislav, tu la fermes et tu nous laisses faire. Elena ?

Pas de réponse.

— Elena ! insista Eytan d'un ton ferme.

— Je suis là !

— On entre, point de jonction : le poste de commandement.

Elle mit son M16 en bandoulière, dégaina son MP5K puis descendit vers le camp pour une curée trop frustrante à son goût...

Désormais à cinq mètres l'un de l'autre, les deux hommes échangèrent une série de signes contradictoires quant à la marche à suivre. Karel préconisait de rester allongés en attendant la suite des événements. Jan, lui, proposait de se glisser sous un véhicule encore intact pour ne pas rester exposés en plein milieu de la zone.

Une ombre se dessina au loin, signe que l'assaut entrait dans une nouvelle phase. Karel balaya les environs à la recherche des autres assaillants. Mais personne ne se profilait à l'horizon, hormis cette silhouette haute, massive, qui avançait à grandes enjambées. Passant à proximité d'un blessé qui tentait de se relever, la forme ralentit sa marche et lui logea une balle dans le thorax.

Horrifié, Karel se recroquevilla sur lui-même pour ne pas être repéré. Une telle détermination, froide, meurtrière, le fit rentrer dans une rage indicible. Et puis merde, si ce mec voulait la guerre, il l'aurait !

Le moment était venu de faire étalage de ses facultés de tireur d'élite. Il pencha la tête et aperçut très vite l'homme. Il continuait d'achever les blessés un à un. Karel prit une profonde inspiration et ajusta sa visée. Cet enfoiré était à lui.

— Tu ne peux pas imaginer à quel point je prendrais plaisir à te regarder faire !

Il sursauta en entendant cette voix monter derrière lui. Une voix de femme ? Karel parlait un anglais approximatif, limité à la compréhension d'ordres simples, et ne saisit pas le sens général de la phrase. Il jugea adéquat de poser son arme et de lever les mains en l'air – un langage universel.

— Couché ! aboya l'inconnue.

Là, il comprenait, et sans même envisager un héroïsme désespéré, il obtempéra docilement puis sombra dans l'inconscience.

Tapi au sol, constatant que ceux qui bougeaient encore étaient impitoyablement achevés, Jan faisait le mort. Il sentait l'humidité de la terre pénétrer son treillis et lui glacer la peau. Au moins avait-il entrevu Karel se faire assommer d'un coup de crosse, ce qui, dans le cimetière environnant, était un moindre mal…

Elena et Eytan se rejoignirent devant le poste de commandement, non sans avoir systématiquement neutralisé la totalité des occupants du camp désormais dévasté.

— Ferme les yeux ! ordonna le kidon.

Elena obéit sans poser de question. Eytan jeta dans la tente la canette qu'il gardait avec lui depuis le début de l'opératon et se détourna, paupières closes. Une lumière intense, aveuglante, éclata dans l'abri.

— Ça t'aurait arraché la gueule de me prévenir qu'on tirait avec des balles en caoutchouc ? hurla-t-elle sitôt ses yeux rouverts.

À quelques centaines de mètres de là, Branislav s'adossa à un tronc d'arbre et se laissa glisser jusqu'à se retrouver assis au milieu des racines.

Des balles en caoutchouc, soupira-t-il en se prenant la tête à deux mains.

Eytan, sans prêter attention aux récriminations étonnamment vulgaires de la jeune femme, écarta les pans de ce qui restait du poste de commandement pour y jeter un coup d'œil.

— Je ne vois pas bien ce que cela aurait changé… répondit-il distraitement tout en constatant avec satisfaction que les occupants, deux hommes en uniforme et la femme en blouse blanche, étaient inconscients.

Il s'apprêtait à entrer quand Elena s'avança avec la ferme intention de lui asséner un coup de poing en pleine face. Eytan pivota avec une vitesse fulgurante et dévia l'attaque de la paume. Avant qu'elle ait pu réagir, il lui saisit le cou. Elle écarquilla les yeux devant la puissance de la prise. Il se colla à elle et planta son regard bleu et froid dans celui de sa partenaire. Elle sentait qu'un effort mineur suffirait au kidon pour lui broyer la trachée.

— Tu croyais vraiment que nous allions tuer ces gens ? Tu as été d'une remarquable efficacité, alors ne gâche pas tout, dit-il avec un calme désarmant.

Il relâcha sa prise et recula de deux pas. Elena hésita de longues secondes entre l'apaisement et la tentation de se lancer dans un assaut décisif. Échaudée par la vitesse et la force dont il venait de faire preuve, elle opta pour la première solution.

— Tu aurais pu me prévenir, c'est tout, murmura-t-elle en se massant la gorge.

— Oui, mais je ne l'ai pas fait. Pas de morts, mais des fractures à foison. Pour avoir ta dose de sang, il faudra attendre. Fin de la discussion.

— Tu peux m'expliquer pourquoi tu disposais de ces munitions ?

— Je venais à Prague avec l'espoir de tomber à bras raccourcis sur tes petits camarades du Consortium. Et je tenais à faire des prisonniers. Alors, dans le doute… Satisfaite ?

— Non.

— Pas grave, je survivrai. Le Tchèque ?

— Heu… C'est à moi que vous parlez ? demanda Branislav, étonné.

— Oui, je ne vais pas prononcer ton nom ici, répondit Eytan.

— Ah, d'accord…

— Je t'amène la personne à interroger, alors mets ta cagoule. Elena, prends l'ordinateur portable et les dossiers posés à côté. On décroche.

Elena, masquant son irritation, débrancha à la hâte les câbles du PC et embarqua la machine. Eytan, lui, souleva les paupières de la brune pour s'assurer que son inconscience n'était pas feinte puis la prit dans ses bras.

Ils quittèrent le camp sous les yeux médusés de Jan, désormais allongé sous un camion. Sans moyen de communication, sans renforts, il ne jugea pas opportun de tenter une action frontale. Les suivre pour en savoir plus lui parut, sur le moment, une idée judicieuse…

Branislav se rua sur Eytan, à peine celui-ci arrivé sur la colline et sa prisonnière déposée à terre avec délicatesse. Il lui imposa une poignée de main vigoureuse.

— Merci, répéta le journaliste à plusieurs reprises. J'ai vraiment cru que vous alliez faire un carnage.

— Pas le genre de Sa Sainteté, commenta Elena, dédaigneuse, en passant au niveau des deux hommes.

Elle se dirigea vers la brune dont elle attacha les poignets avec des menottes en fil nylon trouvées dans le sac de son équipier. Elle termina en déchirant un bout de la blouse dont elle banda les yeux de la dormeuse.

— Pas d'idéalisme mal placé. Si j'avais considéré ces gens comme de réels ennemis, aucun d'eux n'en serait sorti vivant, se contenta de répondre Eytan. En l'espèce, les tuer n'aurait rien apporté à notre mission.

Branislav ne sut s'il devait se réjouir de cette déclaration, mais décida de s'en satisfaire.

Elena montait la garde aux côtés de la brune toujours inconsciente. Le journaliste, flanqué du kidon, parcourait les dossiers stockés sur les disques durs. La plupart contenaient des rapports médicaux abscons, truffés de termes intraduisibles en dépit des efforts du malheureux Branislav, efforts ponctués de jurons et autres onomatopées évocatrices.

Eytan l'abandonna à son calvaire, se leva puis se dirigea vers les documents déposés dans son sac. Il les feuilleta un à un jusqu'à ce qu'un sourire carnassier illumine son visage. Une série d'agrandissements photographiques étaient la cause de sa bonne humeur retrouvée.

Il était temps d'interroger la prisonnière et de dégager au plus vite.

— Vois si tu peux la réveiller, ordonna Eytan à Elena.

Pour une fois, la consigne fut accueillie avec un bonheur visible. Une série de gifles s'ensuivit. La scientifique releva la tête péniblement, s'y reprenant à plusieurs fois. Branislav s'approcha d'Eytan et lui murmura à l'oreille :

— Pourquoi je porte une cagoule si elle ne voit rien ?

— Prudence est mère de sûreté...

La femme, enfin réveillée, fut redressée sans ménagement par Elena qui se plaça ensuite dans son dos en compagnie des garçons.

L'interrogatoire se déroula avec une simplicité confondante. Eytan posait les questions, Branislav les traduisait tant bien que mal, et la prisonnière, terrifiée, y répondait sans faire de difficultés. Cinq minutes plus tard, l'affaire était pliée.

— Dis-lui de ne pas s'inquiéter et qu'elle ne craint rien. Je vais la déposer à côté du camp. Remballez le matériel, je fais vite, déclara Eytan, mécontent du peu d'informations obtenues.

La femme, bâillonnée avec soin par Elena, émit un couinement quand Eytan la jeta sur son épaule comme un vulgaire tapis. Il disparut dans la forêt avec son chargement.

Dissimulé derrière un bosquet, Jan ne perdait pas une miette de la scène. S'il en distinguait mal les protagonistes, du moins les dialogues lui parvenaient-ils avec clarté. Ainsi apprit-il, ébahi, qu'une attaque virologique était à l'origine de sa présence dans la région. Délesté de son fusil durant l'assaut, il n'avait plus que son pistolet de service. Bon sang, comme il aurait voulu que Karel soit là ! Lui aurait su quoi faire et aurait pris à coup sûr la bonne décision.

Jan ne comprenait toujours pas comment deux personnes avaient pu mener un assaut d'une telle violence et d'une telle efficacité. Mais ce qu'il avait vécu l'incitait à ne pas s'engager dans un acte stupide. Première bonne nouvelle, le géant s'éloignait. Deuxième bonne nouvelle, le type cagoulé ne paraissait pas armé. Donc, la rouquine représentait la seule menace sérieuse. Par ailleurs, il lui fallait en capturer au moins un vivant.

Eytan et la prisonnière partis, Branislav enleva enfin sa cagoule. Comme il se grattait vigoureusement les joues et la mâchoire, il se jura de la balancer dans le feu de cheminée de ses parents.

— Qui t'a dit de l'enlever ?

Comme à chacune de ses saillies, le journaliste ne savait pas si Elena était sérieuse ou si elle se payait sa tronche.

— Ben quoi, on a terminé, non ? Je ne vois pas de raison de garder cette…

Branislav s'interrompit brusquement et leva les bras au ciel.

— Pas la peine d'en faire des tonnes, je plaisantais, répliqua la jeune femme.

D'un mouvement du menton, le Tchèque indiqua à Elena de regarder par-dessus son épaule, ce qu'elle fit sans comprendre.

Derrière elle, un homme en tenue noire sortait d'un taillis, un pistolet pointé dans leur direction. Il s'approcha de la femme et lui fit signe avec son arme d'imiter son complice. Elle montra ses paumes à son tour.

— Face contre terre, tous les deux, ordonna le soldat dans un anglais approximatif.

Elena obtempéra sans sourciller. Branislav, qui guettait le retour d'Eytan et une éventuelle réaction de sa versatile équipière, traîna trop au goût du soldat, qui s'avança brusquement et lui décocha un coup de coude en pleine face. Le journaliste tomba sur les fesses et se tint le nez à deux mains.

Avec la grâce d'une gymnaste, Elena poussa alors de toutes ses forces sur ses bras, regroupa ses pieds et les projeta en arrière en plein dans le thorax de l'homme. Sous l'impact, il lâcha son arme, bascula à la renverse, mais se rétablit d'une roulade parfaite. Déstabilisé par la manœuvre, il adopta une garde de Wing Chun, mains ouvertes positionnées devant son torse, puis il approcha de la rousse.

Elena se tenait droite comme un i, immobile, les bras ballants. D'une rotation du torse, elle esquiva le premier coup de poing, rapide et nerveux, et contre-attaqua par un coup de pied bas que l'homme para du tibia.

— Je sens que nous allons bien nous entendre, lui dit-elle, un sourire mauvais aux lèvres.

Et dans la foulée, elle se lança à l'assaut.

Ce type connaissait son affaire. Sa maîtrise du combat rapproché contraignait Elena à déployer l'éventail de ses parades et esquives, tant il ne lâchait pas un pouce de terrain. Collés l'un à l'autre, les deux combattants rivalisaient de précision et de vitesse. Devant la résistance de son adversaire, la morgue de la jeune femme s'était effacée comme par enchantement, et elle faisait désormais preuve de concentration et de sérieux pour retarder l'échéance.

Les premiers échanges avaient amusé Elena, qui attendait le bon moment pour accélérer et dérouiller le pauvre type. Mais voilà, elle n'arrivait pas à hausser le rythme et manquait de souffle. D'ordinaire confiante en ses capacités, elle sentait que quelque chose se produisait, quelque chose d'inhabituel, d'anormal.

Une esquive un peu courte de son opposant lui offrit une opportunité de rentrer dans sa garde et de toucher au plexus et à la gorge pour mettre fin à l'affrontement. Elle saisit sa chance. Elle feinta un crochet du droit, obligeant l'homme à parer une attaque qu'elle retint finalement. Le chemin était dégagé. Elle s'y engouffra en décrivant un demi-cercle dans sa direction, conclut par un coup de coude à la face. Sans qu'il ait le temps de réagir, elle frappa son avant-bras du bas vers le haut avec sa main droite et réalisa le geste inverse de la main gauche. Le bruit d'os fracturé fut sans équivoque. Et c'est bien la seule chose qui indiqua à la jeune femme la réussite de son mouvement.

Elle entendit un hurlement de douleur et le son sourd d'un corps tombant au sol. Puis elle demeura immobile, secouant la tête de droite et de gauche.

Elle ne comprenait pas pour quelle raison elle ne voyait plus rien…

Eytan déposa son « paquet » à l'extérieur du campement, ou du moins de ce qu'il en restait. D'ici quelques minutes, les soldats retrouveraient leurs esprits et, en dépit des inévitables fractures causées par les balles non létales, ils ne manqueraient pas de sonner l'alerte générale. Nul doute que l'utilisation de projectiles en caoutchouc plongerait les autorités dans une perplexité bienvenue ; elle ralentirait leur prise de décision et troublerait leur jugement. Il aurait préféré ne pas en arriver à de telles extrémités, mais seule une action violente, rapide, et volontairement disproportionnée répondait à l'urgence de la situation. Pour récupérer Eli, il était prêt à tout. Mais son implication dépassait ce cadre. Il lui en coûtait de l'admettre, il partageait avec Cypher le désir d'éradiquer une menace qui s'annonçait de plus en plus sérieuse. Les armes chimiques ou bactériologiques, l'arsenal nucléaire, la recherche permanente de nouveaux moyens de destruction. Fallait-il que l'inexorabilité de la mort ne suffise plus aux humains pour qu'ils veuillent à ce point s'assurer qu'elle ne soit jamais en retard à ses rendez-vous?

Combien d'innocents paieraient encore le prix des délires d'une minorité d'illuminés? Car, au final, l'attaque menée avec Elena le démontrait avec une tragique ironie, les gens paisibles ne pouvaient endiguer les assauts d'une poignée de va-t-en-guerre.

Une soudaine bouffée de chaleur rappela Eytan à sa propre réalité, ses propres contraintes. De grosses gouttes de sueur se mirent à perler sur son crâne rasé. Il regarda ses mains aux veines de plus en plus saillantes. Il se précipita entre les arbres, s'adossa contre un tronc puis sortit d'une de ses poches un étui semblable à ceux dans lesquels il stockait ses précieux cigares. Il en tira une seringue pleine d'un liquide verdâtre. Son rythme cardiaque augmentait dangereusement. En tremblant, il se planta l'aiguille dans l'avant-bras droit et s'injecta le sérum qui l'accompagnait depuis des décennies et dont dépendait sa survie. Son cœur ralentit et, par la même occasion, le monde autour de lui se figea…

Chapitre 18

Harbin, Mandchourie,
centre d'expérimentation de l'Unité 731, 1943

Le séjour s'annonçait difficile et tenait, jusqu'ici, toutes ses promesses. Le jeune homme ressentait le mal du pays mais n'en laissait rien voir à ses collègues. La compassion n'arrivait pas en tête des vertus prônées par l'armée impériale, même dans le corps médical. Elle n'était, de façon générale, pas l'apanage de la société nippone. Seules comptaient la fidélité et la dévotion à l'empereur et ses représentants.

Hirokazu Shinje souffrait d'un complexe de supériorité conforté par de brillantes études de médecine à l'Université impériale de Tokyo. Il était arrivé sur le continent bourré de certitudes, vite bouleversées par la discipline de fer imposée dans le centre.

Sur un plan théorique, l'affectation en Mandchourie, région chinoise occupée depuis le début des années 1930, représentait une sacrée fierté. Le plus grand secret entourait les activités du centre de recherche dédié à la prévention des épidémies et à la purification de l'eau, installé à proximité de la ville de Harbin. Cette unité traitait de questions vitales pour la protection de l'empire du Soleil levant. Et la rejoindre flattait l'ego du jeune homme.

Sur un plan pratique, en revanche, les conditions de vie et la nature même du travail s'avéraient pénibles. Seule une posture de soumission totale permettait d'éviter les brimades physiques, monnaie courante au sein de l'armée.

De plus, les installations récréatives mises à la disposition du personnel ne compensaient pas la sensation d'enfermement entretenue par les clôtures de cinq mètres de haut et les tours de guet qui délimitaient l'endroit.

Le lieutenant-général Shiro Ishii, fondateur de l'Unité 731, régnait en maître absolu sur cet impressionnant royaume d'environ cent cinquante bâtiments répartis sur plus de six kilomètres carrés. L'exubérance de cet homme surprenait souvent ses collaborateurs, militaires inclus. Le lieutenant-général s'adonnait à l'alcool et aux femmes à l'excès. Un génie flamboyant qui ne faisait pas montre de la plus élémentaire retenue. Les plus téméraires évoquaient des problèmes psychiatriques, tandis que les plus extrémistes le jugeaient exemplaire. Pour Hirokazu, il ne subsistait aucun doute : Ishii était fou.

Par chance, il le croisait rarement. Rien d'étonnant compte tenu du nombre impressionnant de personnes travaillant sur place. Aux milliers de Japonais qui s'activaient jour et nuit sur le vaste site s'ajoutaient des centaines de prisonniers chinois et quelques Occidentaux, enfermés dans des geôles jouxtant les installations dévolues aux chercheurs. Chaque jour apportait son lot de criminels condamnés à mort par la justice expéditive et radicale du gouvernement d'occupation.

Hirokazu ne trouvait rien à redire à cela. Les habitants de l'empire du Milieu appartenaient à une sous-espèce indigne d'intérêt. Et puis, sa section dédiée à la recherche de vaccins ne pouvait se passer de cobayes humains. Cet afflux régulier de sujets était en soi une bénédiction tant les expérimentations sur les animaux ralentissaient l'obtention de résultats significatifs.

Depuis son arrivée trois mois plus tôt, les journées se déroulaient suivant un schéma invariable. Le matin, après un peu d'exercice physique, il effectuait des relevés sur les cobayes infectés afin de surveiller l'évolution des pathologies. Ensuite venait la phase d'inoculation des vaccins ou des nouvelles souches pathogènes remises par la division spécialisée. L'après-midi était consacré aux cours magistraux dispensés par des sommités dans des domaines aussi variés que la biochimie, l'hématologie, la virologie ou la chirurgie. Parfois, mais plus rarement, des exercices pratiques, essentiellement des dissections, agrémentaient le quotidien des jeunes recrues.

Ce rythme infernal se répétait sept jours sur sept. Personne ne s'en plaignait. Après tout, les troupes d'élite se battaient contre l'ennemi américain dans le Pacifique. Et les récits des affrontements ne rendaient pas leur situation enviable…

Au registre des satisfactions, Hirokazu mesurait ses progrès dans la maîtrise et la compréhension des agents infectieux. Son intuition lui soufflait l'importance d'un savoir aussi spécifique pour sa future carrière.

Dans l'immédiat, il attendait avec impatience la fin du soporifique cours d'anatomie. À bien les observer, les dix étudiants rassemblés dans le petit amphithéâtre semblaient partager son ennui. L'irruption d'un homme aux cheveux gris arborant l'uniforme du service juridique réveilla l'auditoire. Il murmura quelques mots à l'oreille du professeur et se tourna ensuite vers l'assistance.

— Nous allons conclure le cours par un nouvel exercice. Laissez vos affaires ici et suivez-moi.

Les élèves obtempérèrent avec discipline et diligence. La troupe, menée par l'enseignant, quitta la pièce puis le bâtiment et s'engouffra dans la prison la plus proche. Ils empruntèrent un escalier et se retrouvèrent dans un vestiaire en sous-sol. Là, obéissant aux injonctions, ils revêtirent des vêtements de protection et un tablier en cuir.

Au bout d'un long couloir, deux gardes leur ouvrirent une porte donnant sur une grande salle dont la configuration évoquait un bloc opératoire. Mais dans une version rudimentaire. Des tables en bois côtoyaient des plateaux à roulettes sur lesquels reposaient des instruments chirurgicaux. Des plafonniers dispensaient un violent éclairage contraignant Hirokazu à plisser les yeux pour s'habituer à la luminosité.

Sans attendre la consigne, presque naturellement, les étudiants formèrent un arc de cercle face à leur professeur. L'homme en uniforme entra le dernier.

— Aujourd'hui, vous pratiquerez la chirurgie dans les conditions d'un champ de bataille. Je réclame la plus parfaite application et le plus grand sérieux, car de votre travail dépendent les vies de nos soldats.

Il lança un ordre en direction des gardes, qui firent entrer deux Chinois enchaînés. Le premier approchait la quarantaine, le second avait l'âge d'être son fils. À y regarder de plus près, la ressemblance entre les deux hommes et une tache de vin identique à la commissure des lèvres confirmaient la filiation.

Les prisonniers semblaient désorientés, terrifiés – moins par les soldats qui les poussaient brutalement que par l'aréopage d'hommes en blouse blanche. À la différence des cobayes utilisés pour les tests viraux, ils paraissaient bien nourris. Ces deux solides gaillards ne sortaient pas d'une prison, mais arrivaient directement de leur village. Hirokazu s'interrogea sur ce changement de profil et la nature de l'exercice à venir. Ses questions trouvèrent très vite réponse.

L'officier se saisit de son arme de poing, un pistolet Nambu type 14, et tira deux balles dans l'abdomen de chaque Chinois. Les détonations résonnèrent en un écho lugubre qui fit sursauter Hirokazu. Effaré, il regarda les deux blessés maintenant recroquevillés sur le sol se tordre comme des vers de terre.

— Vous allez opérer le plus jeune sujet afin d'extraire les projectiles. Agissez comme s'il appartenait à nos troupes. Vous procéderez à l'amputation des quatre membres du sujet âgé puis à l'examen des viscères. Vous disposez du matériel de base, mais pas d'anesthésiant. Vous serez jugés sur le temps de survie des « bûches ». Au travail !

Les étudiants firent montre de leur zèle avec un entrain surprenant. Certains manifestaient un enthousiasme exacerbé devant la nature unique, la chance exceptionnelle que constituait cette expérience *in vivo*.

Entraîné par la frénésie ambiante, Hirokazu joua des coudes pour rejoindre la table consacrée à l'extraction des balles. Le jeune blessé hurlait à se rompre les cordes vocales tandis que les médecins le sanglaient sur la planche en bois, les bras en croix. La pose d'un bâillon étouffa opportunément ses plaintes. Il en alla de même pour le père, plus bruyant encore. Quatre étudiants, deux par « bûche », examinaient les visages, le volume des saignements, le rythme cardiaque, bref tous les aspects collatéraux aux opérations elles-mêmes.

Hirokazu aperçut Shiro Ishii qui l'observait derrière une grande vitre. Il était entouré d'une horde de militaires, médecins et scientifiques. Certains prenaient des notes, d'autres discutaient à bâtons rompus, mais tous, sans exception, montraient un réel intérêt pour cet invraisemblable spectacle.

Il jeta ensuite un coup d'œil à la table d'amputation. Il détourna la tête alors que la scie commençait à mordre la jambe droite du Chinois. Les bruits qui suivirent, entre os brisés et hurlements étouffés, exigèrent de lui la plus intense concentration pour ne pas rendre son dernier repas. Vomir devant les officiels et ses confrères sonnerait le glas de sa carrière. Alors, il prit sur lui, puisant au fond de son esprit la force de résister au dégoût qui lui retournait l'estomac. Heureusement, les actes pratiqués sur le jeune correspondaient plus à l'idée que le médecin surdoué se faisait de son art. Il trouva dans la précision et la minutie de l'opération un regain de calme et d'énergie.

Au bout d'une heure, le juge, furieux, annonça le décès du père après l'amputation d'une jambe et d'un bras. Le cœur avait lâché lors des premiers coups de scie sur la jambe restante. Une discussion enflammée s'engagea entre l'équipe médicale et les officiels. Hirokazu en capta quelques bribes alors qu'il tendait les instruments chirurgicaux à un collègue impatient.

Les observateurs jugeaient le temps de survie remarquable. La qualité des découpes constituait, par contre, un réel sujet de polémique, au grand dam des étudiants concernés. Les aboiements du professeur ne laissaient aucun doute : non seulement ils se faisaient engueuler, mais ils devraient désormais suivre des sessions de remise à niveau. Un véritable cours magistral s'improvisa autour du cadavre.

Sur l'autre poste de travail, l'opération continuait sans que le patient se décide à mourir. Hirokazu souhaitait de tout cœur en finir : la fatigue commençait à se faire sentir, et l'intérêt médical de l'exercice lui échappait. La libération tant attendue intervint une heure plus tard. Mais, alors que les étudiants craignaient un débriefing semblable à celui infligé à la première équipe, l'ordre de procéder à une dissection immédiate tomba, implacable.

Hirokazu Shinje accusa le coup, à la recherche d'un second souffle. Il réalisa que cette journée laisserait des traces.

Mais il n'imaginait pas pour autant que ces deux Chinois le hanteraient chaque nuit de son existence…

Chapitre 19

À proximité du camp de l'armée tchèque

Le voile opaque se levait sur la nuit, révélant les formes vaporeuses et fantomatiques des arbres qui l'entouraient. Elena se massa les paupières entre le pouce et l'index puis renversa la tête en arrière. Elle accrocha du regard l'éclat diffus de la lune, terni par un léger brouillard. La vue lui revenait petit à petit et chassait progressivement la sensation détestable de contempler le monde à travers une vitre embuée. Soulagée, la jeune femme caressa l'écorce rugueuse et humide du chêne contre lequel elle s'était appuyée. Puis elle ferma de nouveau les yeux et prit une profonde inspiration. L'air des sous-bois portait l'odeur rassurante de l'humus et des fougères.

— Tu es blessée ?

Elena sentit la main chaude d'Eytan se poser fermement sur son bras : son coéquipier était rentré au campement. Elle se reprocha de ne pas l'avoir entendu arriver tant elle était absorbée par son état.

— Qu'est-ce que ça peut bien te faire ? répondit-elle, agacée, se débarrassant de la prise d'un roulement d'épaule.

Elle rouvrit les yeux et fronça les sourcils. Les contours, les couleurs, les détails se précisaient enfin, lui dévoilant l'endroit dans sa netteté la plus crue. À ses pieds, Branislav, assis sur un lit de mousse et de brindilles, tentait de reprendre ses esprits. Le Tchèque avait le nez en sang. Rien de méchant au premier coup d'œil, mais les cernes violacés creusant son visage laissaient craindre une fracture. Deux mètres plus loin, son adversaire gigotait par terre, le souffle court, en se tenant le bras gauche, visiblement fracturé lui aussi. Il ne représentait aucune menace immédiate.

Eytan la fixait.

— Que s'est-il passé ? demanda-t-il avec une irritation palpable.

Elle désigna du menton l'homme au sol.

— Ce connard nous est tombé dessus de nulle part. Ne t'en fais pas pour ton copain, il a juste pris un coup de coude.

— Il a vu le visage de Branislav…

— À ton avis ? ironisa Elena en hochant la tête.

Il entraîna la jeune femme à l'écart.

— Tirez-vous, ordonna-t-il d'une voix glaciale. Je m'occupe du garde et je vous rejoins.

— Je m'en charge. C'est moi qui…

— Non, chuchota Eytan sans lui laisser le temps de finir. (Il dégaina son pistolet.) Que ce soit fait par quelqu'un qui n'y prendra pas plaisir…

Aucune gifle n'aurait pu égaler la violence des mots du kidon. Tuer entrait dans les attributions d'Elena depuis longtemps, et elle n'y voyait qu'une composante de son travail parmi des dizaines d'autres. Le sous-entendu d'Eytan la réduisait au rang de meurtrière compulsive. Et elle en éprouvait une profonde vexation. Après tout, quelle différence y avait-il entre eux ? Qui était-il pour la juger ainsi ? Comment pouvait-il se croire supérieur à elle ?

Mais, au final, sa frustration découlait plus de son propre échec, de son incapacité à mener à bien la mission qui lui avait été dévolue. Et pour une exécutante de luxe, cette seule idée était insupportable.

Puisant au tréfonds de sa fierté, elle ne laissa rien voir de son mal-être et embarqua Branislav, sonné et inconscient de ce qui se jouait, en direction de la forêt.

Deux cents mètres plus loin, Eytan les rattrapa.

Le retour à la demeure familiale s'effectua dans une ambiance pesante. Elena ne prononça pas un mot. Eytan s'inquiéta de l'état de santé de Branislav, qui marchait la tête en l'air en se tenant les ailes du nez. Il obtint pour seule réponse : « Dai un beu de bal à resbirer bais da va aller. » Le tout accompagné d'un bruit d'aspirateur bouché qui confirmait le diagnostic initial.

Debout dans son salon, Vladek perdait patience. Depuis près de deux heures, il subissait en alternance pleurs et séquences d'acrimonie. Une constante dans son couple dès qu'un désaccord survenait au sujet de Branislav. Le bon sens lui soufflait qu'il n'aurait jamais dû confier son fils à un duo aussi étrange que dangereux. Mais le bon sens ne s'appliquait pas aux périodes de crise. Les situations aberrantes appelaient des solutions extrêmes. Ce principe avait façonné sa vie et fait de lui ce qu'il était : un homme d'action, un homme qui ne subit jamais. Cependant, il ne pouvait ignorer que Bran n'était pas du même bois. Avait-il le droit de laisser son fils unique courir au-devant du danger au seul prétexte que lui-même aurait foncé tête baissée ?

Au beau milieu d'une énième séance de reproches, la porte menant à la terrasse s'ouvrit et les trois acolytes pénétrèrent dans le salon.

— Mon chéri, tu es blessé ! s'exclama la mère.

Elle bondit sur ses pieds comme si elle était montée sur ressorts et fonça sur Bran sans prêter la moindre attention aux deux autres.

— Viens, je vais te soigner ça, reprit-elle. (Puis elle s'adressa à Eytan en lui jetant un œil noir.) Félicitations !

Soulagé à la vue de cette blessure sans réelle gravité – lui-même s'était brisé le nez plus d'une fois – et par l'accalmie conjugale que lui offrait cette diversion, Vladek gratifia les deux agents d'une solide poignée de main.

— Merci d'avoir tenu parole.

Le colosse répondit par un sourire trop forcé pour être sincère. À l'instar de la jolie rousse, son visage était fermé à double tour.

— Vous n'avez pas trouvé ce que vous cherchiez ?

— Si.

— Pas trop de casse ?

La dureté du regard d'Eytan apportait un début de réponse…

— Je vois… murmura Vladek en baissant les yeux. Et alors, bilan de votre « sortie » ?

— Nous avons ce que nous venions chercher, et même plus. Pour le reste, moins vous en saurez désormais, mieux cela vaudra pour vous et votre famille. Maintenant, si vous pouviez nous ramener sur l'autre rive, nous devons partir. En restant chez vous, nous vous mettons en danger.

— Attendez, vous comptez vraiment ne rien me dire ? insista le Tchèque.

— C'est dans l'ordre logique des choses, Vladek, et vous le savez. Suivez mon conseil : ne cherchez pas à en apprendre plus. Et dites à Bran d'en rester là. Des gens viendront certainement vous poser des questions ces prochains jours. Que leur direz-vous ?

— Oh, ne vous inquiétez pas pour ça, se rengorgea Vladek. Gruger les autorités est un sport à la fois historique et national. Rien vu, rien entendu, rien compris.

— Parfait. Ne traînons pas !

Vladek saisit avec empressement son épaisse veste et accompagna Eytan et Elena jusqu'au ponton. Alors qu'ils s'apprêtaient à embarquer, Branislav surgit de la maison en courant, un large morceau de coton sur son nez cassé.

— Vous partez ? demanda-t-il, essoufflé, en arrivant à leur niveau.

— Il le faut, lui répondit Eytan, laconique.

— J'espérais…

— … reprendre le cours de ta vie ? Alors tout va bien, ton vœu s'exauce, plaisanta Eytan en adressant un clin d'œil au journaliste.

— On se reverra ?

— Peu probable. Comme tu as pu le constater, croiser ma route n'est jamais bon signe.

— Ouais… Vous savez qu'en cas de besoin…

— Bon vent, Bran.

Eytan s'installa dans la barque. Le journaliste sourit en frottant son pansement. Il se tourna alors vers Elena, prête à monter à bord à son tour. Elle faisait peur à voir, livide, plus sombre encore que lors de leur première rencontre. Il lui offrit sa main. Elle ne la saisit pas.

— Merci.

Elle dévisagea le journaliste qui, l'espace d'un instant, crut qu'elle s'apprêtait à le gifler.

— Pourquoi ? J'ai échoué… répondit-elle, glaciale.

Ce qu'il avait pris pour de l'agressivité se révélait être de l'incompréhension. Cette femme le désespérait. Elle se comportait comme une machine affectée à une unique fonction et semblait dénuée d'empathie, contrairement à son compère.

— Vous deviez me protéger, je suis là. Je n'appelle pas ça *échouer*, insista-t-il en lui tendant la main plus ostensiblement.

L'obstination de Branislav sembla déstabiliser Elena, qui chercha Eytan du regard. Celui-ci l'observait, impassible, à l'affût de sa réaction. Les paumes se rencontrèrent, les doigts se resserrèrent furtivement, puis elle rejoignit Vladek et le kidon dans la barque.

Branislav s'assit au bord de l'eau et regarda l'embarcation s'éloigner avec un mélange de nostalgie et de satisfaction. Ces deux étranges personnages étaient attachants, chacun à leur manière, loin de l'image des agents secrets dépeinte dans les films. Certes, ce qu'ils avaient accompli lors de l'assaut donné contre le camp dépassait l'entendement. Certes, croiser leur route n'était pas de tout repos et les voir partir apaiserait certainement toute la famille Poborsky. Mais il savait que, quoi que l'avenir lui réserve, il n'oublierait pas Eytan et Elena.

Leur mission continuerait ailleurs. Celle de Branislav, aujourd'hui, était triple : réconforter une mère poule au bord de la crise de nerfs, rassurer un paternel déprimé de se retrouver sur la touche du fait de son âge, et reconstruire un mariage engagé sur une mauvaise voie par la seule bêtise de ses protagonistes.

Branislav repensa à l'ultime conseil dispensé par Eytan.

Et si c'était leur raison d'être : nous permettre de reprendre le cours de nos vies ? se demanda le jeune homme en regardant la barque disparaître au loin…

Chapitre 20

Prague

Casque de moto en main, Eytan et Elena se présentèrent à l'accueil de leur hôtel vers 23 h 30. Le réceptionniste, un jeune homme petit et rondouillard, quitta la loge où il visionnait une série télé sur son ordinateur portable pour les accueillir. Il posa sur le comptoir la carte magnétique ouvrant leur suite. Elena l'attrapa au vol et partit droit vers les ascenseurs, suivie comme son ombre par son garde rapproché. Elle piaffa d'impatience en attendant la fermeture des portes puis appuya à plusieurs reprises sur le bouton indiquant leur étage. Elle multipliait les signes de nervosité, au point qu'Eytan jugea plus sage de ne pas lui adresser la parole. Il savait les raisons de cette colère contenue à grand-peine et préférait laisser passer l'orage.

Elle s'engouffra dans la suite, jeta rageusement sa veste sur le sol et, glaciale, lui lança : «Je vais prendre une douche.» Sur ces mots, elle disparut dans la chambre et claqua la porte de la salle de bain.

Eytan laissa tomber son sac avec un long soupir de fatigue. L'absence de sommeil, il connaissait. Essuyer le tir ennemi faisait partie du boulot. En prendre plein la gueule, aussi.

Mais rien ne l'avait entraîné à subir les humeurs d'une tueuse capricieuse et, il en aurait mis sa tête à couper, vexée. Au moins, les prochaines minutes s'écouleraient dans le calme, ce qui méritait bien un verre. Il retira sa veste et la suspendit au dossier d'une chaise du salon avec une méticulosité proche de la maniaquerie. Il ramassa le vêtement d'Elena en hochant la tête et le posa, soigneusement plié, sur le canapé.

Puis il fouilla dans le minibar, opta pour le plus sucré des sodas proposés et s'assit sur un fauteuil en étendant ses longues jambes. Le silence ambiant était propice à la réflexion, et faire le point n'était pas un luxe. Les éléments glanés lors de l'excursion nocturne ne prêtaient pas à un optimisme débridé et auguraient plutôt de lendemains qui déchantent. S'il n'arrivait pas encore à cerner avec certitude les raisons poussant Cypher à faire appel à lui et à exiger qu'il fasse équipe avec Elena, plusieurs hypothèses commençaient à prendre forme. Mais il était encore trop tôt pour en valider une.

Même s'il lui en coûtait, Eytan reconnaissait dans l'indéchiffrable amazone une alliée de poids et une ennemie redoutable. Avec une plus grande humilité et une meilleure gestion de ses humeurs, elle le surpasserait très certainement. Par-dessus tout, il devinait en elle une personnalité complexe, parfois dérangeante, souvent intrigante. Si l'humanité dans sa globalité le plongeait dans un profond désarroi, il croyait encore en l'individu. Il doutait pourtant qu'il restât un quelconque espoir pour cette femme. Cette incertitude conduirait leur collaboration vers une fin brutale.

Elena apparut dans l'embrasure de la porte menant au salon. Elle portait un peignoir de coton blanc et une serviette bleue enroulée autour des cheveux. Il la détailla, et un nouveau constat acheva de le plonger dans la perplexité. Une évidence occultée par la concentration et le professionnalisme : elle était d'une beauté confondante.

— Ça va mieux ? demanda-t-il sans malice.

— Qu'est-ce que ça peut te faire ? répondit-elle du tac au tac.

Tout de suite moins séduisante…

Il se redressa et la toisa de toute sa hauteur.

— Je t'attendais pour appeler Cypher et faire le point. Je suis pressé d'en finir.

Elle se frotta les cheveux en murmurant : « Moi aussi. »

Eytan s'installa à la table du salon, composa le numéro communiqué par le Consortium et activa le haut-parleur. Trois sonneries plus tard, le timbre obséquieux de Cypher s'éleva dans la pièce.

— Bonjour, monsieur Morg. Quelles nouvelles de Prague ?

— Je veux entendre Eli.

Au bout de quelques instants, la voix retentit, alerte et vive, confirmant la bonne santé de son ami.

— Je vais bien, Eytan, ne vous en faites pas.

Cypher reprit le combiné.

— Bien, les formalités réglées, pourrions-nous revenir à nos moutons ?

— Nous connaissons la nature de l'attaque, mais pas son mode opératoire, débuta Eytan. Les autopsies étaient encore en cours quand nous sommes intervenus, mais celles déjà réalisées révèlent que les voies respiratoires des victimes se sont pratiquement liquéfiées. Les vaisseaux sanguins des globes oculaires ont éclaté.

— Les corps portaient-ils des cloques ou des traces de brûlures cutanées ?

— Non. Comme vous, j'ai pensé au gaz moutarde, mais ça ne colle pas. D'après ma source, l'arme employée ne serait pas d'ordre chimique, mais virologique. Par contre, le type de virus serait encore indéterminé. Cypher, un lien avec les travaux menés dans votre laboratoire vous paraît-il envisageable ? ironisa Eytan.

Sous couvert d'une question, c'était bien une accusation que lançait l'agent.

— Je le crains…

— Pourquoi ne suis-je pas surpris ?

— Je n'avais pas de raison de vous dévoiler la nature même des souches dérobées sans avoir la certitude qu'elles étaient impliquées dans les attentats tchèque et russe.

— Maintenant, vous l'avez, votre certitude. Alors je vous conseille de cracher le morceau.

— Tout d'abord, sachez que ces opérations dépendaient de l'ancienne direction et que je les désapprouve.

— Je me contrefous de vos états d'âme, je veux des informations fiables !

Eytan hurla les derniers mots. Elena sursauta, surprise par l'éclat de voix. Elle n'avait pas encore vu son binôme sortir de ses gonds, et la scène à laquelle elle assistait s'avérait dissuasive.

— Le labo travaillait sur une version améliorée du virus Congo-Crimée…

— Améliorée à quel point ?

— Virulence décuplée, mode de transmission modifié pour permettre un conditionnement aérosol, programmation d'une durée de vie limitée pour contrôler les risques épidémiques, plus d'autres joyeusetés dont je vous passe les détails. Le but était de créer une arme virologique à portée maîtrisée. Une commande militaire…

— Bande de tarés, vous me donnez envie de vomir.

— C'est l'un des symptômes…

Eytan pivota sur sa chaise en direction d'Elena.

— Mais, en plus, ton patron a le sens de l'humour !

Elle fit « non » de la tête. Il leva les bras au ciel et se retourna vers le téléphone.

— Développer ce type d'armement à partir de la souche volée nécessite des moyens : des locaux appropriés, du matériel spécifique, un haut niveau d'expertise, donc un financement conséquent. Autant de pistes que vos liens avec l'industrie pharmaceutique nous permettront de creuser.

— Je me charge de cet aspect, si 302 m'y autorise, intervint Elena, penchée au-dessus du téléphone à côté d'Eytan.

Elle l'interrogea du regard. Ce dernier ne se laissa pas distraire par le parfum sucré qu'exhalait la peau de la jeune femme et approuva en silence la proposition.

— Je constate avec plaisir que vous collaborez efficacement.

Le commentaire de Cypher ne souleva pas un enthousiasme délirant dans la chambrée…

— Nous avons fait une autre découverte des plus inattendues sur place, reprit l'agent. J'ai détecté un motif étrange sur une photo des lieux de l'« incident ». Je pensais que c'était un dessin. De loin, cela ressemblait à un tag. Mais il s'agissait en fait d'une série d'idéogrammes. Je vous expédie les photos par mail.

— Des idéogrammes, dites-vous ? Voilà qui est… surprenant, en effet. Intrigant.

— Oui, comme toute cette histoire. Traduisez-les au plus vite, je suis curieux de connaître leur signification. Encore un point capital : nous avons toutes les raisons de penser que les victimes de Pardubice n'ont pas été choisies au hasard. Je ne peux être affirmatif à cent pour cent, mais il existerait un lien entre elles et des recherches menées par les laboratoires tchécoslovaques. Je dispose d'une liste. Si vous pouviez y jeter un œil...

— Envoyez-moi les noms, nous vérifierons. C'est tout ?

— Pour le moment, oui.

— Vous avez bien travaillé, tous les deux. Maintenant, à moi de jouer, et il reste du pain sur la planche. Reposez-vous. Je vous contacterai dès que j'en saurai plus.

La communication s'interrompit. Elena retourna dans la salle de bain. Eytan, lui, procéda à l'envoi des fichiers promis. À son grand dam, l'opération lui prit un bon quart d'heure. Il ne s'entendait guère avec les ordinateurs, et ces derniers le lui rendaient bien. Au moins ne passait-il pas la nuit dans un avion.

Elena ouvrit la porte de la chambre. Eytan leva mécaniquement la tête. Elle finissait d'enfiler un tee-shirt blanc.

— 302, que dirais-tu de manger un morceau ?

L'idée n'était pas pour déplaire à Eytan. Si sa vie n'avait rien de « normal », il en maîtrisait quasiment tous les aspects. Eli fournissait les affectations, lui se contentait de régler les problèmes. Dans la tragicomédie de leurs existences, chacun jouait son rôle à merveille. Il y trouvait une forme de routine rassurante. Mais, depuis deux jours, ce semblant d'équilibre était rompu. Sans compter les multiples allers-retours exigés par les événements.

Eytan parvint à deux constats indiscutables : il se passerait longtemps avant qu'il ne remette les pieds en République tchèque, et se poser autour d'un bon plat et d'une bière fraîche lui ferait le plus grand bien.

— Ouais, ça me va, soupira-t-il en s'étirant de tout son long.

— Que veux-tu, 302 ? demanda-t-elle en parcourant le menu du *room service*.

Il se leva du fauteuil et rabattit vivement l'écran de son ordinateur portable.

— Appelle-moi Eytan ou utilise n'importe quel nom qui te passera par la tête, je m'en fous. Mais cesse de m'appeler 302.

— Notre surhomme perdrait-il son flegme légendaire ? s'amusa Elena tout en détaillant la carte de l'hôtel.

Il se saisit de sa veste et l'enfila en se dirigeant vers la porte d'entrée.

— Mon flegme te dit merde, et le surhomme a trop faim pour t'en coller une. Allez, baisse la garde un moment, je t'emmène déjeuner dans un vrai restaurant. J'ai aussi besoin de prendre l'air.

Elena répondit par un éclat de rire franc et mélodieux. Il lui fallait souffler, évacuer le trop-plein de pression emmagasiné.

Eytan découvrit un sourire dénué de toute malice, de toute méfiance.

— Vendu !

Comme quoi, il ne lui manquait pas grand-chose pour cesser d'être belle et devenir magnifique...

Chapitre 21

Eytan demandait conseil au réceptionniste pour trouver un restaurant encore ouvert à cette heure tardive et qui n'entrait pas dans la catégorie des «pièges à touristes». Elena n'en revenait pas de l'aisance naturelle de l'agent. Après trois minutes de conversation, l'employé et lui papotaient comme de vieux camarades.

Sans avoir été sollicité, et entre deux éclats de rire complices dont elle ne comprenait ni la raison ni la pertinence, l'homme décrocha son téléphone et leur arrangea une réservation dans une des brasseries les plus réputées de la capitale.

Alors qu'elle traversait le hall de l'hôtel, elle se figea en entendant Eytan dire «Merci Thomas», et l'autre répondre : «De rien, Eytan.» Agaçant jusqu'au bout des ongles !

Ils s'enfoncèrent dans les petites rues pavées du centre, se fiant aux indications du nouvel ami d'Eytan. Le géant marchait, le nez en l'air, attirant l'attention de la jeune femme sur telle façade typique ou sur les tours, caractéristiques de la ville, dont les sommets semblaient flotter au-dessus des toits. Elle se surprit à apprécier ce décor, à ressentir l'atmosphère surréaliste de cet univers kafkaïen.

Ils parvinrent enfin à l'adresse indiquée.

Un serveur les conduisit par le dédale d'étroits couloirs reliant les pièces. Arrivé dans une petite salle plus intimiste, loin des tablées aperçues à l'entrée, il les installa à la seule table encore disponible.

Fréquenté par de nombreux couche-tard, l'établissement déclinait son menu dans plusieurs langues. Si les plats n'étaient pas légion, les bières, elles, se comptaient par dizaines, pour la plus grande satisfaction d'Eytan. Il se décida pour une boisson aromatisée au caramel qui se marierait à merveille avec la suggestion du jour : du jarret de porc rôti au miel accompagné d'une soupe de légumes servie dans un pain en croûte. Elena semblait peu inspirée par la profusion de viandes en sauce, trop riches à son goût. Pressé d'entamer les hostilités, Eytan lui commanda d'autorité un *bramboraky* – des galettes de pommes de terre frites parfumées à la marjolaine.

— Avec ça, tu goûteras aux spécialités locales sans perdre la ligne, plaisanta-t-il.

— Je ne m'inquiète pas pour ma ligne. Je te proposais juste de nous restaurer, enchaîna-t-elle, pas de nous embarquer dans une visite gastronomique de la ville.

En dépit de l'insistance du serveur, elle resta inflexible sur la boisson et demanda une eau minérale plate. Eytan rendit la carte au garçon qui, enfin, les laissa seuls.

— Tu appartiens donc à cette terrifiante catégorie de gens pour qui se nourrir n'est qu'une nécessité…

— Tu as un problème avec ça ?

— La notion de « plaisir » te dit-elle quelque chose ?

Elena, piquée au vif par la remarque, s'assura que personne ne pouvait entendre leur conversation et, dans le doute, se pencha vers son équipier.

— Tu veux me faire croire qu'elle a plus de sens dans ta vie ? railla-t-elle. Au fait, tu manges du porc ?

Elle s'interrompit face au retour express du serveur. Il maniait un plateau surmonté de cinq bocks de bière avec une dextérité éprouvée. Les verres déposés, il servit les autres tables.

— Je croyais que tu connaissais tout de moi, lui répondit Eytan.

— L'essentiel, en tout cas.

— Alors, tu devrais savoir que j'ai connu les privations, la faim et la soif. Déjà enfant, dans le ghetto de Varsovie, je m'étais juré de ne jamais faire la fine bouche devant quelque nourriture que ce soit. Ma « détention » au Stutthof n'a fait que renforcer ce vœu. Depuis, je m'autorise à profiter des délices de la vie, de temps à autre. Par ailleurs, et pour répondre à la question que tu ne manqueras pas de me poser, j'entretiens avec Dieu un rapport très personnel, et je mange ce que bon me semble, conclut-il en portant la bière à sa bouche.

— Ça se tient, commenta-t-elle d'une voix atone.

Eytan engloutit une bonne gorgée de sa boisson puis leva le verre en direction d'Elena.

— Délicieux, tu devrais goûter.

— Sans façon.

— Tant pis pour toi !

Un silence embarrassé accueillit l'arrivée de leurs plats. Alors qu'Eytan attaquait son repas, la jeune femme, perdue dans ses pensées, effilochait distraitement la nourriture du bout de sa fourchette.

— Ce n'est pas vrai, ce que tu as dit dans la forêt, lâcha-t-elle brusquement. (Elle releva la tête et planta son regard sombre dans celui de son compagnon.) Rappelle-moi notre profession, déjà… Ah oui, nous exécutons des ordres et, par voie de conséquence, des gens ! En dépit de tes insinuations, je ne prends pas plaisir à tuer. Je prends plaisir à tuer de la bonne manière, pour la bonne raison, et à mener les opérations avec succès. Telle est ma fonction, et je l'assume pleinement. D'ailleurs, insista-t-elle, je ne vois pas de différence entre nous sur ce point !

Elle avait débité ces paroles de façon compulsive. Eytan posa ses couverts, repoussa son assiette et observa le visage fiévreux tendu vers lui. Une rougeur diffuse gagnait les joues d'Elena et le feu de ses yeux trahissait la confusion de ses sentiments. Colère, haine ou tristesse… Il lui était difficile de déterminer quelle émotion poussait cette nature froide à se justifier.

— Nous ne sommes pas du même côté de la barrière, voilà la différence, répondit-il sans concession. J'élimine des coupables, des menaces pour les innocents. Tes amis et toi, sous couvert d'une philosophie qui m'échappe encore, constituez ces fameuses menaces.

Il s'interrompit. Le bourdonnement monocorde de conversations anodines montait des tables voisines.

— Armes semblables mais finalités opposées, murmura-t-il, repensant à leur première rencontre en forêt de Soignes.

— Si je suis une menace, pourquoi m'as-tu demandé mon avis avant l'attaque ? objecta la jeune femme avec nervosité.

— Parce que je voulais évaluer ta lecture de la situation. Nous faisons équipe – malgré nous, je te le concède, mais ce n'est pas une raison pour saloper le boulot. Alors, autant utiliser au mieux nos compétences respectives.

— J'ai échoué.

La phrase était tombée comme un couperet. Eytan décela de l'abattement dans la voix de sa partenaire. Au moins l'hypothèse quant aux causes de sa mauvaise humeur à l'hôtel se vérifiait-elle. Elle ne supportait pas l'échec, et encore moins le sien.

— Seuls ceux qui ne font rien ne se trompent jamais. Nos négligences ont des conséquences dramatiques. C'est inhérent à notre activité.

— Toi, tu n'échoues jamais.

Le kidon sourit devant la naïveté de la remarque. Il recula sa chaise et croisa ses grandes jambes.

— Détrompe-toi. J'ai commis de nombreuses erreurs, et j'en commettrai d'autres. L'échec te traumatise. Pour moi, c'est un moteur. Il me pousse dans mes retranchements et m'incite à m'améliorer.

— Je comprends. Je confesse un certain manque de patience, admit Elena.

Eytan joignit les mains à la manière d'un moine tibétain.

— La sagesse s'acquiert, petit scarabée.

La jeune femme ne réagit pas à la tentative d'humour, mais elle avait perdu de sa fougue et semblait plus détendue.

— Je ne te cerne pas encore, mais je crois à ta parole, reprit-il. Pas envers moi, mais envers Cypher. Je ne sais pas quel lien vous unit et, pour tout te dire, je m'en fous.

— Ne perds pas ton temps à essayer de me connaître, répondit-elle calmement. Aujourd'hui, nous travaillons ensemble. Mais ne t'illusionne pas. Le moment viendra…

— Puisque tu y tiens tant… Je ne te demande qu'une chose.

— Dis toujours.

— Attendons que cette affaire soit terminée.

— Ça me paraît réglo. Mais tu devras vivre avec cette question : suis-je réglo ?

— Quel intérêt aurait le film si on en connaissait la fin ?

Elena laissa échapper le rire franc qu'Eytan attendait depuis le début du repas. L'espace d'un court instant, ses yeux fauves pétillèrent de malice tandis que sa bouche fine abandonnait le pli d'amertume qui, jusqu'ici, assombrissait son visage. Eytan admira sa beauté sans artifice. En d'autres circonstances…

— Faut-il que ce monde soit fou pour que nous nous retrouvions à discuter paisiblement autour de cette table ? commenta-t-elle.

— Tu me l'ôtes de la bouche. Mais aurions-nous notre place dans un monde sain d'esprit ?

— Touché ! Dis-moi, tout à l'heure tu t'interrogeais sur mes liens avec Cypher. Mais de ton côté ? Comment se fait-il que le mythique Eytan Morg, passé maître dans les actions d'éclat en solitaire, accepte de travailler pour une organisation qu'il devrait combattre ? Qu'est-ce qui t'amène à vendre ton âme ?

La question entraîna une réaction inattendue. Du bout des doigts, Eytan fit glisser des miettes de pain sur la table de bois massif. Son regard suivait les mouvements de sa main.

— Comme tu t'en doutes certainement, ton patron a enlevé un de mes proches pour me contraindre à collaborer avec vous. Tous ceux et celles qui comptaient pour moi sont morts. Une bonne partie devant mes yeux, certains par ma faute. Eli est tout ce qu'il me reste.

— Que représente cet homme pour toi ? À t'entendre, on dirait que tu l'aimes comme un père.

— Tu n'as pas idée…

Chapitre 22

Quelque part en Méditerranée, novembre 1953

Le paquebot déchirait les flots, projetant dans les airs des paquets d'eau verte, dont les plus téméraires venaient se fracasser sur le pont. Une dizaine d'enfants s'amusaient à défier les panaches d'écume. Collés au bastingage, ils guettaient avec excitation l'approche de la menace et, à la dernière seconde, s'enfuyaient en courant dans un tumulte de cris et de rires. Poltrons comme audacieux. finissaient invariablement trempés. Le plus âgé de la bande devait avoir onze ou douze ans. Il dirigeait le jeu avec le plus grand sérieux et faisait montre d'une certaine bravoure face aux éléments. À l'instar des héros de la R.A.F., il portait une fine écharpe autour du cou et un blouson en cuir dont les manches trop longues lui recouvraient le bout des doigts.

Adossé contre une manche à air, Eytan les observait du coin de l'œil, amusé par leur manège et plus encore par l'entrée en scène tonitruante des parents qui venaient les uns après les autres récupérer leur progéniture afin de la mettre au chaud. La fraîcheur de cette fin novembre augurait un hiver rude en Europe. Mais, d'ici quelques jours, les passagers profiteraient du climat plus doux de la Palestine.

Perdant un peu de sa superbe, le petit caïd quittait maintenant le lieu de ses exploits, tête basse, à la suite de son père furibond. Cheveux courts et mèche pendante sur le front, ce gamin vigoureux incarnerait sous peu le nouvel homme juif. Bientôt, sa mâchoire énergique et ses bras musclés supplanteraient dans l'imaginaire collectif les caricatures antisémites figurant des bossus malingres au nez crochu.

Qui aurait cru un tel changement possible, dix ans plus tôt ?

Eytan retourna à son esquisse. Les crissements du fusain sur le papier le projetaient hors du temps et occultaient la nostalgie engendrée par son départ de Londres. Basé en Angleterre depuis la fin de la guerre, il ne rêvait pas d'Israël. Pas plus que d'autre chose. Il ne rêvait simplement plus. Mais les pontes du MI6 et du Mossad avaient statué sur son affectation. Lui s'en moquait éperdument dès lors qu'il disposait des moyens pour accomplir sa mission. Et du sérum dont sa vie dépendait.

Dorénavant, il serait rattaché aux services israéliens et bénéficierait de la logistique britannique au coup par coup. Personne ne s'était opposé aux exigences du jeune homme : il déciderait seul de ses cibles, n'aurait jamais de compte à rendre à un quelconque supérieur et examinerait les demandes connexes à son objectif principal sans obligation de passer à l'action. Avec ses capacités hors norme, son passé – pour incroyable qu'il fût – et les résultats qu'il obtenait, qui aurait douté de lui ? Pas grand monde, visiblement. Surtout pas le premier ministre britannique, qui n'avait pas manqué d'appuyer les conditions de l'agent Morg.

Lors des discussions préliminaires au procès des criminels nazis, à Nuremberg, Churchill avait émis l'idée, colorée quoique moralement douteuse, de les enfermer tous dans un hangar et de tirer dans le tas. Apprenant cette saillie verbale, Eytan sut immédiatement qu'ils étaient faits pour s'entendre. Les années qui suivirent et les relations chaleureuses entre le bulldog et le géant confirmèrent cette impression. Oui, cet homme à part lui manquerait, même si, à cause de lui, il fumait désormais le cigare.

— Eh, m'sieur !

Une ombre obscurcissait à présent la feuille de son carnet de croquis. Eytan leva la tête vers la voix fluette qui l'interpellait.

Le chef de bande n'était pas du genre à baisser pavillon. Il avait visiblement faussé compagnie à son père et était de retour sur le pont. Campé solidement sur ses jambes, il se tenait face à Eytan avec un aplomb dont nombre d'adultes n'auraient pas été capables.

— J'ai entendu des grands parler de vous. Ils disent que vous êtes un chasseur de nazis. Et que l'accident de voiture de Stuckart, le monsieur qui a écrit les lois anti-sémites de Nuremberg, ben ça serait votre faute. C'est vrai ? demanda-t-il en se balançant d'un pied sur l'autre.

Pour un peu, il semblait le défier !

— Voilà qui a le mérite d'être direct, marmonna Eytan tout en se redressant.

Le môme écarquilla les yeux à la vue du colosse qui étirait ses longs bras. Mais il ne resta pas longtemps déstabilisé.

— Alors, c'est vrai, m'sieur ?

— Qu'en penses-tu ?

— Allez, répondez-moi, soyez chic.

Eytan rit devant l'insistance du caïd. Il se pencha pour attraper un thermos de café dont il se servit une tasse.

— Je peux en avoir ?

— Trop jeune. Non mais tu es sûr que tu n'as personne d'autre à emmerder ?

— Moi, je voudrais être pilote de chasse ou tueur de nazis quand je serai grand !

— C'est bien d'avoir des objectifs dans la vie, répondit Eytan en refermant le thermos.

Il se rassit et reprit son dessin sans prêter plus attention au mouflet.

— Comment vous avez fait pour être aussi grand ?

L'acharnement avait désormais un visage. Cette fois, il ne daignerait pas le regarder. Se faire attraper les yeux encouragerait l'importun.

— Je bois de la soupe. Fous-moi la paix !

— Et pourquoi vous avez pas de cheveux alors que vous êtes pas vieux ?

Cet interrogatoire durera-t-il toute la traversée ? songea Eytan.

— Alors ? Pourquoi vous z'avez pas de cheveux ?

Apparemment, oui…

— Lâche-moi ou je te ramène à ton paternel par la peau du cou.

— C'est pas mon père. Au fait, je m'appelle Franck, répliqua le garçon en s'essuyant le nez du dos de la main.

— Tant mieux pour toi. Dégage.

— Mes parents sont morts dans un camp.

Et merde…

— J'étais petit quand les Allemands les ont emmenés. Je n'arrive pas à me souvenir d'eux. J'essaye, mais y a rien qui vient.

Eytan soupira en abaissant sa feuille. Le gamin ne semblait pas triste.

— Mes parents aussi sont partis, comme les tiens. C'est pour ça que je suis devenu aussi grand. Pour faire peur à ceux qui voudraient nous renvoyer dans ces camps. Quant à Wilhem Stuckart… j'imagine qu'il ne conduisait pas assez prudemment, conclut-il sur un clin d'œil.

Franck semblait tout excité.

— Alors, c'est vrai, vous tuez les nazis !

— Tu as de la suite dans les idées, petit, on ne pourra pas t'enlever ça. Disons que… je m'assure que ceux qui ont échappé à la justice ne s'en sortent pas à trop bon compte. Mais c'est un secret, d'accord ?

Le gamin barra sa bouche de son index et lui tendit une main ferme. La petite paume disparut dans sa patte gigantesque.

Un adulte s'approcha à pas de velours derrière Franck et le saisit par le col.

— Mais il a le diable au corps ce gamin ! Rentre avec les autres, ordonna l'homme en le poussant sans ménagement.

La cinquantaine austère, une couronne de cheveux autour d'un crâne dégarni, il ressemblait à un précepteur strict et autoritaire rescapé du XIXᵉ siècle.

— J'espère qu'il ne vous a pas trop dérangé, monsieur. Ce garnement est intenable.

— Vous devriez vous féliciter de sa vivacité. C'est une qualité précieuse. Et non, il ne m'a pas dérangé, Franck et moi sommes copains.

La réponse calma l'homme. Avant de disparaître pour rejoindre les cabines, Franck adressa un signe de la main à Eytan. Ce dernier en fit autant.

Combien d'enfants dans sa situation pouvaient bien se trouver sur ce navire ? Cinq ? Cinquante ? Et combien y en avait-il encore, disséminés de par le monde ? Cinquante millions de morts, cela devait en faire, des veufs et des orphelins… La question ne l'avait jamais effleuré jusqu'ici. L'avantage d'être en permanence dans l'action : pas le temps de se poser des questions dont les réponses sont odieuses, inconcevables, voire pire, décourageantes.

Contrairement à Franck, lui se rappelait ses parents. Comme il se rappelait les traits du soldat qui avait abattu son petit frère. Il projetait ce visage sur chaque ennemi qu'il traquait, rendant sa détermination inébranlable. Cependant, sa force devait moins à la haine qu'il éprouvait envers les tortionnaires qu'à sa compassion pour les victimes. Tant que cet équilibre se maintiendrait, il garderait le bon cap. S'il venait à changer, par contre…

Eytan passa le reste de la journée à croquer les passagers arpentant le pont au mépris du vent et du froid. À la nuit tombante, il réintégra sa petite cabine pour y déposer ses affaires. L'endroit était si exigu qu'il s'y mouvait avec peine et dormait recroquevillé. Mais pour qui avait connu les cages du Stutthof, la pièce paraissait luxueuse.

Puis il rejoignit la salle commune où les voyageurs partageaient leurs repas. Installé à une tablée d'une dizaine de personnes, il dîna en écoutant les convives échanger des banalités sur le quotidien, sur leurs métiers respectifs, leurs familles déjà établies en Israël. Des banalités porteuses de vie, porteuses d'espoir.

Fidèle à son rituel instauré depuis le départ, il salua poliment l'assemblée et prit la direction du pont afin de savourer son cigare nocturne. Eytan dormait peu, parfois cinq heures, plus souvent quatre. Il n'éprouvait pas le manque de sommeil et occupait la plupart de ses nuits à lire pour parfaire une éducation interrompue brutalement treize ans plus tôt.

Ce soir-là, il voyagerait en compagnie de Stefan Zweig et de son merveilleux *Joueur d'échecs*.

Livre ouvert sur les cuisses, il allumait son havane quand une voix de femme le héla. Agacé, il tourna la tête et aperçut alors une infirmière guère plus âgée que lui avançant dans sa direction. Vêtue de l'uniforme blanc de sa profession, elle était plutôt mignonne avec ses cheveux châtains bouclés.

— Excusez-moi de vous déranger, monsieur, mais nous aurions besoin de vous à l'infirmerie.

— À l'infirmerie ? Mais dans quel…

La jeune femme ne lui laissa pas le temps de terminer sa phrase.

— Ne discutez pas, suivez-moi !

Mignonne, mais ferme. Face à son ton péremptoire, et avec l'objectif secret d'en finir au plus vite afin de retourner à sa lecture, il obéit.

Trois couloirs et deux escaliers plus loin, il pénétra à sa suite dans l'infirmerie.

Eytan s'attendait à découvrir une petite pièce, type tanière de marin, avec un lit et une armoire à pharmacie.

Ce qu'il vit le pétrifia. Une trentaine de lits s'agglutinaient les uns aux autres. Sur chacun était allongé un enfant. Tous les âges étaient représentés. Il ne s'agissait en rien d'une infirmerie, mais bien d'un orphelinat. Il flottait dans la pièce une douce chaleur et un calme étonnant.

La petite infirmière s'approcha d'une collègue dont Eytan ne voyait que le dos large et massif. Celle-ci s'affairait, penchée sur une table recouverte d'un linge blanc.

Elles échangèrent quelques mots à voix basse, puis se tournèrent et avancèrent vers lui.

La plus âgée des deux, la plus épaisse aussi – une maîtresse femme à n'en point douter, tant elle portait son autorité sur son visage –, était armée !

Elle serrait contre sa poitrine généreuse un garçonnet chétif aux traits émaciés et au regard absent.

— Bonsoir ! tonna la matrone.

— 'soir, répondit-il timidement.

La femme se planta devant lui et entreprit de l'examiner de pied en cap.

— Il paraît que vous travaillez pour le gouvernement ?

— En fait… pour tout dire…

— Oui ou non ? insista-t-elle.

— Ben… oui… en quelque sorte. Mais qui vous a raconté ça ?

— Le jeune homme derrière vous.

Eytan tourna la tête au moment précis où Franck se collait à lui avec une moue à désamorcer la plus dangereuse des bombes. Il eut à peine le temps de vitupérer que déjà les harpies revenaient à la charge.

— Nous avons fait le tour des passagers, et personne n'accepte de le prendre, dit-elle sur un ton de reproche en exhibant l'enfant qu'elle tenait dans ses bras.

— C'est regrettable, mais…

— Franck affirme que vous voyagez seul. Vous disposez donc de pas mal de temps libre. Alors, si vous pouviez prendre en charge ce gamin le temps du trajet, vous nous rendriez service. Nous avons déjà beaucoup à faire ! souligna-t-elle en désignant les lits du menton. Par ailleurs, les garçons de sept ans trouvent difficilement une famille d'accueil. Avec vos relations au gouvernement, vous n'aurez aucun mal à dégoter des personnes de confiance une fois que nous aurons débarqué à Haïfa.

Sa dernière phrase claqua comme une sentence définitive.

— Non, non, attendez, je ne suis pas du tout celui qu'il vous faut, protesta Eytan. (Il pointa du doigt le petit.) Je ne peux pas m'occuper de lui, croyez-moi.

Il se tourna vers Franck qui se tenait à ses côtés, fier comme Artaban. Le culot de ce môme dépassait l'entendement !

— Qu'est-ce que tu es allé raconter comme conneries, toi ?

— Ben… rien… répondit le garnement, tout à coup mal à l'aise.

L'infirmière, après un moment d'hésitation, posa son fardeau sur une table voisine et tança vertement le pauvre Franck, à qui la journée semblait bien longue. Le savon était à la hauteur des espoirs suscités par les propos de la canaille.

Alors qu'il observait la scène, Eytan sentit une petite main chaude attraper son index. Les doigts menus de l'enfant faisaient à peine le tour de celui du colosse, mais le tenaient néanmoins avec force. Eytan baissa les yeux sur le garçonnet et oublia sur-le-champ les éclats de voix. Il eut la sensation d'être happé par le regard du petit, un regard maintenant rieur et curieux. Un regard qu'il garderait toute sa vie.

— Comment s'appelle-t-il? demanda le géant, interrompant la tempête verbale.

— Eli, monsieur. Eli Karman. Sa mère vient de mourir de la tuberculose, et le courageux papa avait pris le large bien avant sa naissance.

— Je ne pourrai pas m'en occuper à temps plein, mais je peux faire en sorte qu'il ne manque de rien et reçoive une bonne éducation.

Le visage des deux femmes s'illumina. Celui de Franck également, mais plus à la perspective inespérée d'échapper à une énième engueulade.

— Ce serait formidable.

La main droite toujours prisonnière, Eytan s'agenouilla et, d'une voix douce, parla à l'enfant.

— Alors, petit Eli, ça te dit qu'on fasse un bout de chemin ensemble?

Un sourire franc, pur, salua l'offre et scella l'accord. Un bout de chemin ensemble. Toute une vie…

Chapitre 23

Prague

Elena et Eytan marchaient côte à côte sur les pavés praguois rendus humides par une pluie fine et chaude tombée à l'improviste. Autour d'eux, un groupe d'adolescents en bermuda, surpris par l'averse, couraient tel un troupeau de moutons en déroute. Ils passèrent à leur niveau en poussant des rires stridents. Un garçon plus dissipé encore que le reste de la bande percuta Eytan et termina sur les fesses. Le géant n'avait pas bougé d'un pouce au moment du choc. Amusé, il se pencha pour aider le jeune homme à se relever. Ce dernier secouait la tête dans tous les sens pour recouvrer ses esprits. Redoutant la réaction de cet étrange homme chauve à l'accoutrement militaire, il hésita quelques secondes avant de saisir la main tendue. La puissance de la traction acheva de surprendre l'ado. Ses compagnons, jusqu'alors immobiles et inquiets d'avoir fait une mauvaise rencontre, rirent de plus belle. Le kidon arborait désormais un sourire étincelant et leva un pouce interrogateur pour s'assurer que le garçon se portait bien, ce que ce dernier confirma par le même geste.

Le groupe reprit sa cavalcade non sans leur avoir souhaité une bonne soirée dans un anglais mâtiné d'accent allemand.

L'épisode, en apparence anodin, plongea Elena dans une profonde perplexité. Confrontée à la même situation, elle ne se serait pas arrêtée, n'aurait pas aidé le gamin à se relever et encore moins échangé un geste amical avec lui.

Pas par haine, ni par méchanceté gratuite. Elle n'en aurait tout bonnement pas eu l'idée. Elle n'entendait rien aux rapports humains et s'en accommodait fort bien depuis des années. Au fil du temps, sous les coups de boutoir d'un entraînement spartiate, d'une expérience sans cesse plus pesante, la femme forte, exigeante et sans failles avait étouffé la petite fille enjouée et rêveuse. Elle avait tout renié de son passé, de ses parents et particulièrement de son père, jusqu'à ses cheveux blonds qu'elle brossait de longues minutes durant, le soir, dans sa chambre bruxelloise.

Pendant des années, la sécurité des opérations du Consortium avait reposé sur ses épaules. Ce travail représentait tout pour elle, une raison de vivre, un moyen de rendre ce qu'on lui avait donné, et elle s'en acquittait avec une efficacité redoutable et redoutée.

Puis, un jour, un nom parvint à ses oreilles, un nom qui se répandit au sein de l'organisation secrète comme une incantation mystique, un nom qui se mua en légende : Eytan Morgenstern. Le patient 302, le premier sujet ayant survécu aux manipulations génétiques du professeur Bleiberg et celui qui traquait les fugitifs nazis à travers le monde.

Le recruter – ou, à défaut, le mettre hors d'état de nuire – devint une obsession pour chaque dirigeant, Bleiberg inclus. Lors des rares rencontres entre Elena et le brillant généticien, celui-ci ne faisait qu'évoquer les exploits de son cobaye, les répétant jusqu'à plus soif. Il en finit même, et avec lui tous les autres, par la traiter comme une quelconque subalterne.

Le patient 302 la dépouillait de sa spécificité, détournait d'elle sa nouvelle, sa vraie famille. Retrouver son statut devint d'abord un sujet de réflexion avant de tourner à l'obsession. Elle redoubla de zèle, sans résultat. Et, imperceptiblement, elle s'enfonça dans la terrifiante cruauté de ceux pour qui seul compte l'objectif à atteindre. Puis, un jour, un principe salvateur lui apparut, clair, limpide, si simple…

Tuer une légende pour en devenir une.

L'occasion inespérée s'était présentée dans le complexe de la BCI, une semaine plus tôt. Le patient 302 se tenait devant elle, désarmé, vulnérable comme jamais. Une simple pression sur la détente et le mythe se serait effondré. Elle l'avait blessé à deux reprises, une fois à l'épaule, l'autre à la cuisse. Mais une force indéfinissable l'avait empêchée de lui coller d'emblée une balle dans la tête ou dans le cœur. Elle avait dû puiser dans sa haine envers cet homme qu'elle ne connaissait pas, allant jusqu'à la lui cracher au visage pour attiser sa volonté d'en finir une fois pour toutes. Mais sa chance était passée.

Ce soir, elle se promenait dans Prague à ses côtés et, plus elle l'observait, plus elle l'admirait… et plus sa haine croissait. Eytan Morg incarnait son exacte Némésis. À l'aise avec les autres, toujours attentionné sans en avoir l'air, professionnel jusqu'au bout des ongles, il lui rappelait un passage d'un poème de Kipling lu bien des années plus tôt.

Si tu peux être dur sans jamais être en rage,
Si tu peux être brave et jamais imprudent,
Si tu sais être bon, si tu sais être sage…
Tu seras un homme, mon fils.

Elena, enfermée à double tour dans la forteresse de sa solitude et de sa colère, s'avouait l'insupportable : en d'autres circonstances, dans une autre existence, elle et lui…

Une vibration émana de la veste d'Eytan. Il dégaina son portable avec empressement.

— Nous vous rappellerons de l'hôtel, dit-il seulement après quelques secondes.

Il raccrocha et se tourna vers elle.

— Ne traînons pas : Cypher a les infos.

La paisible balade se terminait abruptement, et c'est au pas de charge qu'ils regagnèrent leur suite. À peine installé, Eytan s'adonna à ce qu'il appelait intérieurement « le rituel du téléphone ». S'il reconnaissait sans peine leur aspect pratique, il détestait ces machins.

— Vous êtes dans votre chambre ? demanda Cypher après avoir décroché.

— Oui, mais avant de commencer... Vous connaissez la rengaine.

— Bien sûr. Je vous passe votre ami.

Eli prit soin de donner des nouvelles rassurantes. Eytan, satisfait, se déclara prêt à écouter Cypher.

— En préambule, je me dois de préciser que nous évoluons en terrain sensible. L'obtention de renseignements en provenance des pays de l'ancienne Union soviétique demeure compliquée.

Certaines traditions avaient la vie dure.

— Oui, mais vous êtes puissants, influents, et tout et tout...

— Vous comprenez l'idée, s'amusa l'homme invisible. Votre source concernant les victimes du hameau a vu juste. La plupart des habitants de cette zone travaillaient dans les laboratoires secrets de la région de Pardubice durant les dernières années de la guerre froide. En récompense de leurs bons services, et afin d'acheter leur silence, les gouvernants de l'époque les ont gratifiés de résidences de villégiature. Ils couleraient une retraite paisible, agrémentée d'une pension confortable.

— Classique. Dans quels domaines officiaient ces gens ?

— Bactériologie, substances psychotropes et psycho-actives, poisons, toutes spécialités tchécoslovaques.

— Le profil des morts dans le métro de Moscou est-il similaire ? demanda Elena avec une implication qui rasséréna Eytan.

— Non, ma chère, je crains qu'il ne s'agisse de civils sans liens entre eux. Par contre, je puis aujourd'hui vous confirmer que leurs symptômes sont identiques à ceux que vous m'avez décrits.

— Difficile pour autant de cerner un mobile qui nous fournirait un début de piste.

— Oui, le mobile… Sur ce point, j'ai une bonne et une mauvaise nouvelle, monsieur Morg. Laquelle souhaitez-vous entendre en premier ?

— J'ai une aversion poussée pour ces petits jeux… Mais donnez-nous d'abord la bonne, ça changera.

— Nous avons traduit les idéogrammes.

— Ah ! Et la mauvaise ?

— Nous avons traduit les idéogrammes…

Chapitre 24

— Les idéogrammes sont japonais et signifient : « Les enfants de Shiro. » Ajoutez à cela les attaques bactériologiques, et vous saisirez, j'en suis convaincu, l'ampleur de notre problème.

Eytan réfléchit un moment en silence. Tout à coup, il passa ses mains sur son crâne et leva les yeux au plafond.

— L'enfer… Shiro Ishii…

— J'ai moi aussi établi ce lien, commenta Cypher avec le plus grand sérieux.

— Vous semblez tous les deux très au courant de ce dont il retourne, mais je confesse certaines lacunes. Pourriez-vous m'expliquer ? interrogea Elena tout en se servant une bouteille d'eau dans le minibar.

Elle dévissa le bouchon et but au goulot avant de proposer la boisson à Eytan, qui déclina l'offre. Il paraissait extrêmement préoccupé.

— Ma chère, M. Morg vous en dira plus. Pour ma part, je dois vous laisser. Rappelez-moi dès que vous aurez approfondi vos investigations concernant le matériel de laboratoire.

Fidèle à ses manières abruptes, Cypher interrompit la conversation sans plus de politesses. Soucieux, Eytan se dirigea vers la fenêtre donnant sur la Vltava. Elena le suivit et s'adossa contre le mur, à côté de lui, la bouteille toujours en main.

— J'ai arrêté un jour un médecin allemand qui avait sévi dans les camps de concentration, murmura Eytan, d'une voix blanche. Il avait préféré passer en jugement plutôt que de subir ma « solution finale ». Durant son interrogatoire, il avait minimisé son rôle dans les atrocités commises par ses confrères et lui-même. Je me souviens d'une phrase, prononcée au détour de la discussion : « À côté des Japonais, nous étions des enfants de chœur. »

— Je connais mal la guerre du Pacifique, avoua la jeune femme.

Eytan soupira.

— De 1931 jusqu'à l'invasion de la Mandchourie par les troupes soviétiques en 1945, les Japonais ont établi plusieurs centres de recherche dans cette région occupée de la Chine. Le plus tristement célèbre était l'Unité 731. Sa dénomination officielle battait tous les records d'hypocrisie : « Centre de prévention des épidémies et de purification de l'eau. » Un doux euphémisme face à sa vraie raison d'être. Sous le commandement du lieutenant-général Shiro Ishii, l'Unité 731 développa un programme d'armement bactériologique de grande ampleur et, pour ce faire, procéda à l'expérimentation systématique sur des êtres humains. La *Kempeitai*, la police militaire de l'armée impériale, une sorte de Gestapo, fournissait l'essentiel des « cobayes » : des Japonais, des Chinois, des Philippins et même des prisonniers de guerre soviétiques, anglais ou australiens. Une fois l'éthique médicale éliminée, tout y est passé. Et il faut un cœur bien accroché pour supporter la liste des horreurs commises : vivisections, amputations, inoculation de toutes les maladies possibles et imaginables sur des femmes et des enfants…

— Ah oui… quand même… commenta Elena, sincèrement horrifiée.

— Tu peux ajouter les gens ébouillantés, congelés, enfermés dans des caissons de décompression. Si un sujet survivait à une expérience, il était immédiatement soumis à une autre, et ce, jusqu'à ce qu'il meure. La liste est sans fin. Les victimes étaient appelées «bûches» et le centre «la scierie». Un cynisme écœurant. C'est simple, imagine les pires abominations dans le plus insupportable des cauchemars et tu évolueras encore loin de la vérité.

L'écho étouffé de l'agitation noctambule troublait le silence pesant qui régnait dans la pièce. Une pluie fine frappait les carreaux, les isolant du reste du monde.

— C'est terrible, commenta la jeune femme en avalant une gorgée d'eau, mais quel est le rapport entre des méfaits commis dans le Pacifique durant la Seconde Guerre mondiale et des attentats biochimiques en Europe de nos jours?

— Je vais y venir, laisse-moi terminer d'abord. Ishii avait étudié la médecine, et lors d'un voyage en Europe, il a découvert les dégâts causés par les armes chimiques durant la Première Guerre mondiale. Ce fut pour lui une véritable révélation. La victoire sur l'U.R.S.S. et les États-Unis, les deux ennemis du Japon, passait par l'utilisation de l'arsenal chimique et bactériologique.

— À ma connaissance, aucune attaque de ce genre n'a eu lieu.

— Tu as partiellement raison. Quand la guerre prit une tournure défavorable, Ishii voulut larguer des bombes sur la côte ouest des États-Unis en se servant de montgolfières ou de petits avions montés sur des sous-marins. Les services secrets américains eurent vent du projet, et un message fut transmis aux autorités japonaises. Il disait en substance: «Nous savons où se cache l'empereur. Envoyez vos bombes et nous le réduirons en poussière.»

— Menace nucléaire?

— Tu as tout compris. À l'origine, les Américains prévoyaient de larguer une bombe atomique sur Berlin. Dieu merci, l'effondrement du Troisième Reich est intervenu avant que l'arme ne soit prête. Hélas, les habitants d'Hiroshima et de Nagasaki n'ont pas eu cette chance.

Eytan s'arracha à sa torpeur et se détourna de la fenêtre.

— Bref, entre la signification des idéogrammes et les modes opératoires des attaques en Russie et ici, je crains que nous n'ayons affaire à un émule de l'Unité 731.

— Tu penses que les deux actes sont liés?

— Ton patron, Cypher, semble en être convaincu. Avec deux agressions biochimiques la même semaine, il n'est plus question de coïncidence. Le vrai problème consiste à identifier nos terroristes et à comprendre leurs motivations pour anticiper d'autres actions d'éclat. J'attends avec impatience les informations qui émaneront de ton réseau.

— Cela ne devrait plus tarder. Des hypothèses?

— Trop pour ne pas se perdre en conjectures et réussir à en isoler une plus crédible que l'autre.

— Qu'est-il advenu d'Ishii à la fin de la guerre?

— Rien!

— Tu te fous de moi? s'exclama Elena.

— Pas une seconde. L'homme n'a jamais été inquiété et a terminé ses jours en toute quiétude.

— Je serais curieuse de savoir par quel miracle! Et comment se fait-il que tu ne t'en sois pas chargé? Tu as passé ta vie à traquer les criminels de guerre, non?

— J'avais déjà beaucoup à faire avec la partie de l'Histoire qui me touche de près, murmura Eytan. Par ailleurs, si l'envie m'avait pris de jouer les redresseurs de torts universels, je me serais heurté à un obstacle de taille.

— Pour freiner tes ardeurs, ce devait être un sacré problème...

— Les Américains ont protégé Ishii et son équipe pour récupérer leurs travaux. Les services secrets voyaient une vraie mine d'or dans leurs expérimentations sur l'être humain. La rapidité et l'ampleur des progrès sont proportionnelles à la cruauté et à l'acharnement à s'affranchir de l'éthique scientifique. Sur ce postulat, je te laisse imaginer la portée des découvertes de l'Unité 731... Juger Ishii n'était plus possible, donc il m'aurait fallu l'abattre. Et mettre l'oncle Sam très en colère, ce qui, en plein milieu de la guerre froide, n'était pas très avisé.

— Et avec tout ça, tu considères le Consortium comme ton ennemi ? railla Elena. Nous sommes des angelots à côté de ce que tu me décris.

— J'ai déjà entendu ce genre d'excuses. Financer des fous pour leur donner les moyens de réaliser leurs objectifs est un crime en soi, je ne fais pas de distinction. On peut verser le sang en signant un bordereau aussi bien qu'en pressant une détente. À mes yeux, ton organisation et Ishii représentent la même abomination.

— Débattre ne mènera à rien, nous camperons sur nos positions ! trancha la jeune femme. Revenons à nos moutons. Quelqu'un se réclamant d'une filiation, idéologique par exemple, avec Shiro Ishii vole du matériel biologique dans un laboratoire du Consortium et s'amuse à l'utiliser à Moscou puis en République tchèque, c'est bien ça ?

— Tout porte à le croire, oui.

— À la rigueur... (Elle réfléchit quelques instants.) Si l'objectif de l'Unité était de concevoir des armes pour attaquer l'U.R.S.S., je peux comprendre l'attentat de Moscou. Par contre, je ne vois pas le rapport avec la République tchèque.

— Sauf à considérer que le pays a joué un rôle important dans le domaine de la recherche pour le bloc de l'Est. Mais comme toi, j'ai du mal à établir un lien direct.

Le signal sonore annonçant la réception d'un courriel interrompit la discussion.

— Avec un peu de chance, ce sont mes informations, dit Elena. (Elle interrogea Eytan du regard.) Je peux ?

— Vas-y, répondit-il sans cesser de réfléchir.

La jeune femme ne s'en rendait pas compte, mais le simple fait de demander l'autorisation de consulter ses mails trahissait une forme de confiance instaurée entre eux deux. Elena ne traitait plus Eytan en garde-chiourme mais en supérieur hiérarchique. Il ne devenait plus nécessaire de lui filer le train. Il était inutile de risquer de la braquer en la considérant de nouveau comme une prisonnière. De plus, si un groupuscule avait décidé de remettre au goût du jour le « savoir-faire » d'Ishii, l'aide d'Elena serait indispensable et précieuse.

Cinq longues minutes s'écoulèrent, rythmées par le cliquetis de la souris et le claquement sec des touches du clavier de l'ordinateur. Puis le silence revint, de courte durée.

— Morg, je crois que nous tenons notre piste.

— Je t'écoute, dit-il d'une voix grave et lasse.

— Les explications vont prendre un moment. Tu as ton passeport ?

— Mon passeport ? Pour aller où ?

— Nous partons à Tokyo…

Chapitre 25

Tokyo, automne 1947

Le hall de l'hôtel ressemblait au quartier général d'un état-major en ébullition. Les uniformes blancs des serveurs nippons se mêlaient à ceux des soldats américains et britanniques. Peter Aikman profitait du spectacle en retenant à grand-peine des éclats de rire, malvenus en ces lieux, tant la scène lui paraissait ridicule. Son costume civil le singularisait tellement que la moindre hilarité lui vaudrait d'être scruté par tout l'auditoire, ce qu'il voulait éviter par-dessus tout.

Pour le moment, personne ne lui prêtait la moindre attention et il s'en accommodait à merveille.

Peter tentait de retrouver son contact au milieu des militaires regroupés par trois ou quatre, plus rarement cinq, verre à la main. Il se hissa sur la pointe des pieds pour avoir une vue plongeante et élargir son champ de vision. Dans la forêt de casquettes, toutes plus étoilées les unes que les autres, signe que le confort de l'endroit ne s'adressait pas au soldat de base, repérer un homme d'un mètre cinquante tenait de la gageure.

Non seulement ces connards de militaires sont grands et costauds, mais en plus ils s'agglutinent par grappes, histoire de me compliquer la tâche, pensa-t-il en jouant des coudes pour avancer vers le bar.

Comble de l'extase, les corps échauffés par l'alcool exhalaient dans l'atmosphère, humide et étouffante, des relents de transpiration et de chairs trop nourries qui lui agressaient les narines. En naviguant entre les groupes, il distingua des senteurs variées allant de l'après-rasage bon marché au tabac blond, sur fond d'hygiène approximative.

Il constata, amusé, mais le cœur toujours au bord des lèvres, que les généraux s'attroupaient sous les ventilateurs géants dont les pales tournaient à grande vitesse.

Le sacro-saint privilège de la hiérarchie...

Peter arriva enfin en vue du bar. Derrière le comptoir circulaire en bois exotique, trois barmen estampillés « Corps des Marines » s'affairaient avec frénésie à la préparation de cocktails. En file indienne, les autochtones, relégués aux tâches subalternes, dépossédés de l'établissement comme de leur propre pays, attendaient, plateaux en mains, les rafraîchissements des occupants. La colonne immobile rappela à l'agent du Pentagone la vision des survivants découverts après la libération des camps en Pologne une paire d'années plus tôt. L'expression hagarde et la maigreur cadavérique en moins. Il chassa toute intention de pousser plus loin le parallèle. Sa mission d'observation en Europe centrale l'avait profondément marqué, et le cynisme qui le distinguait habituellement des autres agents du renseignement s'était mué en un sentiment qu'il ne pouvait verbaliser. Peut-être avait-il développé une conscience ? Peut-être qu'une graine de moralité avait germé dans son esprit froid et calculateur ? Après tout, il avait vu de ses propres yeux le mal causé par la froideur et le calcul...

— Peter ! Je ne t'espérais plus !

La voix aiguë sortait de nulle part, mais son timbre inimitable ne laissait aucun doute quant à son propriétaire. Surgissant entre deux capitaines déjà bien avinés, un petit bonhomme claudiquant s'avançait avec enthousiasme. Elliot Garnikel affichait en toutes circonstances une bouille ronde et joviale.

— Pardon. Excusez-moi. Merci, répétait-il à tout bout de champ alors qu'il écartait les gêneurs de son chemin à grand renfort de coups de canne.

Sa béquille faisait partie de lui tout autant que son embonpoint ou sa calvitie. Et le diable savait utiliser ces trois handicaps à son avantage.

— Il faudra vraiment que tu m'expliques comment tu t'y prends… ironisa Peter en détaillant les deux magnifiques créatures qui accompagnaient son contact.

Elliot laissa échapper un rire étrange, un gazouillis ténu qui se mua en sifflement.

— L'apparence compte moins pour les femmes que la capacité d'un homme à satisfaire leurs besoins, mon ami. Et, sur ce terrain, je règne en maître incontesté. Ne t'en déplaise, beau gosse, conclut-il sur un clin d'œil.

Peter sourit à son tour, mais se rembrunit immédiatement. *In the Mood* tentait de se faire entendre sous le vrombissement des ventilateurs et les discussions sonores.

— Glenn Miller diffusé en Allemagne et au Japon… Les territoires soumis se transforment en terrain de jeu pour gradés, agents secrets et filous en goguette. Et l'ennemi d'hier, dompté, devient un docile partenaire en affaires. C'est à se demander pourquoi cette guerre a eu lieu !

— Que veux-tu ? répondit Elliot, le monde entier est devenu fou, le Japon n'a pas fait mieux que les autres. Tu sais, poursuivit-il, ce pays possède un rapport étrange à la guerre. Ils appellent ça le *Bushido*, la voie du guerrier, une philosophie entièrement tournée vers le combat, l'absence d'émotion et la recherche du sacrifice ultime au nom de l'empereur. Pour tout te dire, je n'y comprends rien, mais je sais combien de pauvres types sont morts au nom de cette connerie. Mais bon, maintenant, c'est l'entente cordiale et il y a du fric à se faire !

— Crapule, lâcha Peter en sortant de sa veste un paquet de blondes.

— Aux innocents les mains pleines, ironisa Elliot. Suis-moi, ils doivent déjà t'attendre.

L'improbable duo se fraya un chemin vers l'escalier principal de l'hôtel.

— Et MacArthur ? interrogea Peter.

— Oh, il s'acquitte fort bien de sa tâche et manie à merveille l'art de la séduction. Les Japonais lui sont reconnaissants d'avoir protégé Hirohito. J'avoue qu'il a bien joué ce coup-là. Charger les généraux ultranationalistes et ministres de haut rang en exonérant l'empereur de toute responsabilité demandait une vraie intelligence politique. En conservant le symbole historique de leur indépendance et de leur identité, il devenait plus simple de dépouiller pacifiquement les Japonais de leur souveraineté.

— Surprenant. J'ai toujours pris ce mec pour un fou dangereux et incontrôlable, s'étonna Peter en montant les marches au rythme de son camarade, soit une par une.

Grimper ne serait-ce que deux étages prendrait un temps certain…

— Incontrôlable, cela se pourrait. Pour le reste, ce type est peut-être dangereux, mais certainement pas fou. Regarde autour de toi. Nous sommes en paix avec le Japon. D'ici une décennie, ils boiront nos sodas et mangeront nos hamburgers. Et pourtant, nous leur avons mis deux bombes atomiques sur le coin de la figure. Réussir une occupation de la sorte sans mettre le territoire à feu et à sang demande des qualités incompréhensibles pour les hommes comme toi, mon cher Peter.

— Tu as raison. Je n'entends rien à la politique. Seuls les résultats m'intéressent, pas la façon de les atteindre. J'espère seulement que l'émissaire de MacMaboule tient la route, car aujourd'hui, nous traitons un sujet capital.

— J'ignore de quoi il retourne dans le détail. Sans vouloir te vexer, je m'étonne encore que tu aies été choisi pour une telle mission. Je ne te connaissais pas de talents de négociateur.

— Je ne viens pas négocier, mais m'assurer du respect des termes du contrat, répondit Peter en s'essuyant le front d'un revers de manche.

Le petit homme s'immobilisa devant une porte et en frappa le bois à trois reprises avec le pommeau de sa canne.

La porte s'ouvrit sur un Japonais raide comme la justice, habillé à l'occidentale et arborant une paire de Ray Ban dernier cri typique des pilotes de bombardiers de l'U.S. Air Force.

Le summum du grotesque, pensa Aikman.

— Bonjour, je suis le traducteur du colonel. Entrez, je vous prie, annonça l'Asiatique en retirant ses lunettes.

Il se fendit d'une courbette, aussitôt imité par les deux Occidentaux.

— Pas moi, merci. Je ne suis qu'un entremetteur et mon travail s'achève ici. Peter, je t'attends au bar, dit Elliot, prêt à tourner les talons.

— Je n'ai pas eu le temps d'informer M. Garnikel que sa présence était vivement désirée, interrompit Peter.

Il asséna une légère bourrade à son camarade. La surprise passée, ce dernier ronchonna sans qu'aucun son intelligible ne sorte de sa bouche puis pénétra dans la suite. Le Japonais les précédait de sa démarche martiale. Peter, souriant, poussait Elliot qui grommelait en boitant plus que de coutume.

— Tu dois assister à cette réunion : j'ai besoin d'un témoin neutre. Ne t'en fais pas, je dispose d'une enveloppe bien garnie pour te dédommager, chuchota Peter, plié en deux pour atteindre l'oreille d'Elliot.

— Merci de me prévenir la prochaine fois. Tu sais que je n'aime pas me mêler de vos histoires.

Peter Aikman signifia d'un geste de la main sans ambiguïté qu'il était temps de la fermer. Le conseil fut reçu cinq sur cinq.

Les trois hommes pénétrèrent dans un salon enfumé dont les travaux de décoration et d'ameublement restaient à venir. Pas de papier peint au mur, un sol recouvert de vieux journaux : la grande classe. Sorti de terre six mois plus tôt, l'hôtel ne devait ouvrir au public qu'au printemps 1948. Dans l'intervalle, l'armée réquisitionnait le rez-de-chaussée pour la détente et les chambres en chantier pour y tenir des réunions.

Cinq chaises entouraient une table ronde vermoulue, opportunément installée sous un ventilateur de plafond.

Deux hommes fumaient debout, face à face, dans le plus parfait silence. Peter les identifia très vite. Il avait croisé le premier, Simon Dickel, membre du staff de MacArthur, lors de la préparation du contrat. Grand et large d'épaules, Dickel portait avec prestance un uniforme au pli impeccable, ses cheveux châtains coupés ras selon l'étiquette réglementaire. Il promenait sa morgue en toutes circonstances. Un psychorigide dans toute sa splendeur.

Peter n'avait jamais rencontré l'autre individu, mais son identité ne faisait aucun doute. Le colonel Nagoshi traînait une réputation mitigée. Certains évoquaient un homme raisonnable, ouvert à la négociation et tourné vers la reconstruction de son pays. D'autres voyaient en lui un monstre sanguinaire, dénué de tout respect envers la vie humaine, et le considéraient comme l'un des pires criminels de guerre que la terre eût porté.

Il ne manque plus que les jetons et le jeu de cartes, et on se croirait dans un tripot, pensa Peter. Mais une observation minutieuse des visages fermés et sans âge des deux insulaires présents dans la pièce dissipa toute tentation de les affronter au poker. Leurs yeux bridés masquaient toute émotion.

Le traducteur se plaça aux côtés de Nagoshi, et une nouvelle série de courbettes marqua le début des hostilités. Histoire de justifier sa présence, Dickel invita tout le monde à s'asseoir et prit la parole en premier.

— Monsieur Aikman, nous vous écoutons puisqu'il vous revient le soin de diriger cette réunion.

Peter ignora les accents de jalousie qui pointaient dans sa voix et posa son porte-documents sur la table. Puis il inséra une petite clef dans les serrures situées de chaque côté de la poignée. D'une pression des pouces, il ouvrit les deux fermetures. La partie supérieure se releva brusquement, faisant sursauter Elliot. Peter, absorbé par cette tâche en apparence banale, ne lâchait pas un mot. Il sortit deux dossiers et en disposa un devant l'homme de MacArthur et le second face au glaçant colonel.

— Messieurs, à la suite de l'examen par nos spécialistes des résultats de vos expériences, j'ai l'honneur de vous confirmer les termes de notre collaboration. Voici les contrats finalisant notre accord. Vous y trouverez deux sections, l'une en anglais, l'autre en japonais. Ainsi que votre traducteur en attestera, précisa-t-il en s'adressant à Nagoshi, les exemplaires sont identiques et reprennent point par point les conditions acceptées par les deux parties. Cette rencontre devant être la dernière, je vous invite à relire attentivement le protocole d'accord et, s'il reste des points à éclaircir, à m'en faire part sur-le-champ.

Le colonel Nagoshi se pencha vers son traducteur. Ils discutèrent quelques minutes dans un charabia auquel les trois Américains ne comprirent rien puis se replongèrent dans leur lecture. Après un bon quart d'heure, ils échangèrent leurs dossiers.

— Les requêtes de notre chef, le lieutenant-général Ishii, ont bien été prises en compte comme promis. Nous vous en remercions, commenta le traducteur, inclinant légèrement le buste.

Et encore une courbette… Ces types pouvaient enrober leur sauvagerie de tous les salamalecs possibles et imaginables, ils n'en restaient pas moins une menace permanente.

En dépit de sa méfiance, l'émissaire du Pentagone salua en retour.

— Deux cent cinquante mille dollars et la classification «top secret» des activités du lieutenant-général et de ses collaborateurs en échange de l'intégralité de vos recherches : l'oncle Sam se montre généreux. Par contre, si nos petits camarades soviétiques venaient à entrer en possession de vos découvertes, le contrat tomberait *de facto*, et je vous laisse en imaginer les conséquences…

— Vos menaces ne nous impressionnent pas. Le lieutenant-général ne porte pas l'Union soviétique en haute estime. Il préférerait mettre fin à ses jours plutôt que de supporter la honte de collaborer avec Staline.

— Le lieutenant-général est un homme d'honneur, railla Peter.

— Bien, embraya Dickel, la remise de la somme aura lieu au domicile de M. Ishii sous trois jours. Les contacts avec les services du proconsul MacArthur prendront fin sitôt l'échange opéré. Par la suite, le lieutenant-général travaillera directement avec les services secrets, n'est-ce pas, monsieur Aikman?

— Absolument, répondit Peter, et, à ce propos, je serai votre agent de liaison jusqu'à nouvel ordre. Par ailleurs, nos spécialistes reconnaissent la valeur des recherches menées par votre unité. S'ils souhaitaient rencontrer le lieutenant-général et ses collaborateurs, y verriez-vous un inconvénient?

— Sous réserve d'une rémunération négociée en fonction de chaque intervention, votre requête recevra un accueil positif, annonça le traducteur après consultation du colonel Nagoshi.

Les cinq hommes s'observèrent un long moment, immobiles.

— Parfait, je crois que nous en avons terminé, messieurs, déclara Dickel.

Il se leva et se dirigea vers la porte.

Le colonel lui emboîta le pas, imité par son traducteur et par Peter. Une série de poignées de main martiales et de courbettes nippones scellèrent définitivement l'accord et la fin de la réunion. Elliot demeurait assis sur son fauteuil, comme hypnotisé. Personne ne prit la peine de le saluer, et il ne resta bientôt dans le salon que Peter et lui.

— Vous vous êtes bien foutus de ma gueule, siffla Elliot, la tête renversée en arrière, plongé dans la contemplation du ventilateur.

— Je ne vois pas ce que tu insinues, répondit Peter avec désinvolture en s'appuyant contre le mur.

Il s'alluma une cigarette.

Le petit homme balaya du bras le porte-documents, le projetant au sol dans un accès de colère dont l'émissaire des services secrets ne le croyait pas capable.

— Sais-tu ce que ces malades ont fait en Mandchourie ?

— J'en ai une vague idée, mais, jusqu'à nouvel ordre, je n'en suis pas responsable… souffla Peter.

— Tu ne peux pas t'en tirer ainsi, pas après ce que tu m'as raconté sur les camps en Europe ! Ces types ont fait pire que les nazis. Enfin, merde, les gens comme moi figuraient en tête de liste des personnes à exterminer !

Peter, les yeux dans le vide, tentait sans grand succès de former des ronds avec la fumée de sa cigarette.

— Juif et handicapé… tu as raison, le programme d'euthanasie T4 mené par la SS existait pour éliminer les gens comme toi. Mais avec tes activités de trafiquant et de magouilleur notoire, je te trouve mal placé pour m'asséner une leçon de morale.

— Je fais du business, Peter, mais pas à n'importe quel prix. Là, c'est… autre chose. Ce que vous achetez s'est bâti sur du sang. Les histoires qui circulent sur ce Shiro Ishii dépassent tout ce que j'ai entendu sur les camps nazis.

Le petit homme s'était levé et agitait les bras avec nervosité.

— Tu devrais te calmer, Elliot, ce qui vient de se passer ici nous dépasse tous les deux. C'est de la politique !

— Non ! C'est l'exploitation de la souffrance à des fins militaires ! hurla le nabot en frappant le sol de sa canne.

— Crois-tu vraiment que nous sommes en paix ? demanda Peter avec un rire méprisant. La chute de l'Allemagne a marqué un tournant dans la guerre, mais pas sa fin. Staline, l'allié d'hier, est devenu notre ennemi. Nous l'avons soutenu pour qu'il puisse tenir un front à l'est face à Hitler, et nous le connaissons assez bien pour savoir qu'il ne reculera devant rien pour nous anéantir. Alors nous avisons en conséquence, quitte à passer l'éponge sur les expériences menées par Ishii et ses hommes. La sécurité nationale passe par ce type de compromis.

— Compromis… Dis plutôt que vous foncez tête baissée dans les bras des criminels de guerre !

— Tu ne devrais pas réagir de la sorte. N'oublie pas que c'est à toi que nous devons d'avoir mené à bien cette transaction. Sans tes contacts, rencontrer l'équipe dirigeante de l'Unité 731 n'était même pas envisageable. Tu es aussi impliqué que moi.

— Si j'avais su… Bon sang, Peter, qu'est-ce que vous avez fait ?

— Je vais te le dire, Elliot, répondit calmement Aikman tout en fermant la porte du salon.

Il écarta prestement le pan droit de sa veste, se saisit d'un pistolet qu'il pointa vers le petit homme puis pressa la détente. La détonation se perdit dans le bruit des pales du ventilateur.

Elliot Garnikel demeura interdit une poignée de secondes. Il lâcha sa canne et porta les deux mains à son ventre. La douleur mit peu de temps à supplanter l'incompréhension.

Peter rengaina son arme et s'approcha du blessé à pas lents.

Comment un être aussi fragile en apparence tient-il debout avec une balle dans le buffet ? s'interrogea-t-il tandis qu'il s'accroupissait pour mieux plonger son regard dans celui de son « ami » agonisant.

— Je suis désolé, Elliot. Si cela peut te consoler, sache que tous les intermédiaires de cette transaction vont y passer un par un. Un petit accident d'avion attend cet imbécile de Dickel. J'aurais voulu éviter ça, sincèrement, mais ta réaction prouve à quel point le secret autour de cet accord est indispensable.

Garnikel s'affala sur le sol, pris de convulsions. Ses yeux exorbités ne quittaient pas le visage dur et inexpressif de Peter Aikman. Ce dernier posa deux doigts sur la carotide saillante de sa victime. Assuré du diagnostic final, l'homme du Pentagone se redressa et se dirigea vers la porte de la suite. Il en tourna la poignée puis retint son geste.

— Tu sais ce que nous avons fait dans cette pièce, Elliot ? demanda Aikman avec une once de dédain dans la voix. Une bonne affaire…

Chapitre 26

Prague

La lame du rasoir glissait sur la peau de son crâne avec la précision millimétrique des gestes maintes fois répétés. Chaque passage soulignait l'acharnement à rester soi-même, ou à tenter de s'en éloigner le moins possible. Ce rituel quotidien, en apparence anodin, symbolisait sa volonté de résister. Né brun, il n'avait jamais supporté la crinière blonde dont l'avaient doté les expérimentations menées sur lui par le professeur Bleiberg. Alors, inlas-sablement, chaque jour de sa vie, il s'adonnait au même rite. D'un acte initié par la colère et le refus, il avait fait un moment de méditation, d'introspection. Tandis qu'il entrevoyait, par la fenêtre de la salle de bain, la pâleur orangée de l'aube sur les toits de Prague, il ressassait l'exécution du malheureux soldat tchèque. Il en éprou-vait un profond déshonneur, y mesurait les limites d'une ligne de conduite qui tenait sur le fil du… rasoir…

Certes, il se devait de protéger Branislav et sa famille. Certes, laisser la vie sauve à cet homme les aurait mis en danger. Éliminer un criminel de guerre ne le déran-geait pas. Tuer un ennemi armé faisait partie du jeu. Mais, en l'espèce, sa victime n'avait fait que son devoir. Cette fois, Eytan lui-même représentait la menace. Les bourdes conjointes d'Elena, encore une fois trop sûre d'elle au point de sombrer dans la négligence, et du journaliste trop prompt à dévoiler son visage, l'avaient amené à transgresser son code de conduite. Code sans lequel il cesserait d'être un exécuteur pour devenir un meurtrier, à son tour.

Qui étaient ces « enfants de Shiro » ? Leurs actions semaient le chaos et dressaient des innocents contre d'autres innocents. Là résidait l'essence même du terrorisme. Eytan mettrait fin à ces exactions coûte que coûte. Ne serait-ce que pour alléger le poids de l'infamie qui pesait sur sa conscience.

Dans la chambre voisine, Elena devait encore dormir. L'horaire du vol en partance pour Tokyo, prévu en fin de matinée, avait refroidi ses ardeurs. D'un commun accord, ils avaient décidé de s'octroyer un peu de repos. Lui ne restait jamais assoupi plus de cinq heures. Un autre cadeau de Bleiberg. Afin de laisser le lit à Elena, il s'était contenté du canapé, peu adapté à sa taille.

Il se pencha vers le lavabo, recueillit de l'eau dans ses mains puis s'en aspergea le visage.

Elena, assise en tailleur sur le lit, observait son acolyte, son « frère génétique » comme elle l'appelait, par l'entrebâillement de la porte. Depuis l'enfance, elle maîtrisait l'art de feindre le sommeil et, quand le géant avait traversé la chambre à pas de velours, elle n'avait pas voulu contrarier ses efforts pour ne pas la réveiller. Elle ne pouvait décoller son regard du dos de ce titan. Mais la musculature impressionnante la fascinait moins que les innombrables cicatrices, dont la plus récente lui incombait, qui barraient ses omoplates et ses épaules. Ce corps était un autel dressé à la souffrance.

Elle sauta du lit avant qu'il ne puisse la voir dans le reflet du miroir et se rendit dans le salon où l'attendait un petit déjeuner commandé par le kidon. Elle s'installa à table et se servit une tasse de thé pour accompagner les viennoiseries moelleuses.

Eytan la retrouva juste à temps pour escamoter deux tranches de pain grillé et un croissant. Voir Elena dévorer à pleines dents cette collation atténua quelque peu sa morosité.

— Bien dormi? demanda-t-il en ouvrant l'emballage d'une portion de beurre qu'il étala généreusement sur un toast.

— Comme un bébé. Et toi?

Il opina du chef en saisissant une tasse de porcelaine qui paraissait minuscule entre ses doigts. Un tueur qui jouait à la dînette! Elena pouffa devant l'incongruité de la scène.

— Bien vu pour le Japon, dit-il après avoir trempé ses lèvres dans le café chaud.

— Je n'ai pas grand mérite. Les fournisseurs de matériel pour les laboratoires de type P3 ou P4 ne sont pas légion. Le recoupement effectué par mes contacts révèle qu'au cours des derniers mois, la Shinje Corp, aussi appelée S.Corp, a fait l'acquisition auprès de plusieurs sociétés de tous les éléments indispensables à ce genre d'installation: plusieurs postes de sécurité microbiologiques de type II, des scaphandres à pression positive, des microscopes à fluorescence, des cuves d'azote, etc. Les commandes ont été échelonnées dans le temps, sans doute pour ne pas attirer l'attention. Cette boîte œuvre dans le secteur médical. Cependant, elle ne déclare pas posséder de labo P4…

— De quoi éveiller les soupçons.

— D'autant plus que la Shinje Corp ne produit ni vaccin ni médicament, mais développe des prothèses.

Dans ce domaine, elle est même à la pointe en matière de traumatologie et de bionique. Je me suis permis de faire des recherches sur Internet pendant que tu étais sous la douche. Et les résultats sont… surprenants.

Elle se leva, saisit sur le bureau le bloc-notes fourni par l'hôtel et reprit sa place.

— Voilà… Shinje Corp, créée en 1949. À l'instar de nombreuses entreprises nippones de l'époque, elle a participé à ce que l'on nomme le « miracle économique japonais » qui a hissé le pays au rang de grande puissance économique. Vu ce qui restait du Japon à la fin de la Seconde Guerre mondiale, le terme de « miracle » n'est pas usurpé, commenta Elena en se servant un fond de thé. Je me suis intéressée de plus près au fondateur de cette entreprise : Hirokazu Shinje. Passionnant personnage. Figure-toi que ce monsieur fut l'un des premiers à parler des crimes de l'Unité 731 et à reconnaître son implication. La presse ne porta pas grand intérêt à ses révélations et, écœuré, il décida de vivre reclus.

Eytan passa ses doigts sur son front.

— Ça ne colle pas avec un profil de terroriste, commenta-t-il, dubitatif. Tu es sûre de toi ?

— Autant qu'on peut l'être avec les informations issues du Web. Cependant, de nombreux sites les relaient, et elles sont concordantes. Cerise sur le gâteau, dès les années 1960, Shinje a créé une fondation pour ses activités caritatives.

— Je ne comprends pas, murmura Eytan, comme pour lui-même.

— C'est pourtant simple. Sous couvert d'activités respectables et de démonstrations de repentance, ce type continue en sous-main les travaux de son mentor Ishii. Suivant le modèle de la secte Aum qui avait commis les attentats au gaz sarin dans le métro de Tokyo, il crée un groupe de fanatiques et se lance dans la guerre bactériologique.

— Tu crois vraiment qu'à quatre-vingt-dix ans, au bas mot, Shinje se risquerait dans une telle entreprise ?

— Je ne perdrai pas mon temps à essayer de comprendre les délires d'un vieillard. Tout ce qui m'intéresse, c'est d'en terminer au plus vite. Maintenant que j'ai l'adresse de livraison du matériel, nous reprenons la main, conclut-elle, lapidaire.

— Mais quel est l'intérêt d'attaquer les Russes et les Tchèques ?

Elena reposa ses notes, perplexe.

— C'est ce qui nous reste à découvrir.

Eytan réfléchissait en cherchant au plafond des réponses qui ne s'y trouvaient pas. L'argumentation d'Elena laissait à penser que le nœud de cette histoire se cachait au Japon. Mais concernant Shinje, quelque chose ne collait pas. Dans l'immédiat, un autre sujet le tourmentait, et la décontraction ambiante l'incitait à tenter sa chance.

— Elena, j'aimerais te poser une question personnelle qui me travaille depuis un bon moment.

— Dis toujours, répondit-elle en pliant soigneusement sa serviette.

— Pourquoi…

Il hésita.

— Pourquoi quoi ? reprit-elle, intriguée.

— Pourquoi avoir accepté le traitement de Bleiberg ? Que cherchais-tu au juste ?

La jeune femme, jusqu'alors gaie et détendue, se rembrunit.

— Ça ne te regarde pas, répondit-elle d'une voix calme et posée.

— Je ne veux pas te blesser, j'aimerais juste comprendre. Les modifications génétiques de Bleiberg ne laissaient que trente pour cent de chances de survie à ses sujets. Pourquoi prendre un tel risque?

Elena se leva et se dirigea vers la chambre. Elle s'arrêta dans l'embrasure de la porte et tourna légèrement la tête.

— Parce que trente pour cent, c'est toujours mieux que zéro…

Chapitre 27

Bruxelles, 1955

Les adultes en blouse blanche défilaient sans discontinuer dans le couloir de l'hôpital. Habituée des lieux, la petite fille patientait sagement, assise sur un long banc en plastique rouge jouxtant le bureau du médecin. Malgré la douleur, elle balançait ses jambes au rythme d'une comptine que sa mère lui avait apprise la veille.

Une infirmière s'approcha, mains jointes dans le dos. L'enfant admirait secrètement ses cheveux roux coiffés à la garçonne.

— Droite ou gauche ? demanda-t-elle avec un fort accent flamand.

L'invariable rituel distrayait la gamine. Elle en avait depuis belle lurette décodé le fonctionnement et, si la surprise n'existait plus, le plaisir de recevoir une sucette à la menthe subsistait toujours.

Ce jeu amuse la gentille Hanne, autant ne pas la décevoir.

— Droite, murmura-t-elle en simulant la plus intense concentration.

La jeune Flamande affecta une moue déconfite qui se transforma en grand sourire lorsqu'elle brandit la sucette qu'elle tenait dans sa main. Puis, après lui avoir donné la sucrerie, elle caressa délicatement les joues de la fillette du bout de ses doigts longs et fins.

— Merci, Hanne, s'exclama l'enfant, écarquillant ses yeux marron pour mieux feindre l'étonnement.

— Ton papa arrive, ce ne sera plus très long.

La petite ne répondit pas et déballa méthodiquement la friandise. Elles restèrent toutes les deux là, immobiles, comme si le reste du monde n'existait plus. Le temps se figea pour leur offrir un instant de paix et de douceur. Les bruits du service de pédiatrie ne leur parvenaient plus.

L'arrivée tonitruante d'un lit poussé par un brancardier sonna la fin de la trêve. Rattrapée par son devoir, l'infirmière se leva, lissa son uniforme blanc et accompagna le nouvel arrivant vers la chambre qui lui était dévolue.

Dans les secondes qui suivirent, un homme élégant, le plus grand et le plus beau du monde aux yeux de la fillette, apparut. Le bandeau noir masquant son œil gauche lui conférait un aspect grave et sérieux qui imposait le respect. Tout comme le solide accent russe dont il tentait à grand-peine de se départir. Mais elle, plus que tout autre, savait que cette apparence austère cachait une tendresse infinie.

Il lui tendit la main, balançant son chapeau noir.

— Viens, ma chérie, le docteur veut te voir.

La petite sauta du banc, avança de sa démarche rigide puis se colla à son père. Il la fit passer devant lui, mais l'enfant aperçut les larmes qu'il tentait de dissimuler.

Lui seul l'accompagnait à ces consultations. Sa mère, affligée d'une santé fragile, ne supportait plus la déchéance physique de sa fille et moins encore de la voir soumise à des examens douloureux.

Andreï Kourilyenko n'oublierait jamais les mots employés par le médecin quand le diagnostic tomba pour la première fois :

— Votre fille souffre d'un syndrome latéral amyotrophique, plus communément appelé maladie de Charcot. Je suis désolé.

Maladie dégénérative auto-immune.

Le solide bagage médical de celui qui avait été commissaire politique chargé des questions scientifiques auprès des hautes instances soviétiques durant la guerre ne lui laissait aucun espoir. Lors de son passage à l'Ouest sous l'impulsion d'une société secrète, le Consortium, Andreï avait échangé une vie faite de méfiance et de crainte pour une existence confortable pour sa femme, sa fille et lui. Pour un peu, ce Russe rendu méfiant par des années de stalinisme aurait vécu dans le plus parfait bonheur. Un bonheur balayé par la pathologie de la petite, puis par la dépression de son épouse, anéantie par un pronostic funeste. Lui-même ignorait où il puisait l'énergie nécessaire pour supporter l'insupportable réalité.

— Combien de temps? avait-il demandé, des trémolos dans la voix.

Le médecin avait ôté ses lunettes et s'était longuement frotté les yeux, comme pour ne pas affronter son regard.

— L'espérance de vie de votre fille se compte en mois, au mieux deux ans.

Andreï sentit sa gorge se nouer.

— Va-t-elle souffrir?

— Cette forme de sclérose entraîne de nombreuses complications musculaires et respiratoires. Mais je ne peux prédire comment elle évoluera chez votre fille.

— Vous ne m'avez pas répondu, insista Andreï.

— C'est à craindre…

Six mois s'étaient écoulés depuis ce triste entretien. Le déni n'y avait rien changé, la maladie progressait inexorablement. La constipation s'était manifestée la première, suivie de près par des douleurs articulaires terribles, altérant la motricité de son enfant. Pourtant, elle ne se plaignait jamais, et les efforts qu'elle déployait pour « avoir l'air pas malade », comme elle disait, déchiraient le cœur d'Andreï. Mais personne ne récompenserait son courage. Déjà, les symptômes d'atrophie musculaire apparaissaient, concentrés sur les membres inférieurs. Elle marchait, mais pour combien de temps encore ? Bientôt, elle ne pourrait même plus respirer.

L'examen, comme toujours, s'éternisa. Et tandis que le médecin notait ses constatations sur un carnet, Andreï caressait les cheveux de sa fille en lui glissant des mots d'espoir. En lui mentant.

— Ne t'en fais pas, Elena, tout ira bien…

Un an avait passé. Alitée depuis l'apparition subite d'une insuffisance respiratoire, Elena feignait la somnolence. Son père pleurait moins quand il la croyait paisiblement assoupie. La petite savait que le mur de cette chambre d'hôpital serait son dernier horizon. Mais, pour l'instant, les yeux mi-clos, elle suivait une scène étrange.

Un homme au sans-gêne peu commun parlait à son père. Lui d'ordinaire si volubile et prompt à verser dans la colère ou le rire restait muet. À croire qu'il craignait le visiteur. Intriguée, Elena concentra son attention sur l'inconnu. Ce dernier portait un long imperméable beige boutonné jusqu'au cou et un chapeau gris à larges bords. Elle n'arrivait pas à distinguer son visage, mais sa voix était autoritaire et désagréable.

— Comment vous portez-vous depuis notre dernière rencontre, Kourilyenko ? demanda-t-il d'un air détaché.

— Pourquoi vous enquérir de mes nouvelles, Bleiberg, alors que la réponse est évidente ? répondit Andreï d'un ton monocorde.

— J'essayais juste d'être poli, railla l'intrus.

Il circulait dans la chambre, examinant le mobilier comme s'il menait une inspection. Il s'immobilisa au pied du lit, chaussa une paire de lunettes et s'abîma dans la lecture du relevé de température quotidien.

— Ne perdez pas votre temps en faux-semblants. Vous n'êtes pas homme à vous déplacer par hasard. Que voulez-vous ?

— Oh, moi, je ne veux rien. Une visite de courtoisie s'imposait en des circonstances aussi dramatiques pour vous et votre famille. Et ce d'autant plus que je dispose des moyens de soigner votre fille.

Elena faillit pousser un cri de joie. Elle voulait guérir, oublier son corps douloureux et le contact des mains froides et étrangères des médecins qui la traitaient comme une chose. Elle s'accrochait toujours à l'espoir improbable qu'un traitement de dernière minute la sauverait. Et voilà qu'il se présentait sous la forme inattendue d'un étrange visiteur affublé d'un abominable accent allemand.

— Comment ? bafouilla le transfuge.

— Allons bon ! Vous le savez bien, s'impatienta le dénommé Bleiberg. Une simple injection et sa maladie ne sera plus qu'un mauvais souvenir.

L'homme referma ses doigts sur son pouce et souffla sur son poing, puis il exhiba sa main vide à la manière d'un prestidigitateur.

— Ah, nous y sommes, répondit son père avec un petit rire désenchanté. Vous avez accompli des miracles, mais à quel prix ! Vos expériences secrètes pour le compte de la SS font froid dans le dos. À supposer que j'accepte votre proposition, qu'exigerez-vous en échange ? Vous n'êtes pas du genre à faire des cadeaux.

— Décidément, la lucidité soviétique a la vie dure, plaisanta le sinistre personnage. Je ne demande pas grand-chose en comparaison de ce que je vous offre. Certes, je ne peux garantir le résultat, mais trente pour cent de chances de vivre, c'est toujours mieux que zéro, pas vrai ?

Il n'en dit pas plus. Les deux hommes se toisèrent. Le calme de l'inconnu tranchait avec la nervosité palpable de son père. Il leva le bras et pointa un doigt vers elle.

— Si elle supporte mon traitement, je la veux, elle, annonça-t-il avec solennité.

Elena vit son père se prendre le visage à deux mains.

— Jamais ! s'insurgea-t-il. Je ne peux pas… Je ne peux pas vous laisser prendre ma fille et la transformer en cobaye.

— Étonnant… Vous êtes prêt à regarder votre unique enfant mourir dans d'atroces souffrances pour respecter un code moral compris de vous seul ?

— Ici, de vrais médecins s'occupent d'elle ! Personne ne se prend pour Dieu !

— Et quel bien cela lui fait-il ? Quels résultats obtiennent ces *vrais médecins* ? La pitié, la compassion, et même cette illusion que vous nommez « amour » ne sauveront pas votre enfant. Prenez le temps d'y réfléchir au calme, pesez le pour et le contre. Je reviendrai demain en fin de journée pour prendre connaissance de votre décision finale. Bonne soirée, commissaire.

Bleiberg réajusta son chapeau et tendit la main vers Andreï, qui ne la saisit pas.

Comment son père pouvait-il refuser aussi abruptement une proposition inespérée, lui refuser ce qui serait, elle n'en doutait pas, sa seule opportunité de vivre ? Elle sentit croître en elle un sentiment jusqu'alors inconnu. Un sentiment dévorant. Un sentiment qui ne la quitterait plus. La haine…

Elena ouvrit alors grand les yeux. Son père lui tournait le dos et ne la voyait pas. L'homme, par contre, lui jeta un coup d'œil furtif. À deux reprises, elle hocha la tête de haut en bas. Il sourit et, tel un courant d'air, sortit de la pièce.

Andreï demeura un long moment silencieux. Il regarda sa fille assoupie. L'imaginer entre les griffes de cet homme lui donnait la nausée.

Le lendemain matin, le professeur Viktor Bleiberg se présenta dans la chambre à la première heure. Elena survécut à l'injection. Sa rémission fut totale. Elle ne revit son père qu'une seule fois. Le jour où elle l'exécuta…

Chapitre 28

Prague

Peu avant de quitter l'hôtel, Eytan passa un coup de fil à l'ambassade d'Israël à Bruxelles. Soucieux de ne pas enfreindre la règle édictée par Cypher lui interdisant de faire appel aux réseaux du Mossad, il voyait dans le colonel Amar sa seule chance d'obtenir un minimum d'armement au Japon. L'attaché militaire, rompu aux méthodes et aux exigences surprenantes des agents, proposa son aide avec un empressement qui surprit le kidon. Et le tout sans poser de questions. Eytan dut cependant promettre que ses intentions sur place n'étaient pas de nature à causer un incident diplomatique.

Afin d'éviter tout risque inutile, et en accord avec Elena, il avait choisi de ne pas prendre un vol depuis Prague. L'éventualité qu'une victime de l'attaque ait pu donner une description, même vague, du duo était certes limitée, mais réelle. Surtout après le regrettable incident qui avait conclu l'opération.

Avant le lever du soleil, ils partirent à moto jusqu'à Francfort, située à quatre heures et demie de route, et prirent l'avion sur place. L'embarquement comme le vol se déroulèrent sans encombre. Eytan goûta le confort de la classe affaires du long-courrier et, par-dessus tout, l'espace disponible pour ses jambes.

Après onze heures de voyage, consacrées en grande partie à l'évocation des possibles scénarios, ils débarquèrent à l'aéroport de Tokyo Narita. Ni l'un ni l'autre n'avait jamais mis les pieds au Japon. Armés de leurs faux passeports, ils accomplirent sans difficulté les formalités d'entrée sur le territoire nippon. Le plein de yens fait, ils dédaignèrent le Narita Express et optèrent pour un taxi qui les conduirait vers le lieu de rendez-vous indiqué par Ehud Amar, dans le quartier Shibuya.

Elena et Eytan découvraient la démesure de la métropole tokyoïte. Sur les trottoirs, une foule mouvante illustrait à merveille l'hétéroclisme. Cramponnés à leurs mallettes, des hommes d'affaires en costumes sombres et étriqués côtoyaient de jeunes lycéennes en uniforme. Quelques lolitas romantiques promenaient leurs falbalas pastel sous l'œil nonchalant d'adolescents hirsutes aux coiffures audacieuses. Une femme en kimono de soie mordoré, arborant un chignon traditionnel, remontait le flux humain à contre-courant. Elle semblait sortie tout droit du XVIIᵉ siècle ou d'un roman de James Clavell.

L'ensemble coexistait dans une indifférence générale confinant à la plus éclatante des osmoses. L'expression « vivre et laisser vivre » prenait ici tout son sens.

Tels des enfants débarqués dans un monde féerique, Elena et Eytan commentaient les écrans géants diffusant des publicités hallucinogènes, ou les petites échoppes anciennes embusquées dans des venelles étroites.

Au cœur de cette modernité frénétique subsistaient des îlots d'anachronisme inattendus. Les paradoxes se succédaient en une farandole de couleurs chatoyantes oubliées en Occident depuis la fin des années 1980.

Le taxi les déposa devant l'entrée du Neko Café, où les attendait le matériel promis par Ehud Amar.

Fuyant le tohu-bohu des réclames sonores, ils pénétrèrent dans une antichambre où une créature hybride, entre l'adolescente et la poupée manga, leur demanda d'ôter leurs chaussures puis les invita à se laver les mains dans des lavabos prévus à cet effet. Si Elena ne fit aucune difficulté, Eytan apprécia peu d'abandonner ses godillots.

Les salutations d'usage respectées avec force courbettes, ils furent autorisés à franchir les rideaux menant à l'établissement proprement dit.

Nouveau choc, et pas des moindres…

Autour d'eux, des chats se promenaient en liberté au milieu de clients extatiques assis sur des poufs géants ou attablés devant une collation.

Ils s'installèrent dans un coin, le plus discrètement possible. Elena, qui ne s'était pas privée de taquiner Eytan sur l'impact que son physique aurait sur les Japonaises, s'amusa des œillades que jetaient à son compagnon les quelques jeunes femmes présentes dans l'étrange café. Habitué à prendre ses aises en toutes circonstances, l'agent israélien n'en menait pas large. Il se tenait sur sa chaise, mains sur les cuisses, comme un écolier modèle. Les chats, peu farouches et coutumiers de la compagnie des humains, s'approchaient d'eux sans crainte ni retenue. Certains se frottaient contre leurs pieds, d'autres se pavanaient sur la table, queue dressée.

— Je ne suis pas entraînée pour ça, commenta Elena à voix basse.

En guise de menu, une jeune serveuse leur apporta une tablette tactile sur laquelle s'affichaient – Dieu merci en anglais – les boissons et plats proposés. La commande effectuée par de simples pressions sur l'écran était transmise directement en cuisine. Surpris par le procédé, happés par un dépaysement aussi total, ils en oublièrent presque la raison de leur présence en ces lieux. Deux minutes plus tard s'étalaient devant eux des bols de poisson et de viande, renforçant l'invasion féline. Un chartreux, plus hardi que ses congénères, vint quémander sa pitance sans fausse honte, arrondissant l'échine pour recevoir des caresses.

Hésitante au départ, la rousse piocha de la nourriture qu'elle posa dans le creux de sa main puis la présenta au convive poilu. Une petite langue râpeuse lui lécha les doigts, provoquant d'exquis chatouillis qui la firent sourire. Eytan ne tarda pas à l'imiter, et ils se retrouvèrent bientôt tous les deux à tripoter les peluches vivantes.

— Comment ont-ils eu l'idée de créer ce genre d'endroits ? demanda Elena, absorbée par ses nouveaux amis.

— Les habitants de Tokyo sont rarement chez eux et n'ont pas le temps d'avoir des chats à domicile. D'où ce…

Il s'interrompit au moment où il réalisa qu'une petite mallette noire se trouvait à ses pieds. Soit la personne envoyée par l'ambassade était très habile, soit la spécificité de l'endroit avait endormi sa vigilance habituelle.

Les sens de l'agent secret d'élite neutralisés par une bande de quadrupèdes inoffensifs, songea-t-il. *Il me faudra passer sous silence cet épisode honteux pour préserver ma réputation.*

Il agrippa la poignée de la valisette et se leva brusquement.

— Interrompre une scène aussi touchante me fend le cœur, mais il est temps de partir.

— D'accord, répondit Elena sans décoller son regard attendri de la boule de poils lovée sur ses genoux.

La jeune femme ne se lassait pas d'enfoncer ses doigts dans le pelage dense du félin, qui l'observait en ronronnant, les paupières mi-closes.

— Oui, d'accord… Mais tout de suite! ordonna-t-il en levant les yeux au ciel.

Elle grommela, mais grappilla quelques secondes supplémentaires sous le prétexte fallacieux de finir son verre et de grignoter un petit quelque chose. Eytan s'apprêtait à la rappeler à l'ordre avec vigueur quand son téléphone sonna. L'appel émanait d'Avi Lafner.

— Qu'est-ce qu'il veut maintenant, celui-là ? bougonna le géant en indiquant à Elena qu'il l'attendait dehors.

Elle acquiesça, tout à sa joie d'en profiter encore un peu.

Arrivé sur le trottoir, Eytan, agacé, décrocha et entama la conversation avec un «Tu veux quoi ?» sec et peu engageant.

— Ben dis donc, sympa l'accueil, commenta Lafner.

— Désolé, Avi, mais je suis pressé.

— Tu es toujours pressé… J'en ai à peine pour deux minutes. J'ai reçu les résultats des analyses de ta prisonnière récalcitrante.

— Je prends. Raconte.

— Avec toi, je croyais avoir tout vu, mais j'étais loin du compte…

Chapitre 29

Tokyo

Eytan faisait les cent pas dans la rue en guettant une retardataire qu'il n'était plus du tout pressé de voir arriver. Il écoutait avec application et gravité les explications fournies par le médecin. Avi Lafner égrenait les résultats des analyses pratiquées sur Elena suite à son évanouissement après sa démonstration de force au sein de la clinique. L'énumération s'acheva par l'annonce, nette et sans appel, du diagnostic.

— Tu es sûr de toi ? demanda l'agent.

La question était purement rhétorique. Prêt à jouer les tours les plus pendables, le facétieux praticien appréhendait les aspects relatifs à sa profession avec le plus grand sérieux.

— À cent pour cent. Par contre, tu aurais été bien avisé de m'informer de la nature «particulière» de cette femme… Tu pensais vraiment que je ne ferais pas le lien avec toi ?

— Tu sais très bien pourquoi je n'ai rien dit.

— Nous ne sommes pas tous des Frankenstein en puissance. Un jour, il faudra faire rentrer ça dans ta tête de pioche ! Quoi qu'il en soit, à en juger par la vitesse de développement des métastases, elle n'en a plus pour très longtemps.

— Penses-tu que mon sérum serait efficace sur elle ?

— Je me suis déjà posé la question. La réponse est non, elle n'y survivrait pas. Ta mutation provoque des accélérations anarchiques et temporaires de ton organisme. En gros, tu surchauffes, et le sérum te refroidit. Son métabolisme à elle fonctionne en permanence au-dessus du rythme normal, au point de se consumer à petit feu. Le sérum ne peut rien corriger. Et je ne vois aucun remède. En tout cas, rien qui rentre dans mes compétences.

— À ton avis, à quoi dois-je m'attendre maintenant ?

— Ah, parce que tu es toujours avec elle ?

— Si je te le dis, je devrai te tuer.

— Crétin… L'évolution sur des patients tels que vous est difficile à prévoir, mais les manifestations habituelles vont de la perte de connaissance à des troubles de la vision en passant par des céphalées ou des sautes d'humeur. Rien de bien réjouissant.

— Et l'échéance ?

— *A priori*, le diagnostic vital est engagé à très court terme. Au détail près que vous n'appartenez pas à la catégorie des patients standards. À défaut de pouvoir la garder en observation, il me faudrait une boule de cristal pour t'en dire plus.

Eytan aperçut Elena sortant enfin du café. Elle s'avança vers lui, détendue. Pour le peu qu'il la connaissait, elle paraissait heureuse.

— Merci, Avi, je dois te laisser. Je te tiens au courant, conclut l'agent avant de ranger son téléphone.

— Des nouvelles ? s'enquit-elle d'une voix enjouée.

— Non, répondit-il plus sèchement qu'il ne l'aurait souhaité.

— Oh, ça va, pas la peine de faire la gueule pour une poignée de minutes de retard !

— Mais je ne fais pas la gueule, s'excusa-t-il.

— On ne dirait pas…

Elena s'amusa du malaise d'Eytan, à la recherche d'une posture adaptée à la dispute de type « vieux couple » qu'elle lui imposait à dessein. Le kidon rama pour retrouver une contenance qui le fuyait avec obstination. Il exhiba la petite valise qu'il tenait à la main.

— Cette fois, nous voyageons léger. Nous devrons faire preuve de doigté…

Deux heures plus tard, ils roulaient à bord d'une voiture de location japonaise en direction du nord, vers Utsunomiya, où se trouvait l'adresse de livraison récupérée par Elena. Le GPS indiquait environ deux heures de route. Eytan conduisait pendant que son équipière procédait à la répartition du faible armement fourni par Ehud Amar : deux pistolets de marque Beretta avec silencieux, une obsession pour le géant, deux chargeurs pour chaque arme et un couteau cranté.

— Ah oui, en effet, nous voyageons léger, avait-elle commenté, laconique.

Perdu dans des pensées confuses, Eytan ne réagit pas à la remarque et se concentra sur la route.

Ils arrivèrent dans la région d'Utsunomiya en début d'après-midi et quittèrent les axes principaux pour s'enfoncer dans la campagne. Ici, point d'immeubles cyclopéens, mais une succession de maisons basses qui évoquaient les villes typiques de l'Ouest américain.

Eytan se gara sur le bord de la route et quitta précipitamment la voiture. Il observa le panneau recouvert de kanji indéchiffrables. Le court texte en anglais situé en dessous levait toute équivoque : « Fondation Shinje, Camp de vacances pour enfants. »

— Je te le demande pour la forme, mais tu es certaine de l'adresse ?

— Sans l'ombre d'un doute, répondit la jeune femme. Planque idéale pour un complexe industriel secret, tu ne crois pas ? plaisanta-t-elle en gratifiant son acolyte d'un clin d'œil moqueur.

Eytan exprima son approbation en se massant l'épaule blessée lors de la recherche des locaux de la BCI en Belgique, eux-mêmes dissimulés sous un hippodrome en apparence abandonné.

Construit dans un parc boisé au pied d'une montagne, le centre s'étendait à perte de vue. Avec un humour très personnel, Elena qualifia l'endroit de « réserve naturelle pour mouflets ». Une simple clôture de fer haute de trois mètres délimitait le périmètre. Une barrière et une guérite occupée par deux gardiens constituaient les seules défenses visibles. Eytan et Elena firent un tour rapide des environs sans détecter la moindre trace de caméra ou d'un quelconque système de sécurité.

— De mieux en mieux. Après l'armée tchèque, nous allons attaquer une colonie de vacances. Ce n'est plus une mission, c'est un festival, commenta Eytan, dépité.

— Ne te plains pas, au moins, maintenant, l'hypothèse terroriste se vérifie-t-elle. Utiliser des enfants comme couverture, ou pire, comme bouclier humain, ça en dit long sur un homme, pas vrai ?

Eytan acquiesça.

— Bon, j'en ai ras le bol. Inutile de tergiverser pendant des heures, on entre ! déclara-t-il en se dirigeant vers la guérite d'une démarche décidée.

— Et tu comptes t'y prendre de quelle façon ? interrogea Elena en s'élançant à sa suite.

Il ne pipa mot et se présenta à la porte du petit local. Les deux Japonais se levèrent dans un même mouvement. Ils sortirent ensemble et se fendirent d'un salut courtois que leur rendit Eytan.

Le plus costaud des deux, un homme de taille moyenne à la carrure banale, lui arrivait à peine aux épaules et paraissait à la fois fasciné et mal à l'aise devant un gabarit aussi inhabituel. Il entama un « *Konichiwa* » qui se mua en cri aigu lorsque le mastodonte l'agrippa par le col et le décolla du sol.

Elena ponctua d'un « aïe » compatissant le violent coup de tête qu'Eytan asséna au frêle Japonais. Interprétant ce geste comme l'autorisation de procéder avec une certaine sauvagerie, elle allongea au deuxième garde, stupéfait, une droite qui l'envoya s'écraser contre la vitre de la guérite.

— C'est dommage, commenta-t-elle en se massant le poing, ils étaient polis.

— Et alors ? Je les ai salués aussi, non ? répondit le kidon, pince-sans-rire.

— Vu sous cet angle… conclut Elena avec une moue circonspecte.

Eytan rapatria les deux « comateux » à l'intérieur du local en les traînant par les pieds pendant qu'Elena procédait à une fouille minutieuse de l'endroit. Pas d'écran de contrôle vidéo, et encore moins d'armes. Dans un tiroir, elle trouva un rouleau de ruban adhésif qu'elle remit à Eytan afin qu'il ligote et bâillonne les victimes toujours inconscientes. Dans une petite armoire murale, une dizaine de clefs étiquetées en japonais pendaient à des crochets. Dans le doute, elle s'en empara et les fourra dans la poche de sa veste en cuir.

Une fois le saucissonnage achevé, Eytan se concentra sur le plan du centre affiché au mur. La carte présentait la topographie des lieux à grand renfort d'illustrations naïves et enfantines. La fondation ne lésinait pas sur les moyens : piscine, courts de tennis, gymnase et même un centre équestre figuraient au programme des festivités.

Toutes ces installations étaient localisées sur la partie du terrain la plus éloignée de la montagne qui surplombait le vaste domaine de plusieurs hectares. Eytan tiqua en avisant trois dessins de visages d'enfants apposés sur des bâtiments qu'il estima être des dortoirs.

— Je ne le sens pas, ce coup-là, bougonna-t-il. Si tu devais construire un laboratoire rempli à ras bords de substances mortelles, où le mettrais-tu ?

Elena réfléchit un moment en étudiant la carte.

— Dans ce coin, s'exclama-t-elle en pointant du doigt un petit « H » inscrit au pied de la montagne. Un héliport, idéal pour une évacuation rapide. En plus, il est situé à bonne distance des activités pour les gamins.

— Je vais y jeter un œil, déclara Eytan, péremptoire.

— Comment ça « Je » ? Et moi, je fais quoi ?

— Toi, tu planques ici et tu me préviens en cas de pépin. Surtout, ne tente rien de stupide.

— Rien de stupide... répéta-t-elle. Et pour te prévenir, je fais comment, chef ?

Le géant s'accroupit et retourna les gardes ligotés. Il décrocha de leurs ceintures deux talkies-walkies et en tendit un à Elena, qui le prit en soupirant.

Ce faisant, il sortit de la guérite.

— Morg, pourquoi me laisses-tu en arrière ?

La voix d'Elena trahissait plus que de l'incompréhension. Eytan y décela une profonde déception, voire une certaine tristesse face à ce qu'elle devait interpréter comme un désaveu. Les paroles de Lafner tournaient en boucle dans son esprit depuis leur départ de Tokyo. L'état de santé de la jeune femme interdisait toute prise de risque inconsidérée. Les efforts qu'elle avait fournis forçaient le respect du kidon, mais elle était *de facto* écartée de la mission. Par-dessus tout, il ne trouvait pas les mots pour lui révéler sa maladie et l'issue fatale qui en découlerait.

Il s'immobilisa, mais ne put se tourner vers elle et affronter son regard.

— N'y vois pas une quelconque défiance à ton égard. C'est mieux pour la mission… et pour toi.

Il partit au pas de charge, et se répéta en son for intérieur que le vrai courage ne se prouvait pas les armes à la main.

Chapitre 30

Parti avec l'idée de se rendre au plus vite à l'héliport, Eytan déambulait désormais au gré des circonvolutions de la route, qui serpentait à travers un parc boisé d'une rare beauté. Les bâtiments – des blocs rectangulaires sortis tout droit des années 1970 – se fondaient à merveille dans le paysage.

Eytan prenait le chemin des écoliers, moins par intérêt pour le jardinage ou l'architecture que pour vérifier une impression qui ne cessait de croître au fur et à mesure de son avancée : le centre était désert. Les nombreux échafaudages dressés contre les façades attestaient des récents travaux de rénovation. Il en allait de même pour les équipements sportifs. Deux courts de tennis flambant neufs ainsi qu'un terrain de basket dont les lignes fraîchement peintes trahissaient la nouveauté attendaient les pensionnaires du camp de vacances.

Un constat s'imposa au kidon : l'initiateur de ce projet dépensait sans compter pour le bien-être des enfants. S'il comprenait la théorie échafaudée par Elena, il doutait de sa pertinence dans le cas de la fondation Shinje. Quelque chose ne collait pas...

Eytan reprit sa progression vers le nord du parc, en direction de la montagne. Il longea une dernière construction, *a priori* un réfectoire, et atteignit enfin une rangée compacte d'arbres délimitant le domaine. En écartant les branchages, il se retrouva au pied d'une clôture en fil de fer barbelé s'élevant sur quatre mètres de hauteur. De l'autre côté se dressait un immeuble, estampillé années 1970 lui aussi, à l'aspect plutôt décrépit. Posé sur une douzaine de piliers en béton, il s'étendait sur une centaine de mètres en longueur pour une vingtaine en largeur et ne comptait qu'un seul étage. Un escalier en métal gris menait à une porte dont l'accès était interdit par de lourdes chaînes.

Eytan s'accroupit et arracha des brins d'herbe. Il sélectionna le plus grand et le posa contre la clôture en tendant l'oreille, à l'affût du moindre bruit. Ne captant aucun claquement, il replia la brindille afin de la raccourcir et l'appliqua à nouveau contre les fils de fer. Pas de choc électrique. Rassuré, il entama l'escalade du grillage.

Une fois l'obstacle franchi, Eytan décrocha le talkie-walkie emprunté aux gardiens de l'entrée et appela Elena.

— Je suis devant l'héliport.

— Tu as mis le temps !

— Je voulais m'assurer que le centre était vide, et c'est le cas.

— Super ! ironisa la jeune femme. Nous avons donc assommé deux quidams pour le seul plaisir de me transformer en concierge. J'adore.

— Écoute, je suis désolé de t'avoir laissée en arrière, mais je t'expliquerai. Pour le moment, j'ai découvert un immeuble à proximité de la zone d'atterrissage. Ce n'est certainement pas un hasard s'il ne figure pas sur le plan. Je vais y jeter un œil.

— Attends-moi, j'arrive. C'est mort ici, de toute façon.

— Non, je préfère t'avoir en soutien en cas d'imprévu. Les locaux semblent déserts. Si ça se trouve, je perds mon temps, mais prudence est mère de sûreté.

— Tu as d'autres lieux communs en réserve ?

— Ce « lieu commun », comme tu dis, m'a sauvé la mise plus d'une fois. Je file. Tiens-moi au courant s'il se passe quoi que ce soit.

— S'il se passe quoi que ce soit, répéta Elena en gratifiant l'émetteur d'une grimace sarcastique.

Eytan replaça l'appareil à sa ceinture et traversa l'héliport au petit trot jusqu'à l'escalier. Un coup d'œil à la ronde, puis il grimpa les marches quatre à quatre. Arrivé face à la porte, il souleva la chaîne et l'examina. Elle était maintenue par un cadenas. Pas de trace d'usure. La pose était récente. Intéressant…

Une balle bien placée fit sauter la protection, libérant l'accès au bâtiment. Il pressa la poignée de la porte, qui offrit une légère résistance. Un coup d'épaule suffit à fracasser la serrure. Eytan réinstalla la chaîne de façon à donner l'illusion qu'elle barrait toujours le passage.

Elena restait aux aguets en dépit de l'ennui qui la gagnait minute après minute. Elle ressassait les paroles du kidon. « … Mieux pour la mission et pour toi. » Il n'était pas le genre d'homme à parler pour ne rien dire. Que signifiait donc ce « pour toi » ? Elle aurait mieux réfléchi sans cette douleur qui lui vrillait le crâne. L'inactivité ne lui convenait décidément pas. Pas plus que ce rôle de planton auquel l'autre imberbe la cantonnait.

Encore deux jours et il me dictera ses courriers, ruminait-elle intérieurement.

Un bruit lointain attira son attention. Un bruit cadencé qui allait en s'amplifiant et se rapprochait à grande vitesse.

— Et merde, fit-elle en se saisissant de l'émetteur-récepteur. Morg ? Tu m'entends ?

Seules des interférences lui répondirent. Elle vérifia l'appareil, qui semblait fonctionner normalement.

— Eytan, si tu m'entends, grouille-toi, un hélicoptère arrive.

Toujours le même grésillement sur la ligne. Elle cracha un juron, remplaça le talkie par son pistolet puis s'élança dans le parc…

Eytan entra dans une salle rectangulaire éclairée par de grandes fenêtres, sommairement meublée de tables et de chaises en Formica blanc. Sur la gauche, un long couloir carrelé menant à une double porte en métal desservait des pièces aux usages divers. Eytan les explora une à une et découvrit une chambre froide hors tension, une bibliothèque aux étagères désertées par les livres, puis un large espace dans lequel six bureaux noirs étaient empilés en désordre. Venait ensuite un poste de contrôle vidéo pourvu de cinq écrans, tous éteints.

La pièce suivante était remplie de petites cages, les unes en verre, les autres grillagées. De là, une nouvelle porte menait à ce qui ressemblait furieusement à une salle de dissection : sur des tables en inox trônaient des bassines et des boîtes emplies de scalpels, pinces et autres instruments chirurgicaux. Sur des plans de travail repoussés contre les murs, il avisa deux microscopes électroniques. Charmant… Une odeur âcre de produits d'entretien, un mélange agressif de désinfectant et de poussière, emplissait les lieux.

L'exactitude des informations obtenues par Elena ne faisait plus de doute, et il y avait fort à parier que se cachait ici une partie des réponses qu'ils étaient venus chercher. Il restait à savoir si l'exploitation de ce laboratoire appartenait au passé ou, au contraire, à l'avenir.

Juste avant la lourde porte marquant le passage vers une autre section du bâtiment, le kidon pénétra dans une pièce spacieuse à l'atmosphère moins industrielle que les autres.

Les persiennes baissées ne laissaient filtrer que de fins rais de lumière. Ce qui devait être un bureau ne contenait plus que des cartons sur lesquels étaient inscrites les lettres S et W. Les murs portaient les traces grisâtres de cadres récemment décrochés. Un seul restait suspendu. Il contenait une photographie jaunie d'une femme en blouse blanche, coiffée d'un austère chignon blond. Plutôt jolie, elle se tenait raide, bras croisés sur sa poitrine. En arrière-plan, Eytan distingua un panneau sur lequel figurait l'aigle américain et une inscription qu'elle masquait partiellement : « FO » et plus loin « CK ».

Il demeura un court instant devant cette image, pensif. Désormais, il possédait la conviction que le ou la propriétaire des lieux préparait un déménagement. Le laboratoire avait donc rempli son office. Restait à en découvrir le centre névralgique. Eytan quitta le bureau et se dirigea vers la porte marquant la fin du long couloir.

Un coup d'œil à travers le hublot au verre épais, certainement blindé à en juger par son épaisseur, l'assura qu'il touchait au but. Sans attendre, il tira sur la poignée et pénétra dans un espace rectangulaire d'une trentaine de mètres de long, occupant toute la superficie de cette section de l'immeuble. Sur chaque pan de mur était suspendu un téléphone, et à chaque angle se trouvaient des caméras. Un couloir périphérique faisait le tour d'un bloc rectangulaire plus petit, d'environ cent cinquante mètres carrés, sis au cœur du précédent.

De larges fenêtres permettaient d'en observer l'intérieur. La pièce était divisée en plusieurs zones, dont la plupart contenaient des postes de sécurité microbiologiques, des incubateurs, des centrifugeuses et autre matériel de laboratoire. Eytan aperçut un panneau triangulaire jaune signalant un danger de type biologique. Il était, à n'en point douter, en train de contempler une unité P4.

Un vestiaire dans lequel étaient suspendues des combinaisons intégrales blanches, munies de scaphandre, confirma cette impression.

Tandis qu'il observait les installations, l'éclairage à leds du plafond s'alluma subitement. Eytan entendit un bruit sourd monter de la porte qu'il venait de franchir. Mains crispées sur la crosse de son arme, il se dirigea vers elle, collé aux parois du bloc central, puis, arrivé à l'angle, pencha la tête.

Un homme le regardait à travers le hublot. Eytan ne distinguait que ses yeux, bleus et perçants. Coincé pour coincé, il estima que rester planqué ne présentait aucun intérêt et sortit donc à découvert.

L'inconnu, l'air grave, exhiba un combiné téléphonique.

Eytan répondit à l'invitation et décrocha un des téléphones muraux.

— Vous n'êtes pas japonais, commenta l'homme dans un anglais parfait.

— Bien vu, rétorqua Eytan tout en plissant les paupières pour mieux distinguer son interlocuteur.

— NKGB, OTAN ?

— Ni l'un ni l'autre…

— Oh ! Vous travaillez donc pour le laboratoire à qui nous avons dérobé les souches. Eh bien, je vais vous décevoir, elles ne se trouvent plus ici.

Un bruit de soufflerie – d'aspiration plus précisément – descendit du plafond.

— Je n'ai pas le temps de discuter. Je suis désolé. Si cela peut vous consoler, votre fin sera rapide.

L'homme raccrocha le combiné et partit sans plus attendre. Dans la seconde qui suivit, Eytan peina à respirer. Doté d'une capacité pulmonaire supérieure à la moyenne, il prit une profonde inspiration, emmagasinant le plus d'oxygène possible avant que le vide ne se fasse dans le couloir.

Tapie contre la clôture menant au bâtiment évoqué par le kidon, Elena observait l'hélicoptère, dont les pales tournaient à grande vitesse. Deux Asiatiques chahutés par le tourbillon d'air s'affairaient contre les piliers soutenant l'immeuble. Ils se précipitèrent en direction de l'héliport quand deux autres types, dont un Occidental blond, attaché-case en main, déboulèrent du haut de l'escalier. Ils s'engouffrèrent dans l'appareil, qui décolla aussitôt.

Elle attendit que l'hélicoptère se soit suffisamment éloigné pour franchir la clôture et s'élancer à toute vitesse vers l'entrée de l'immeuble.

En apnée, Eytan vidait son chargeur contre le hublot qui, enfin, commençait à se fissurer. Il le frappa de toutes ses forces avec la crosse de son arme. Il essayait de gérer le peu d'air qu'il lui restait, mais, déjà, ses poumons le brûlaient, et sa vue se brouillait. Chaque coup porté à la paroi perdait en puissance, et des crampes s'emparaient de ses bras. Ce foutu verre ne cédait toujours pas. Si seulement il avait avec lui un de ses palets explosifs…

Elena avalait les marches, pressée par la menace qu'elle venait de découvrir en jetant un œil aux piliers. La pièce dans laquelle elle déboucha était vide et ne présentait pas de traces de lutte. La jeune femme réalisa qu'il ne lui restait que peu de temps à consacrer à l'exploration des lieux quand des martèlements sourds et répétés attirèrent son attention. Sans réfléchir, elle s'élança, remonta le couloir sombre situé sur sa gauche et stoppa net, fascinée, devant l'obstacle qui la séparait d'Eytan. Le tableau était saisissant. Là, derrière le verre fendillé en une myriade de stries blanches, son compagnon la fixait, le visage convulsé.

Elle reprit ses esprits et tira furieusement sur la poignée de la porte, qui refusa obstinément de s'ouvrir. Regardant autour d'elle, elle avisa, fixé au mur, un boîtier agrémenté de deux diodes : une rouge et une verte. Naturellement, la rouge clignotait. Elle asséna de violents coups de pied dans le dispositif, jusqu'à le désolidariser de la paroi et dévoiler l'arrivée des câbles qui couraient dans le mur. Elle s'en saisit et, rassemblant toutes ses forces, les arracha dans une gerbe d'étincelles. Un son métallique émana de la porte, qu'elle ouvrit immédiatement.

Eytan lui tomba dans les bras. Elle eut toutes les peines du monde à ne pas basculer à la renverse sous le poids de cette montagne humaine. Aussi, plutôt que d'opposer une résistance vaine, elle l'accompagna au sol. Le géant prit une inspiration si longue que la jeune femme se demanda où il pouvait bien stocker tant d'air. Au moins retrouvait-il rapidement des couleurs, et ses esprits.

— Viens, il faut qu'on sorte d'ici, et en vitesse, lui dit-elle en l'aidant à se relever. Ils ont posé des explosifs sur les pylônes qui supportent l'édifice. Dépêche-toi !

— Pars devant !

Elena courait dans le couloir, talonnée par Eytan. Une première explosion retentit derrière eux, suivie d'une autre, puis vint le fracas du bâtiment s'affaissant sur lui-même. L'accélération de la rousse stupéfia le kidon, qui redoubla d'efforts pour la rattraper. Et ne pas être englouti par le toit qui s'effondrait.

Sans ralentir, Elena dégaina son pistolet et vida son chargeur sur les vitres au bout du couloir, les faisant voler en éclats. Alors qu'elle s'apprêtait à plonger à travers l'ouverture, elle sentit un bras s'enrouler autour de sa taille et une grande main se plaquer sur son visage, le recouvrant presque intégralement. Puis une brusque poussée la décolla du sol, la propulsant vers l'avant telle une torpille. Tandis que deux nouvelles déflagrations finissaient de mettre à bas l'immeuble, Elena flotta dans les airs, solidement maintenue contre la poitrine d'Eytan. Elle n'aurait su dire combien de temps ils restèrent ainsi en suspens. L'atterrissage s'avéra moins violent qu'elle ne l'aurait imaginé. Quand elle rouvrit les yeux, elle en comprit la raison.

Étendu sous elle, Eytan avait amorti sa chute et encaissé la majeure partie du choc. Elle jeta un œil par-dessus son épaule et constata qu'il ne restait plus du laboratoire qu'un tas de gravats, d'où s'élevait un nuage de poussière blanchâtre. Alertée par la grimace édifiante du colosse qui se tenait les côtes, elle roula sur le côté pour ne pas peser sur ses blessures.

— Tu m'as désobéi, grommela Eytan d'une voix chevrotante.

Allongée à ses côtés, Elena tourna la tête vers lui.

— À part moi, personne n'a le droit de te tuer.

Le géant laissa fuser un rire qui se transforma en gémissement, puis en toussotements. Au prix d'un effort pénible, il s'assit en tailleur et détailla sa veste, déchiquetée sur son flanc droit par les éclats de verre et de métal projetés lors de la dernière explosion.

— Et merde, souffla-t-il.

Elena se releva et, désormais échaudée, présenta son avant-bras à Eytan, qui le saisit. Elle dut tirer de toutes ses forces pour ne pas basculer en avant.

— Pas trop de casse ? lui demanda-t-elle alors qu'il se redressait, une main glissée sous son tee-shirt.

— Rien qui ne se soigne, répondit-il en rabattant la veste contre son torse.

— J'ai essayé de te prévenir de l'arrivée de l'hélico, mais la communication ne passait pas.

— Qu'as-tu vu ?

— Un blond en costume avec trois gardes du corps. Ils sont montés dans l'hélicoptère, qui a décollé aussitôt.

Le souffle court, Eytan marchait quelques pas derrière elle.

— Tu aurais dû les empêcher de partir.

— Je te rappelle que je manquais d'éléments pour décider de la marche à suivre. Dans le doute, j'ai privilégié mon partenaire. Tu me prends peut-être pour une garce, mais je suis fidèle à mon équipe, protesta-t-elle avec fougue.

— Je te suis reconnaissant de m'avoir sorti de là, répondit-il calmement. Mais la tournure des événements nous est défavorable. Nos adversaires se savent traqués, et nous avons perdu leur trace.

— Je ne partage pas ton analyse. À l'heure qu'il est, ils te croient mort et ça, c'est un atout de taille.

— À supposer que nous leur mettions la main dessus. Tu me diras...

— Quoi donc ?

— Dans un bureau, j'ai trouvé des cartons sur lesquels étaient inscrites les lettres S. W. Il y avait aussi une photo d'une femme de type caucasien.

— Eh bien, voilà une nouvelle piste ! Vérifions si un nom à consonance occidentale, dont les initiales correspondraient à S. W., ne se cacherait pas dans l'organigramme de la société Shinje.

— C'est mince, mais au point où nous en sommes…

Ils traversèrent le parc moins vite qu'Elena ne l'aurait souhaité, ralentis par Eytan qui marchait avec peine. Il respirait difficilement et gardait le bras droit près du corps. L'impact sur le sol jonché de débris avait laissé des traces. La jeune femme lui proposa d'examiner ses blessures, mais se fit envoyer promener, réaction qu'elle assimila à du machisme primaire. Elle l'abandonna donc à ses douleurs.

Ils quittèrent le centre puis rejoignirent leur voiture. Eytan, essoufflé, se posa sur le capot. Elena se dirigea d'autorité vers le côté conducteur dont elle ouvrit la portière.

— Une minute, dit-il, il faut que je te parle.

— Ça ne peut pas attendre qu'on soit sur la route ?

— Non, ça ne peut pas.

— Je t'écoute.

— Quand tu es sortie du café à chats, tu as cru que je t'en voulais d'avoir traîné. Mais ce n'était pas le cas. Je sais pourquoi tu es tombée dans les vapes à Tel-Aviv.

— Ah oui, effectivement, ça m'intéresse. Pourquoi m'en parler maintenant ?

— Parce que je ne savais pas comment t'annoncer que tu souffres d'une tumeur au cerveau. D'après Avi Lafner, ce serait une conséquence de ta mutation. Une conséquence vraisemblablement propre à la version du mutagène que tu as reçue.

Elena encaissa la nouvelle comme un coup de poing à l'estomac. Elle leva la tête au ciel, pivota et s'adossa à la portière, les yeux fermés. La subite cécité en République tchèque et, à coup sûr, les maux de crâne… Elle se revit enfant, agonisant sur son lit d'hôpital, se remémora l'espoir soulevé par la conversation entre son père et le professeur Bleiberg.

Ensuite étaient venues la piqûre et la douleur inhumaine qui l'avait entraînée aux portes de la mort pour lui offrir finalement une renaissance. Toutes ces années, elle s'était crue affranchie des contingences médicales dévolues aux individus «standards», s'était estimée au-dessus des règles de la nature. Elle incarnait, à l'instar du patient 302, une évolution décisive du genre humain. Tout ça pour cracher ses tripes après d'interminables séances de chimiothérapie et finir dans une unité de soins palliatifs…

— C'est pour cette raison que j'ai préféré te garder en retrait tout à l'heure.

Elle rouvrit des yeux rougis par des larmes qu'elle contenait à grand-peine.

— Tu craignais de traîner un poids mort?

— Non. Même à cinquante pour cent de tes capacités je te choisirais sans hésiter comme équipière. Je ne voulais pas… Enfin… Je suis désolé…

— L'échéance?

— Courte.

Un sourire triste passa sur le visage d'Elena. Elle se frotta les joues puis se redressa en soufflant bruyamment.

— Raison de plus pour ne pas perdre de temps et retourner à Tokyo sans tarder. Monte à l'arrière, tu y seras plus à l'aise.

Eytan fit un pas dans sa direction, mais il s'interrompit devant la paume levée qu'elle lui opposait.

— Pas de discours lénifiant, Morg. Et pas de négociations interminables ou de mise sur la touche d'office. Je termine cette mission avec toi. Si je dois tomber…

— … ce sera les armes à la main, conclut Eytan, conscient depuis toujours qu'il s'agissait, pour les gens de leur espèce, de la seule fin possible.

La seule acceptable…

Chapitre 31

Dans la voiture, l'ambiance était sinistre. Elena, mal à l'aise avec la conduite à gauche, tenait le volant. Vautré sur la banquette arrière, Eytan, perdu dans ses pensées, maintenait ses côtes endolories. Entre la tournure désastreuse des événements du laboratoire et, guère plus agréable, l'annonce de sa maladie à Elena, il avait la sensation que tout lui échappait. L'impasse dans laquelle ils se trouvaient désormais multipliait les sujets d'inquiétude. Et la perspective de voir la captivité d'Eli se prolonger n'était pas des moindres. Seul point positif de la journée, ses adversaires le croyaient certainement mort, ce qui lui conférerait l'avantage de la surprise quand il leur tomberait dessus. S'il leur tombait dessus un jour...

Non, décidément, rien ne se déroulait comme il le voulait. Sans compter ses blessures...

Elena quitta la voie rapide et emprunta une sortie qui les mena dans un petit quartier résidentiel peu animé des faubourgs de Tokyo. Elle se gara dans une ruelle, à l'écart de la circulation, coupa le moteur, puis se tourna vers son équipier.

— Cesse de jouer les héros et enlève tes mains, ordonna-t-elle.

Eytan obtempéra pour ne pas subir l'ire de la jeune femme, bien décidée à ne pas baisser pavillon. Elle souleva le tee-shirt kaki et découvrit l'ampleur des dégâts. Une multitude de débris de verre et de métal constellaient le haut du bassin et le flanc du kidon. La douleur devait être à la limite du tolérable tant les nombreux fragments s'enfonçaient profondément dans la chair déchiquetée. Du reste, en posant ses doigts sur l'abdomen, elle perçut un tressaillement révélateur de sa souffrance.

— Hors de question que tu restes comme ça. On s'arrête dans le premier commerce pour prendre de quoi te soigner.

— Ce n'est rien, mentit-il en grimaçant.

— Tu n'iras pas loin dans cet état.

— De toute façon, nous sommes largués…

— Raison de plus pour te retaper avant de définir un plan d'action. J'ai repéré un magasin dans la rue voisine. Je vais voir si je trouve de quoi m'occuper de toi. Ne bouge pas d'ici.

— Compte sur moi, répondit-il alors qu'un rictus de douleur déformait son visage.

Elena claqua la portière et quitta la ruelle. Elle pénétra dans la grande surface aperçue plus tôt.

Elle examina chaque produit présenté dans le rayon pharmacie pour en comprendre le domaine d'action. Finalement, elle jeta son dévolu sur une boîte de premiers soins dans l'espoir d'y trouver réunis tous les éléments dont elle aurait besoin pour traiter les blessures d'Eytan. Elle embarqua également une pince à épiler.

Coincée entre un *salary man* engoncé dans un triste costume noir et deux individus post-pubères occupés à se dandiner au son de la musique d'un lecteur MP3 dont ils partageaient les écouteurs, Elena ne se lassait pas de contempler cet étrange univers. L'homme devant elle feuilletait le *Tokyo Shimbun*. Dépassant le croque-mort d'une bonne vingtaine de centimètres, elle n'avait aucune peine à lire par-dessus son épaule, ce qui aurait pu l'aider à patienter dans la file d'attente si elle avait saisi un traître mot du journal.

Soudain, la rousse arracha le quotidien des mains de son propriétaire. Ce dernier, décontenancé, vociféra, prenant l'assistance à témoin. Ignorant les éclats de voix et l'attroupement qui se formait autour d'elle, Elena déchira une page.

— La ferme, cria-t-elle à la cantonade. Qui parle anglais ici ?

Employés et clients échangèrent des regards interrogateurs. Le petit homme étriqué leva un index hésitant. Elena se rangea à sa droite et lui colla sous les yeux la page qu'elle tenait fermement.

— Traduire ? demanda-t-elle en désignant un article accompagné d'une photo.

Le Japonais entreprit la lecture du papier avec application.

— *Hai*. Patron Shinje Corp, Hirokazu Shinje, mort, âge 93 ans. Son assistant Sean Woodridge devient patron Shinje Corp. Assistera ce soir, ouverture Shinje Conference Center dans quartier Shinjuku.

Elle pointa du doigt la montre de son traducteur improvisé.

— Quelle heure ?

Il se replongea un moment dans la page puis secoua la tête, l'air satisfait.

— Neuf heures soir.

Devant le grand sourire que lui adressait son interlocuteur, la jeune femme fouilla dans sa mémoire à la recherche du terme approprié. Le souvenir d'une scène vue au détour d'un film des années auparavant lui revint.

— *Arigato,* dit-elle en inclinant le buste à 45 degrés, les mains croisées sur les cuisses.

L'homme se pencha à son tour, tout comme les cinq ou six personnes encore regroupées autour d'eux. Avant de se retrouver embarquée dans un ballet de courbettes, Elena jeta une liasse de yens sur le comptoir et s'enfuit en courant du magasin.

Elle s'engouffra dans la voiture où l'attendait Eytan, blanc comme un linge. À peine assise, elle lui montra le morceau de journal.

— Miracle! s'exclama-t-elle, triomphante.

Il parcourut des yeux la page que la jeune femme brandissait à deux mains tel un diplôme récemment décerné.

— Si tu le dis, souffla-t-il en renversant la tête en arrière.

— Le type sur la photo. S. W.: Sean Woodridge. C'est lui que j'ai vu quitter le laboratoire et monter dans l'hélicoptère. Et mieux encore… je sais où il se trouvera ce soir!

— Excellente nouvelle, murmura-t-il d'une voix chevrotante. Si tu n'y vois pas d'inconvénient, pourrais-tu m'enlever ces saletés? J'ai essayé, mais avec mes gros doigts…

Agenouillée sur le siège arrière, Elena ouvrit le kit de premiers soins et en sortit le contenu idoine: quelques compresses hydrophiles, des bandes adhésives et des tampons imbibés de lotion antiseptique. Elle déballa ensuite la pince à épiler, qu'elle désinfecta.

— Allez, Morg, à poil! ordonna-t-elle.

Eytan retint un éclat de rire qui lui aurait provoqué un nouvel accès de douleur. Il se contorsionna pour se défaire de son tee-shirt et réussit à l'ôter non sans mal. Il releva autant que possible le bras droit pour dégager le côté blessé. D'un naturel plus pudique qu'il n'y paraissait, Eytan ressentait une profonde gêne à se retrouver ainsi dévêtu devant Elena. Gêne qui ne fit que s'accroître quand elle passa les doigts sur ses abdominaux et les glissa en direction de la zone à traiter. La douleur qui se répandait en cercles concentriques le dérangeait moins que les frissons incontrôlables et répétés qui parcouraient sa colonne vertébrale. Il se réfugia derrière une parade à l'efficacité mille fois prouvée : penser à un steak saignant !

De son côté, Elena examinait les plaies et échafaudait une méthode d'attaque pour procéder à l'extraction des divers éclats. Puis elle établit l'ordre mental dans lequel elle placerait les pansements. Une façon comme une autre d'oublier le contact de la peau douce et imberbe du géant et son souffle court qui venait mourir contre son visage. Peut-être la dernière peau qu'il lui serait donné d'effleurer. Elle raffermit sa prise sur la pince à épiler et se focalisa sur sa tâche. Tout pour ne plus s'imaginer nue contre lui…

— Tu portes toujours les mêmes vêtements ? demanda-t-elle en extirpant les premiers morceaux de verre.

— Oui… enfin pas exactement les mêmes, je possède tout en plusieurs exemplaires, gémit-il.

— Comment se fait-il ? Tu es allergique à la mode ou tu peines à trouver la bonne taille ?

Contrôlant mal son rythme cardiaque et sa respiration, elle peina à saisir un bout de métal, et le déplaça plutôt.

— Eh ! Doucement ! protesta le géant.

— Désolée.

— Je n'ai rien contre la mode, mais je privilégie l'aspect pratique pour des raisons professionnelles. Et puis, mes fringues ont une valeur sentimentale. C'est une longue histoire…

Elle ne chercha pas à en savoir plus et continua de s'affairer. L'opération se poursuivit une petite dizaine de minutes, les mettant tous deux au supplice.

— Là, j'ai terminé, annonça Elena, avec fierté et soulagement, en apposant une dernière bande adhésive pour maintenir les compresses. Tu devrais déjà te sentir plus à l'aise.

Elle recula jusqu'à sortir du véhicule. Le courant d'air frais qui s'engouffra dans l'habitacle revigora Eytan. Il risqua une série de moulinets de l'épaule qui provoquèrent plus de gêne que de véritable douleur.

— Tu as fait des merveilles, dit-il en se redressant sur le siège arrière, merci.

Elena, accoudée sur le toit de la voiture, rangeait consciencieusement son matériel.

— Monsieur éprouverait-il une faiblesse spéciale pour les infirmières ?

Elle se reprocha immédiatement cette remarque. Eytan répondit par un rire idiot, heureusement vite réprimé. Il sortit à son tour et effectua quelques flexions pour évaluer ses marges de manœuvre. Puis il ouvrit le coffre, y jeta ses vêtements déchirés et attrapa un sac à dos dont il retira un tee-shirt et une veste soigneusement pliés, identiques aux précédents. Il les enfila avec un bonheur manifeste.

— Le caméléon a retrouvé sa peau ?

— Exactement, répondit-il en ajustant les épaules et les manches.

Elena jeta un œil à l'horloge digitale du tableau de bord.

— Bien, il est quasiment 17 heures. Je te propose une petite visite au centre de conférence Shinje, dont l'inauguration est programmée à 21 heures.

— C'est là que se rend notre client ?

— Ouaip.

— Prends le volant, je vais compter combien de cartouches il nous reste.

Chapitre 32

Tokyo

Les derniers rayons du soleil se reflétaient sur les parois vitrées du gigantesque immeuble circulaire, faisant briller le centre de conférence Shinje de mille feux. Le bâtiment dominait le parc municipal qui, comme l'indiquaient les pancartes en plusieurs langues, avait été redessiné pour l'inauguration, aux frais de la Shinje Corp. Situé à l'intersection de deux larges artères grouillantes de circulation en cette fin de journée, l'ensemble marquait l'entrée dans la section « affaires » du quartier de Shinjuku et faisait face à la partie « commerces », qui se terminait – ou commençait, selon le point de vue – de l'autre côté de l'avenue.

Là, au milieu d'une foule dense et indifférente, Elena et Eytan lisaient, dubitatifs, les panneaux géants installés au sommet de l'édifice d'acier et de verre, flambant neuf.

— Aïe, commenta sobrement Elena, la tête levée vers le ciel. Aurais-tu deviné que le premier événement accueilli dans ce centre pour son inauguration serait un colloque international de virologie ? ironisa-t-elle.

— Entre les éminents spécialistes venus du monde entier, les officiels envoyés par les différents gouvernements et la presse présente pour couvrir l'événement, tu as tous les ingrédients pour réussir un joli carnage, répondit Eytan, l'air grave.

Il focalisait déjà son attention sur trois camions réfrigérés garés à l'écart de l'immeuble et marqués à l'enseigne d'un grand chef français. Des livreurs en sortaient, les bras chargés de cagettes et de plateaux qu'ils emmenaient par l'entrée de service, sous le regard bovin d'une poignée de policiers.

Pas de pince-fesses digne de ce nom sans un traiteur et ses inévitables petits fours...

— Si tu avais l'intention d'éliminer d'un coup tous ces gens réunis en un même et unique lieu, à l'aide d'un virus, comment t'y prendrais-tu ?

— Je ferais simple, en le diffusant par la ventilation.

— ... Facile et dévastateur.

— Nous n'avons plus qu'à trouver le local technique, déclara Eytan d'un ton guilleret qui ne manqua pas de surprendre Elena.

Il se frotta les paumes et continua :

— Savais-tu que Tokyo est la ville au monde où l'on compte le plus de restaurants trois étoiles ?

— Ah ? Ben non. Je vais être un peu vulgaire mais... qu'est-ce que tu veux que ça me foute ?

Il se tourna vers Elena et lui adressa un sourire carnassier.

— C'est très important de bien manger, lui souffla-t-il à l'oreille avant de se diriger vers le passage piéton le plus proche.

Eytan et Elena se présentèrent à l'arrière de la troisième camionnette en marchant quelques pas derrière un jeune livreur. Celui-ci monta dans la remorque réfrigérée pour aller chercher les ultimes boîtes de victuailles. Eytan lui emboîta le pas. Elena repoussa légèrement les portes du véhicule pour ne pas exposer la scène expéditive à la vue de tous. Une poignée de secondes et de borborygmes plus tard, elle vit surgir la main de l'agent par l'ouverture. Il tenait entre ses doigts une miniature de millefeuille qu'elle attrapa en riant.

— Je vais finir par croire que tu as une dent contre les Japonais, badina Elena en croquant dans la pâtisserie.

— Rassure-toi, nous nous trouverions en France, je taperais sur des Français avec le même entrain !

Une pile de cartons en main, ils passèrent devant les policiers sans provoquer un quelconque émoi et se retrouvèrent à l'intérieur de l'immeuble en deux temps trois mouvements. Déjà, de nombreux invités de toutes les couleurs et toutes les nationalités se pressaient au cœur du magistral hall vitré. Celui-ci semblait s'étendre sur toute la surface du centre. Une flopée de panneaux fléchés signalaient en anglais les différents amphithéâtres où se tiendraient débats et rencontres. Deux escaliers monumentaux, translucides, menaient vers une mezzanine.

Une hôtesse leur désigna une porte étroite coincée entre celles des toilettes hommes et femmes. Sans discuter, ils suivirent le mouvement et, après avoir descendu quelques marches, entrèrent dans une cuisine où serveurs et serveuses jonglaient avec plateaux, seaux à champagne et petits fours. Au milieu de cette frénésie, Elena et Eytan se délestèrent de leur fardeau sur un plan de travail en inox. La rousse s'approcha d'un extra impatient de se remettre au boulot. Au culot, elle lui demanda si, par hasard, il savait comment on accédait au sous-sol. Agacé par une demande parasite en comparaison de ses soucis du moment, il lui indiqua, d'un mouvement de menton peu élégant, une porte à l'extrémité de la salle et retourna à ses préoccupations.

Elena fit signe à Eytan de la suivre, et tous deux s'éclipsèrent dans l'indifférence générale.

Le local technique ressemblait à s'y méprendre aux entrailles d'un paquebot ou d'un navire de guerre : un dédale de couloirs exigus à l'atmosphère moite, dans lesquels résonnaient un ronflement de machinerie et la rumeur de l'agitation qui régnait à l'étage supérieur. Une multitude de tuyaux couraient le long des murs et au plafond, contraignant Eytan à avancer courbé – posture inconfortable qui ravivait ses douleurs costales. Elena ouvrait la marche, et luttait en silence contre un mal de crâne lancinant qui s'amplifiait depuis leur arrivée dans le sous-sol.

— Il nous reste une balle chacun, nous privilégierons donc le combat rapproché. Il y a fort à parier que nos adversaires lanceront leur offensive dès que la totalité des invités sera réunie pour le discours inaugural. Nous les attendrons ici, déclara Eytan en débouchant dans ce qu'il estima être le centre névralgique de l'immeuble.

Les panneaux électriques, le contrôle du chauffage et du système de ventilation se trouvaient réunis au cœur d'un espace d'une centaine de mètres carrés.

— En espérant que nous avons vu clair dans leur jeu, rétorqua Elena d'un ton circonspect. Au fait, comment vont tes côtes ?

Eytan tendit le bras droit vers les larges tubes accrochés au plafond et tira dessus pour en tester la résistance.

— Mal, mais le corps n'est rien. Seule la volonté peut te rendre indestructible, répondit-il distraitement.

Amen, ironisa intérieurement Elena.

Une demi-heure plus tard, deux hommes vêtus de jeans, tee-shirt et baskets, firent irruption dans le local en poussant un chariot porte-bouteilles chargé de fûts chromés. Taillés à l'identique sur le modèle grand, sec et nerveux, les Asiatiques s'immobilisèrent au milieu de la pièce et déchargèrent leur cargaison avec précaution.

Peu après, le duo devint trio avec l'arrivée d'un nouveau membre, plus trapu que ses complices. Ils échangèrent quelques phrases dont le ton trahissait leur nervosité. Un ordre émana du couloir, froid et péremptoire, mettant fin à la discussion. Les trois hommes se mirent au garde-à-vous et saluèrent en chœur le dernier arrivant. L'Occidental aux traits durs, la cinquantaine, mâchoire carrée et front dégagé et volontaire, arborait une chevelure d'un blond éclatant. Les petites ridules au coin de ses yeux bleus accentuaient la profondeur de son regard. Du haut de son mètre quatre-vingt-dix, taillé à la serpe dans son costume trois-pièces, Sean Woodridge dégageait une autorité naturelle peu commune. Dans un japonais parfait, il s'adressa à ses troupes, dont la dévotion ne faisait aucun doute.

Eytan choisit cet instant précis pour surgir de sa cachette, un cagibi rempli de balais et de produits d'entretien.

— Surprise ! cria-t-il, mains levées vers les quatre hommes qui le dévisageaient comme s'il s'agissait d'un fantôme.

L'incrédulité et l'étonnement se dissipèrent quand Woodridge prit la parole.

— Vous devriez être mort, souffla-t-il.

— Je devrais, confirma Eytan, tout sourire.

— Simple contretemps…

Woodridge hurla un nouvel ordre en japonais. Les trois sbires se ruèrent sur le géant. Deux d'entre eux ne firent qu'un pas avant de recevoir chacun un coup de pied en pleine face : Elena, accrochée par les bras aux tuyaux contre lesquels elle se tapissait depuis trop longtemps à son goût, avait lancé son offensive. De retour au sol et en dépit d'une migraine de plus en plus vive, elle avança vers les deux types, *groggy* mais pas encore hors de combat, avec la ferme intention de leur infliger une raclée à la hauteur de ce qu'elle-même endurait.

L'assaillant d'Eytan, handicapé par une différence d'allonge confinant à l'injustice, tenta un crochet qui fendit l'air, suivi d'un coup de pied qui percuta le géant sur son flanc blessé. Malgré la douleur foudroyante, l'agent coinça le tibia de l'attaquant sous son bras gauche, posa sa main droite contre sa cuisse et pivota avec une telle puissance qu'il le souleva de terre et l'encastra dans un panneau électrique, l'éliminant de l'équation.

Ainsi débarrassé, Eytan constata avec dépit qu'Elena s'enferrait dans ses travers. Elle jouait avec ses deux adversaires. Ceux-ci formaient une barrière humaine interdisant l'accès à Woodridge qui s'enfuyait en courant. Ils bloquaient la ligne de mire d'Elena.

— Il se tire! cria Eytan en direction de la rousse.

Quand elle tourna la tête, il comprit à son teint cireux et aux cernes marqués sous ses yeux qu'elle ne s'amusait pas mais composait avec les moyens du bord.

Elle dégaina le pistolet coincé à la ceinture de son jean et le pointa vers le fuyard.

— Vise les jambes, ordonna Eytan.

Elena baissa son arme, mais un coup de pied sur son poignet dévia le tir.

Sean Woodridge ralentit, se courba vers l'arrière et porta une main à son dos. Mais il reprit sa course et disparut dans le couloir.

— Rattrape-le, je me charge des autres.

La voix d'Elena était moins assurée que de coutume. Elle contenait les Japonais sans trop de mal, mais la vraie menace ne venait pas d'eux. D'une série de coups de pied pivotants, elle les repoussa sur le côté, dégageant le passage pour Eytan. Il s'élança dans l'intervalle ouvert…

Chapitre 33

Elena, à force de concentration, avait pris le dessus sur ses adversaires. L'un ne résista pas à un coup de pied retourné au foie. L'autre reçut une rafale de crochets conclue par un uppercut dévastateur. Trois craquements de nuque plus tard, le visage ruisselant, elle goûta sa victoire avec un plaisir inégalé. Était-ce la prise de conscience de sa propre fragilité, l'envie de ne pas finir grabataire ou clouée sur un lit d'hôpital? La vieillesse, la maladie: deux angoisses insupportables pour elle. Par la grâce de la science, elle avait échappé à la première, pensant au passage semer la seconde. Mais son état de santé actuel démontrait avec une ironie morbide que la nature reprenait toujours ses droits.

Elle luttait contre l'intense souffrance qui lui vrillait le crâne au point de lui retourner l'estomac et progressait avec difficulté dans les couloirs du sous-sol du centre de conférence. La vision du dos meurtri de son équipier, aperçu dans la salle de bain de l'hôtel praguois, lui revint en mémoire. Endurant le martyre comme jamais depuis son enfance, Elena comprenait désormais le sens des propos d'Eytan et y puisait la force de mettre un pied devant l'autre.

Le corps n'est rien. Seule la volonté peut te rendre indestructible.

Marchant en zigzag, s'appuyant des mains contre les murs pour conserver son équilibre, elle arriva en vue de la porte menant à l'extérieur. Elle voulait finir le travail, et le finir une bonne fois pour toutes…

Eytan courait aussi vite que sa blessure le lui permettait. Sentir le sang couler sous son tee-shirt accroissait sa détermination à neutraliser Woodridge. Celui-ci s'engouffra dans le dédale de haies formant un labyrinthe végétal au sein du jardin public. Au mépris de la douleur qui rendait sa respiration plus difficile à chaque foulée, le kidon accéléra encore…

Les allées étroites et sinueuses ne permettaient pas de maintenir le sprint. De multiples intersections se succédaient, rendant l'orientation difficile, voire impossible. Eytan doutait que Woodridge s'en sortît mieux dans un tel environnement. Il décida donc de préférer la prudence à la précipitation, en espérant que sa proie ne trouverait pas la sortie avant lui. De toute façon, presser le pas accélérerait l'hémorragie et ne ferait que l'affaiblir.

Eytan déboucha finalement dans un espace circulaire d'une cinquantaine de mètres de diamètre. Deux rangées de cerisiers entouraient un monument rectangulaire, tout en hauteur, le long duquel s'écoulait un filet d'eau ininterrompu qui terminait sa course dans un bassin ouvragé. Deux bancs de pierre taillée étaient disposés de part et d'autre de la fontaine minérale. La parfaite symétrie de l'ensemble conférait à l'endroit une harmonie hors du temps. Le bruit cristallin de l'eau se mêlait au bruissement du vent contre les haies en une musique hypnotique venue du fond des âges. Celui ou celle qui avait créé ce sanctuaire glorifiait la nature, la beauté et la paix. Tournant le dos au kidon, Woodridge se tenait immobile face à la fontaine, bras ballants, son attaché-case posé à ses pieds. Il pivota lentement et fit face à Eytan qui avançait calmement.

— Extraordinaire, n'est-ce pas ?

Eytan s'immobilisa à trois mètres de lui.

— Je ne crois pas avoir jamais rien vu d'aussi apaisant, répondit le géant, son arme pointée vers le sol.

— Que le sbire d'une organisation secrète dédiée à la destruction apprécie un tel lieu me surprend, déclara Woodridge en dirigeant son arme vers Eytan, qui en fit autant.

— Tout comme je suis étonné de voir un terroriste s'extasier devant la beauté.

— Je ne suis pas un terroriste, s'offusqua l'homme au costume bleu foncé, avec une sincérité désarmante.

Cette simple réaction conforta Eytan dans la théorie qu'il avait échafaudée après l'exploration du laboratoire.

— Et je ne suis pas un sbire, répondit le géant.

— Serions-nous partis sur de mauvaises bases ?

— À vous de me le dire…

— Peut-être le temps est-il venu de faire les présentations ? Sean Woodridge, président de la Shinje Corporation depuis le décès de Shinje-san. Jusqu'à ce triste événement, j'étais son bras droit.

L'homme termina sa phrase sur un salut japonais parfaitement exécuté.

— Eytan Morg, agent de la Metsada, chasseur de nazis et de criminels de guerre en tout genre, chargé de mettre fin à vos attaques biochimiques.

La conclusion ne fut pas accompagnée d'une courbette, ce qui arracha un sourire à Woodridge.

— La Metsada ?

— Une branche… disons « spécialisée » du Mossad. Ce serait trop long à vous expliquer, mais je suis ici à titre privé.

Eytan s'assit sur un des bancs de pierre. Il écarta sa veste pour dévoiler la tache de sang maculant le côté droit de son polo. D'un mouvement similaire, Sean révéla la blessure infligée par le coup de feu d'Elena et s'installa face à lui.

— Pour tout vous dire, reprit Eytan, je ne croyais pas à des motivations purement terroristes.

— « Les enfants de Shiro » sont tout sauf une organisation terroriste.

— Je l'ai deviné en fouillant votre bureau.

— Qu'est-ce qui vous a mis sur la voie ?

— La photo en noir et blanc sur le mur, prise devant Fort Detrick. Vous savez que vous ressemblez beaucoup à votre mère ?

— Mon père a passé sa vie à me le répéter, commenta l'homme d'un ton léger.

— Et il avait raison, conclut Eytan.

Il étendit ses jambes et s'étira légèrement.

— Alors, dites-moi, Sean, de quoi, ou de qui, vous vengez-vous ?

Chapitre 34

Harbin, Unité 731, août 1945

Le goût amer de la défaite et du déshonneur se mêlait à l'odeur insoutenable des corps calcinés sur le bûcher – surnommé fort à propos le «barbecue» – dévolu à l'élimination des cadavres. L'implacable offensive soviétique en Mandchourie conjuguée à la nouvelle du bombardement atomique d'Hiroshima semait le désespoir dans les rangs des soldats et provoquait la panique chez les dirigeants de l'Unité.

Si Hirokazu Shinje accueillait avec soulagement l'arrêt des hostilités et la cessation des activités du centre commandé par Shiro Ishii, il espérait surtout déguerpir avant de tomber aux mains des communistes.

Depuis la veille et l'annonce par le maître des lieux de la reddition japonaise, une agitation frénétique s'était emparée du complexe. L'ordre avait été donné de faire disparaître toute trace des expériences menées ces neuf dernières années. La destruction des documents s'opérait conjointement à l'exécution systématique des derniers cobayes humains, dont les dépouilles s'entassaient dans le brasero géant.

Songeur, les bras croisés, Hirokazu regardait le bidon rouillé dans lequel se consumaient ses ultimes papiers.

Il recherchait l'oubli dans les flammes destructrices. Il ne regrettait pas le travail scientifique accompli. Ses recherches ouvraient la voie à de nombreux vaccins contre des maladies tropicales et trouveraient sans doute un écho favorable auprès de la communauté médicale dans l'après-guerre qui se profilait. Et puis, à la différence de ses collègues qui s'enivraient et fréquentaient les prostituées enfermées dans le bordel créé à l'intérieur de l'Unité, il avait consacré ses soirées à l'élaboration de prothèses pour les mutilés. Certains fuyaient le mal du pays dans l'alcool et la fornication, lui oubliait le temps qui s'écoulait d'ordinaire trop lentement dans d'interminables sessions de travail.

Il ne restait plus rien de sa morgue d'antan. Le jeune diplômé arrogant et sûr de lui n'avait pas survécu à la concurrence effrénée qui sévissait parmi les chercheurs. La volonté des uns et des autres de plaire à «Sa Majesté» Ishii les poussait à faire du zèle dans une surenchère d'actes plus barbares que scientifiques. Le plus souvent, l'ambition se manifestait par des crocs-en-jambe bien sentis aux petits camarades.

Car le lieutenant-général Shiro Ishii se comportait tel un seigneur féodal, régissant son domaine d'une main de fer et y appliquant une discipline toute personnelle.

Quand l'ordre fut donné à l'équipe médicale de se rassembler sur la grande place face aux bureaux de la direction du complexe, la rumeur circula d'un suicide collectif décrété par Ishii lui-même. Ceux qui le connaissaient bien, à commencer par Hirokazu Shinje, savaient à quel point les règles du bushido indifféraient cet homme sans foi ni loi. S'enrichir et accroître sa propre gloire sous couvert de dévotion à l'empereur, oui. Mourir en son nom, certainement pas !

Et de suicide il ne fut effectivement point question dans le discours enflammé adressé aux troupes.

Alors qu'au loin retentissaient les premières explosions visant à réduire tous les immeubles de l'Unité en poussière, tous durent promettre de ne jamais révéler ni les résultats obtenus, ni les procédés employés. À quiconque. À aucun prix.

L'avenir prouverait à Hirokazu qu'il était plus aisé d'édicter des règles que de s'y conformer...

***

Tokyo, 1946

Les retrouvailles tant espérées avec sa terre natale engendrèrent un traumatisme inattendu. La propagande radiophonique officielle, seule source d'information pour les troupes d'occupation basées dans l'empire du Milieu, n'avait pas relaté l'état de désolation dans lequel se trouvait le pays du Soleil levant.

Les bombes au napalm avaient ravagé les maisons en bois de la vieille ville de Tokyo, en détruisant une grande partie. Il se disait que plus de cent mille personnes avaient péri dans un déluge de flammes suite à un seul raid aérien nocturne.

Le 1er janvier 1946, la presse avait publié un message de l'empereur Hirohito renonçant à son statut divin. Les généraux ultranationalistes avaient jeté la nation dans une guerre effrénée et absurde. Le Japon tout entier en avait payé le prix fort et découvrait, humilié, qu'il n'était pas destiné à régner sur le monde.

À son retour et après un court séjour chez ses parents, épargnés par les avions américains et la *Kempeitai*, Hirokazu avait intégré un hôpital à Tokyo. Devant l'afflux de blessés et de malades, victimes de mutilations, de brûlures ou de malnutrition, l'arrivée d'un praticien de sa trempe représentait une aubaine. De fait, il ne chômait pas, enchaînant les opérations et les consultations jour et nuit. La fatigue et les efforts consentis lui semblaient bien légers en comparaison de la vie au sein de l'Unité 731. Sujet à de terribles cauchemars, Hirokazu retardait l'heure du coucher au maximum. Petit à petit, à force de soigner et de réparer, de goûter à la vraie finalité de la médecine, son mal s'apaisa. Mais il ne disparut jamais totalement.

Au printemps, il commença à fréquenter une jeune infirmière ravissante de son équipe, Iyona. Leur relation évolua vite, les promettant à un mariage certain. Mais Hirokazu esquivait sans cesse la question. Il aimait sincèrement la petite brune frêle et courageuse à l'adorable nez retroussé. Mais ses atermoiements résultaient d'événements qui le dépassaient.

Durant toute l'année, les journaux, désormais contrôlés par la censure américaine, relatèrent avec emphase les crimes de guerre perpétrés sous l'autorité du général Tojo et suivirent la préparation du procès où comparaîtraient les plus hauts dignitaires du régime. L'empereur Hirohito et la famille impériale ne figuraient pas au nombre des accusés. Les hommes d'honneur s'étaient donné la mort avant qu'on ne les arrête, d'autres collaboraient, rejetant leur responsabilité sur les épaules de boucs émissaires. Une telle attitude ébranlait encore un peu plus les certitudes d'Hirokazu.

Au détour d'un article survolé durant l'une de ses rares pauses quotidiennes, il découvrit un paragraphe évoquant les atrocités commises en Mandchourie par l'Unité 731. Hirokazu et tous ceux qui travaillaient sous la férule de Shiro Ishii étaient donc, eux aussi, des criminels. Mais pour le médecin trentenaire, dont les tempes grisonnaient déjà, la vérité apparaissait avec une clarté aveuglante : leurs crimes éclaboussaient l'humanité tout entière. Soit. S'il devait comparaître, il confesserait ses fautes et accepterait le verdict des juges. À quoi bon, dès lors, épouser Iyona et la condamner à un veuvage précoce ?

***

New York, 1983

La conférence se déroulait devant un parterre clairsemé. La petite vingtaine d'auditeurs, perdus dans un amphithéâtre de quatre cents places, écoutaient avec effroi le sort réservé à la population chinoise résidant aux environs de Harbin. D'une voix blanche, Hirokazu narrait dans la langue de Shakespeare, et avec la plus extrême minutie, l'inoculation de la peste à des puces ensuite larguées sur les villages. Notes en main, il énonçait sans ciller le nombre de morts causés par ces raids «purement expérimentaux». À la fin de la guerre, le total atteignait une fourchette de trois à cinq cent mille victimes. Puis il raconta les congélations d'êtres humains, les vivisections, les avortements sauvages et les expériences menées sur les fœtus. Décidé à expier ses crimes, il n'épargna rien aux quelques courageux qui, deux heures durant, s'immergèrent avec lui dans le dernier cercle des enfers.

Trois événements survenus sur une période de trente ans avaient poussé Hirokazu à se lancer dans une tournée mondiale pour exposer la réalité de l'Unité 731. Tout d'abord, les malversations d'Ishii, assez retors pour sauver sa peau en vendant ses découvertes aux services secrets américains. Immunité, argent et oubli – les ingrédients de l'innocence retrouvée. Mais cette innocence, Hirokazu ne la goûtait pas.

Ensuite, la révélation de cet accord par le gouvernement américain au cours d'une campagne de «vidage de poubelles» visant à se démarquer des erreurs commises par les administrations précédentes et s'offrir une virginité à bon compte.

Enfin, le décès d'Iyona, emportée par une pneumonie à l'hiver 1982. Ils s'étaient mariés en 1948, après «l'évaporation» de la perspective d'un jugement. À deux reprises, ils faillirent devenir parents, mais la constitution fragile de son épouse ne lui permit pas de mener les grossesses à leur terme. Pour ne plus l'exposer à ce traumatisme et limiter les risques pour sa santé, ils abandonnèrent l'idée d'avoir un enfant.

L'année de leur mariage, Hirokazu créa une société de fabrication de prothèses orthopédiques. Lancée à l'origine pour subvenir aux besoins des multiples invalides nippons, sa compagnie connut un essor spectaculaire à l'échelle mondiale.

Jamais en trente-six ans de vie commune il n'avait évoqué son passé mandchou. De peur de se replonger dans ses heures sombres. De peur, par-dessus tout, qu'Iyona cesse de l'aimer.

Alors, aujourd'hui, il témoignait à visage découvert. Il pensait que son aura de chef d'entreprise richissime, exemple de la reconstruction d'un Japon dont la frénésie industrielle balayait toute velléité militariste et, pire, nationaliste, lui vaudrait l'attention des foules et des médias. Mais, en ces années 1980, après trois décennies de guerre froide, personne ne s'intéressait à ce qu'il avait à dire. Le plus souvent, il s'exprimait devant des salles vides et jamais la presse ne relayait ses propos.

La conférence new-yorkaise marquait la fin de cette tournée, mais il mènerait d'autres campagnes tant la route de la rédemption s'annonçait longue.

Au terme de son allocution, il invita par principe, mais sans espoir, les spectateurs à échanger avec lui. Sa proposition sonna l'hallali et l'amphithéâtre se vida en un rien de temps. Pourtant, un jeune homme ne s'enfuit pas et, au contraire, monta sur scène. Le grand gaillard dépassait largement Hirokazu. Son élégance naturelle, soulignée par ses larges épaules et son port de tête altier, frappa moins le Japonais que sa chevelure blonde et brillante comme un soleil d'été. Son âge – il ne pouvait avoir plus de trente ans – le surprit également. Et voilà que, maintenant, il effectuait un *ojigi* parfait et s'exprimait dans un japonais hésitant mais prometteur.

— Monsieur Shinje, dit-il avec déférence mais sans obséquiosité, je vous remercie de cette conférence passionnante.

— Merci à vous de l'avoir suivie, répondit Hirokazu, s'inclinant à son tour. Je m'étonne de voir quelqu'un d'aussi jeune s'intéresser à pareil sujet.

— Il me touche directement...

— Que voulez-vous dire ?

— Ma mère travaillait à Fort Detrick à la fin des années 1950. Elle est décédée dans des conditions classées secret-défense. Ce secret a été levé à la publication des documents révélant le programme d'expérimentations bactériologiques mené par les États-Unis de 1950 à 1970. À la même occasion, le gouvernement américain a rendu publique sa collaboration avec les plus éminents scientifiques de l'Unité 731. Ma mère est morte suite à la propagation d'une arme biochimique dans les locaux où elle officiait. La rumeur veut que les chercheurs de Fort Detrick poursuivaient les travaux de Shiro Ishii. Pour ma part, j'en suis persuadé...

— Je vois, soupira Hirokazu avec une compassion sincère.

— D'après mon père, ma mère lui aurait confié, avant l'accident, rencontrer de temps à autre des scientifiques allemands et japonais dans le cadre de sa mission. Hirokazu se figea. La somme de toute la responsabilité que ses coreligionnaires et lui portaient sur leurs épaules se matérialisait à travers ce garçon, preuve vivante qu'un acte entraîne toujours des conséquences, fussent-elles lointaines et tortueuses. Les griffes acérées de la culpabilité lacéraient les entrailles du Japonais.

— Que faites-vous aujourd'hui?

— Je viens d'obtenir mon diplôme d'avocat, monsieur, spécialisé dans le droit des affaires. Je parle plusieurs langues et je m'emploie à perfectionner ma pratique du japonais.

Ce garçon ne maîtrisait peut-être pas toutes les subtilités du langage, mais il connaissait l'usage nippon de formuler une demande sans la verbaliser directement. L'invitation était claire.

— Votre intérêt pour mon pays serait-il assez fort pour vous inciter à y tenter une expérience professionnelle? demanda Hirokazu.

— Oui, monsieur. J'aimerais également découvrir la culture japonaise au-delà des idées reçues.

Bonne réponse…

— Bien, je dois pouvoir vous trouver une place. À vous de faire vos preuves.

— Merci, monsieur, répondit le grand gaillard, à nouveau incliné à quarante-cinq degrés.

— Je ne crois pas avoir retenu votre nom…

— Je ne vous l'ai pas dit, monsieur. Je me nomme Woodridge. Sean Woodridge.

***

La gestion des affaires ne représentait plus qu'une part minime de la journée. Tout au plus arbitrait-il certaines propositions du conseil d'administration. Aux cheveux blancs, les années filant à la vitesse de l'éclair avaient ajouté des taches marron sur son visage creusé de profondes rides. Hirokazu louait la nature de lui avoir accordé jeunesse de l'esprit et robustesse du corps. Jamais au cours des quatre-vingt-treize années de son existence il n'était tombé malade – pas même une grippe. Et pourtant, son déficit de sommeil quotidien aurait dû l'affaiblir. Les trois dernières décennies auraient suffi au bonheur de tout homme. Remarié à une femme superbe et aimante de quinze ans sa cadette, entrepreneur prospère, il coulait des jours tranquilles partagés entre sa grande demeure et le parc où il aimait à se promener au printemps. Quand bien même il le faisait depuis cinq ans en fauteuil, poussé par un infirmier. En ce soir d'été, il contemplait les reflets du soleil sur les eaux paisibles de l'étang caressé par la brise.

Pourtant, tout cela n'était rien. Il ne comprenait pas pourquoi le destin lui accordait tant de bienfaits, à l'instar d'anciens collaborateurs de l'Unité reconvertis eux aussi dans les affaires avec un succès certain. Ainsi nombre d'entreprises, pharmaceutiques notamment, découlaient-elles en droite ligne des travaux menés à Harbin.

En fait, Hirokazu n'avait qu'un seul motif de fierté : sa fondation. Pilotée de main de maître par son assistant, elle consacrait une partie de sa fortune à des œuvres caritatives destinées aux enfants victimes des conflits armés qui sévissaient de par le monde. Outre les soins médicaux, l'essentiel de l'activité s'orientait vers un accès à l'éducation. D'ailleurs, ce soir, il attendait son bras droit pour finaliser avec lui son plus grand projet.

— Belle soirée, monsieur Shinje.

La voix dans son dos, chaude et familière, remplit le vieil homme d'une énergie nouvelle.

— Bonsoir. J'en profite, il m'en reste peu à voir.

— Ne dites pas cela, vous êtes solide comme un chêne, répondit Sean Woodridge en contournant le fauteuil où trônait le vieillard.

Il s'installa face à lui. Malgré son costume de belle facture, il s'assit en tailleur sur l'herbe rase, tenant à la main un épais dossier dont les pages ne demandaient qu'à s'envoler.

— Où en êtes-vous ? demanda Hirokazu avec empressement.

— Tout est là, monsieur. Les travaux sont pratiquement terminés. Notre centre technique près d'Utsunomiya deviendra, dès la fin de l'été, le Centre de vacances Shinje et pourra accueillir une centaine d'enfants. Je vous ai apporté plans et photographies pour que vous puissiez vous faire une idée. Nous irons l'inaugurer ensemble très bientôt.

— Si j'en ai le temps. Avant, il me faudra assister à l'ouverture du nouveau centre de conférence à Tokyo.

— Exact, monsieur, d'ici quelques jours. Par contre, je crains de devoir vous annoncer une mauvaise nouvelle.

Un simple battement de cils de son mentor incita Sean à continuer.

— Une de nos sentinelles m'a fait part d'un laboratoire développant un virus génétiquement modifié à des fins militaires. Je suis passé à l'action, monsieur.

Hirokazu soupira longuement en dévisageant Sean avec tendresse.

— Êtes-vous certain que ce soit la seule solution ?

— Monsieur, vous avez parcouru la planète, alerté les médias, affronté les reproches d'une partie de votre peuple dans le seul but de révéler au monde ce qu'il ne voulait ni voir ni savoir. Seuls le mépris et le silence ont récompensé votre courage. Si nous n'agissons pas, qui le fera ?

— Je ne peux vous contredire, mais est-il vraiment nécessaire que…

La voix d'Hirokazu se brisa, sa main droite se porta à son bras gauche, saisi d'un pincement soudain et douloureux. Sa poitrine semblait compressée par un étau invisible. Il voulut se lever, mais bascula en avant.

Sean se précipita sur lui, appelant de l'aide. L'infirmier, assis sur un banc un peu plus loin, accourut ventre à terre. Quand il arriva, les yeux si vifs du vieil homme regardaient fixement Sean agenouillé, qui passait doucement ses doigts dans les cheveux blancs du défunt.

Il saisit le dossier et le glissa entre les mains parcheminées d'Hirokazu. Ce faisant, il relut l'inscription sur la couverture : Centre de vacances « Les enfants de Shinje ».

Sean se laissa submerger par les larmes. « Les enfants de Shinje » constituaient l'héritage légué par Hirokazu Shinje. Sean Woodridge, lui, offrirait au monde « Les enfants de Shiro »…

Chapitre 35

Tokyo

Eytan écoutait religieusement le récit de Sean Wood-ridge. Chaque mot, la moindre intonation, exprimait le respect et l'admiration de ce dernier pour celui qu'il nommait Shinje-san.

Les deux hommes, mal en point, se regardaient fixement. Eytan fouilla ses poches de sa main libre et sortit un étui à cigares. Il en prit un et le coinça entre ses dents.

— L'histoire aurait pu être belle, commenta-t-il en craquant une allumette.

— Elle aurait pu, c'est clair. (Woodridge désigna le havane.) Est-ce bien le lieu pour cela ?

— S'il y a un endroit pour en profiter dignement, c'est bien ici.

Il tendit l'étui à Sean, qui accepta l'offre. Quelques secondes plus tard, ils goûtaient tous deux aux saveurs vanillées d'un cigare cubain.

— La reddition du Japon a marqué la fin de la Seconde Guerre mondiale et l'entrée immédiate dans la guerre froide, reprit Sean. En tant qu'agent du Mossad, vous connaissez sans doute l'opération *Paperclip*.

Eytan acquiesça d'un hochement de tête.

— La même chose a eu lieu ici, plus particulièrement autour d'un homme.

— Shiro Ishii, le « patron » de l'unité 731, précisa Eytan.

— Exactement. Si vous connaissez le personnage, il est inutile que je vous dresse la liste de ses méfaits. L'arrivée des Soviétiques en Mandchourie a mis fin aux activités du centre situé à Pingfang. Les services secrets américains ont eu vent des recherches menées par Ishii et sa clique. Ils sont devenus fous à l'idée que les Soviétiques puissent mettre la main sur les travaux concernant l'armement bactériologique et chimique.

— Les alliés d'hier sont devenus ennemis dès les accords de Yalta. C'est d'autant plus absurde que deux ans plus tôt, les Américains fournissaient des matières premières et des vivres à Staline. Ils l'appelaient même oncle Joe. Les Anglais, eux, le nommaient « ce bon vieux Joe »…

— Absurde est le mot juste. Ishii, qui était un escroc motivé par le pouvoir et l'argent, a largement tiré profit de la concurrence entre les deux superpuissances. Après avoir fait mariner les Américains, il a obtenu pour lui et ses plus proches collaborateurs une somme substantielle et la garantie d'une impunité totale. Conscients de la nature « sensible » de la transaction, les U.S. l'ont gardée secrète jusqu'au début des années 1980.

— Je me rappelle. À l'époque, cette révélation n'avait pas suscité un intérêt démesuré.

— Non, en dépit des efforts menés par Shinje-san. Alors, je me suis juré de ne pas laisser de telles horreurs se reproduire. Quel qu'en soit le prix. À cette fin, j'ai créé « Les enfants de Shiro », un rassemblement de victimes des exactions commises par plusieurs gouvernements depuis un demi-siècle. La fondation Shinje a payé la formation nécessaire à de jeunes membres de notre organisation, que nous avons placés dans les laboratoires sensibles à travers le monde, constituant ainsi une brigade de « veilleurs ». Leur mission était de nous prévenir en cas de... dérives.

— Ce qui est arrivé récemment...

— Précisément.

— Pourquoi créer votre propre laboratoire et voler les souches ?

— Nous utilisons les armes de ces sinistres individus et les retournons contre eux. Les autorités russes s'adonnaient à des tests nucléaires sur leurs propres soldats, et les Tchèques développaient des poisons et des psychotropes. Aujourd'hui, ils se demandent quel nouveau cataclysme va frapper. Avec, au cœur, ces deux questions angoissantes : où et quand ? Sans votre intervention, ce soir marquait l'apogée de notre action. Hélas...

— Et qu'espériez-vous tirer de ces... actions, comme vous dites ?

— Vous n'avez toujours pas saisi, n'est-ce pas ? demanda-t-il en sondant Eytan de ses prunelles bleues. C'est pourtant simple. Nous vivons dans une société d'images. Les hommes tels que vous, prêts à en découdre ou à dégainer à tout va, sont des anachronismes vivants. Abattre un adversaire ne passe plus par les armes et leurs munitions. Aujourd'hui, rien ne vaut un bon assassinat médiatique, diffusé en boucle sur les chaînes d'information. À ce titre, Internet mérite une place de choix sur le podium des armes de destruction massive. Savez-vous pourquoi ? Parce que le bon peuple réclame sa dose de sang, de morbide. Livrez-lui une victime en pâture, et la masse s'en délectera jusqu'à plus soif, prête à gober n'importe quelle absurdité pourvu qu'elle prolonge le plaisir. Mais attention, toujours les mains propres ! Qu'importe que les yeux et l'âme, eux, soient noircis, souillés. Qu'importe l'avilissement. Car, aujourd'hui, de telles curées alimentent les conversations et ostracisent ceux qui s'en désintéressent ou font preuve de tempérance. Nous assistons à l'effondrement de la raison sous les assauts de l'émotion. La foule réclame son lot de sensationnel ? Parfait, nous nous chargeons de le lui fournir…

— Et ainsi accomplir ce que Shinje n'a pu faire dans les années 1980… Je vois, murmura Eytan. (Il poussa un profond soupir et reprit.) Vous n'avez donc jamais eu l'intention de vous en tirer, n'est-ce pas ?

— Je paierai le prix nécessaire pour contraindre les grandes puissances à lever le voile sur leurs crimes. Nos martyrs à Moscou et Pardubice attestent de notre détermination. Je voulais provoquer une prise de conscience collective, quitte à sacrifier des vies innocentes. C'était mon destin, et l'homme doit accepter son destin. Tenter de s'y soustraire est une illusion.

— Le destin… l'excuse suprême… l'irréfutable absolution de nos péchés. Nous portons tous la responsabilité de nos actes, sauf à nous réfugier derrière une destinée providentielle pour ne pas avoir à les assumer.

— Je ne m'attendais pas à ce que vous compreniez.

— Et pourtant, Sean, personne ne pourrait vous comprendre mieux que moi…

Eytan ôta lentement sa veste et la laissa tomber au sol. Il saisit le bout de la manche droite de son tee-shirt et le releva tout en tournant le poing, dévoilant la lettre et les numéros tatoués à vie sur son avant-bras.

— Qui êtes-vous ? demanda Sean Woodridge, horrifié.

— Je suis ce qui reste d'un enfant déporté par la SS en Pologne en 1940. Pendant plus d'un an, les pseudo-scientifiques que vous dénoncez ont mené sur des gamins juifs des expériences visant à créer la race aryenne parfaite. Je suis la preuve vivante de leur réussite… mais aussi de leur échec.

— Que voulez-vous dire ?

— J'ai survécu. Je me suis enfui et formé au combat avec la résistance polonaise. Depuis, je n'ai eu de cesse de traquer les criminels nazis, de les traduire en justice ou, s'ils ne me laissaient pas le choix, de les abattre. Leur arme s'est retournée contre eux.

Sean réfléchit un instant. Lui-même plongé au cœur de telles atrocités, il ne s'étonnait pas de l'histoire invraisemblable de son interlocuteur.

— Alors, vous et moi sommes identiques, affirma-t-il avec fougue.

— Nous ne pourrions être plus dissemblables. Vous sacrifiez des vies là où je cherche à les préserver. Je ne laisse pas la colère guider mon bras. La fin ne justifie pas tous les moyens, sous peine de devenir ceux que l'on combat.

— La marge est grande avant de les égaler. Savez-vous ce que MacArthur a dit lors de son discours consécutif à la reddition du Japon ?

— Non.

— Je connais ces mots par cœur tant ils me répugnent : « C'est mon espoir le plus sincère, et effectivement l'espoir de toute l'humanité, qu'à partir de cette occasion solennelle un monde meilleur émerge du sang et du carnage du passé – un monde dédié à la dignité de l'homme et la réalisation de son vœu le plus cher de liberté, de tolérance et de justice. » Deux ans plus tard, il entérinait l'immunité de Shiro Ishii.

— Édifiant…

— Voilà. Je voulais dénoncer le cynisme de quelques-uns pour éviter qu'un jour le plus grand nombre ne souffre à nouveau de leurs agissements.

— Je n'approuve pas vos méthodes, Sean. Mais vous imaginez à quel point vos motivations me parlent…

Sean Woodridge ferma les yeux. Le vent vespéral balayait ses cheveux blonds. Les branches des arbres ployaient, froissant leurs feuilles les unes contre les autres. Certaines s'envolaient, virevoltaient puis se posaient en douceur sur l'herbe.

— C'est un bel endroit pour quitter cette vie, murmura-t-il, un léger sourire aux lèvres.

— Je connais pire, répondit Eytan. Mais personne n'est tenu de mourir aujourd'hui. Donnez-moi votre arme, Sean, et restons-en là.

Woodridge rouvrit les yeux.

— Ne vous préoccupez pas des fûts restés dans le centre de conférence. Conditionné sous forme aérosol, le virus a une durée de vie limitée. Dans quelques heures, il sera inoffensif. Dans mon attaché-case se trouve une série d'enveloppes. Elles contiennent toutes les informations attestant de la réalité de nos actions, en dépit des efforts déployés par les gouvernements pour masquer la vérité. À vous de décider quoi en faire. Félicitations, Eytan Morg, vous avez accompli votre mission.

Avant qu'Eytan ne puisse réagir, Sean posa le canon contre sa tempe et pressa la détente…

Elena, débarrassée de ses maux de tête, entendit une détonation émanant du jardin. Elle s'y dirigeait lorsqu'elle vit Eytan en sortir, une mallette dans la main droite. La gauche était plongée sous sa veste. Il se tenait les côtes et marchait péniblement.

Elle se porta à sa rencontre, prête à le soutenir en cas de besoin. Mais d'un geste, il refusa son aide.

— C'est terminé, dit-il à voix basse.

— J'ai neutralisé les trois hommes du local technique.
Tu as tué Woodridge ?

— Non. Il a assumé les conséquences de son échec,
répondit-il avec tristesse.

Elena le dévisagea, songeuse.

— Ce type était fou, non ?

— La folie engendre le désespoir. Le désespoir
engendre la folie. Et les victimes deviennent bourreaux.
Nous en sommes la preuve vivante, tu ne crois pas ? Si
seulement il avait employé d'autres méthodes…

— Avec des si, qui sait où toi et moi en serions,
souffla-t-elle en posant la main sur le bras du géant…
Au moins, nous avons réussi.

Le silence retombait sur le parc. Eytan prit une profonde inspiration. Avaient-ils vraiment réussi ?

Oui, la folie engendrait le désespoir. Elle avait enfanté
Sean, l'avait enfanté, lui. Le kidon savait la valeur de
chaque vie qu'il prenait. Juger des criminels de guerre avait
un sens, offrait à l'humanité une opportunité de prendre
conscience. Le procès Eichmann en était l'illustration la
plus éclatante. Mais Woodridge avait vu juste sur un point.

La futilité dirigeait le monde moderne. L'indignation
d'un moment s'effaçait au fil des jours, se dissolvait dans
l'attente d'une promotion, d'un nouveau film ou du prochain événement sportif. L'individualisme et les commu-
nautarismes s'érigeaient en murailles contre les valeurs
essentielles de solidarité et de partage. Ce monde ne
croyait plus en rien. Au point de faire passer Eytan pour
un idéaliste. Un comble…

— Et maintenant ? lança-t-elle.

— Maintenant vient pour nous deux l'heure du choix.

La jeune femme plongea son regard dur dans celui
du géant.

— Le mien est déjà fait…

Chapitre 36

Nord de San Francisco, trois jours plus tard

De grands nuages sombres et bas annonçaient un orage imminent. L'air chargé d'électricité charriait un parfum de pluie. Les éléments se mettaient au diapason des hommes, faisant écho à leur nervosité.

Eytan se tenait adossé au capot de son pick-up, garé sur la rive est d'un puissant cours d'eau encaissé au creux d'un vallon. Une forêt dense en recouvrait les coteaux et s'étirait à perte de vue, préservant l'endroit des regards.

Le téléphone vissé à l'oreille, l'agent guidait les hommes de Cypher vers ce lieu de rendez-vous qu'il savait peu fréquenté. Depuis une heure, il les promenait à travers les rues pentues et tarabiscotées de San Francisco, compliquant l'itinéraire à dessein afin de s'assurer que l'ennemi n'arrivait pas en force. De temps à autre, il jetait un œil aux SMS s'affichant sur l'écran d'un second téléphone posé sur le toit de la camionnette. Eytan avait organisé plusieurs check-points le long du trajet. Il recevait des informations envoyées par des indicateurs recrutés à grand renfort de billets à l'effigie de Benjamin Franklin.

Formé le matin même, son réseau comprenait des clochards, des commerçants, un éboueur et même un automobiliste tombé en panne à la sortie du Golden Gate !

Campée face à lui, mains sur les hanches, Elena patientait sans dire un mot. Le message de l'ultime point de contrôle s'afficha enfin. Il confirmait l'arrivée d'un seul 4×4 noir de marque américaine.

— Je t'avais dit que Cypher était un homme de parole, commenta la jeune femme.

Eytan masqua le micro de l'appareil.

— Prudence...

— ... est mère de sûreté, merci. Je l'aurai entendue, celle-là !

Eytan adressa un sourire railleur à la rousse et reprit son guidage. Enfin, un vrombissement de moteur s'amplifia, perturbant le calme de la vallée. Le tout-terrain apparut sur la route et s'immobilisa sur la rive opposée, à l'entrée du pont qui enjambait la rivière. Cinquante mètres le séparaient encore d'Eli. Cypher, simple messager jusqu'alors, prit la parole.

— Et voilà, monsieur Morg, votre ami va vous être rendu par mes émissaires. Je loue la qualité de notre collaboration.

— Pour ma part, je me réjouis qu'elle prenne fin, répondit Eytan. Nous en arrivons au moment où vous me proposez de rejoindre vos rangs, n'est-ce pas ?

Cypher éclata de rire.

— Décidément, monsieur Morg, votre sagacité ne laisse pas de me surprendre.

— Vous connaissez ma réponse.

— Je la déplore.

— Ne soyez pas trop gourmand. En me contraignant à travailler pour vous, vous empochiez un bénéfice double : vous récupériez Elena, votre agent de choc, et surtout...

— Surtout ? demanda Cypher avec une curiosité et une excitation palpables.

Eytan soupira.

— J'ai mis du temps à comprendre pourquoi vous faisiez appel à moi. Vous assuriez bien la sécurité des opérations du Consortium ?

— Je ne m'en cache pas, répondit Cypher d'un ton circonspect.

— Le vol des souches dans le laboratoire tombait sous votre responsabilité. Et vos petits camarades de jeu n'auraient pas apprécié une faute de cette ampleur. D'après ce que je sais des méthodes du Consortium, les erreurs se payent cher et comptant. Il vous fallait donc recourir à des ressources externes pour régler le problème le plus discrètement possible. Sinon, adieu le poste de big boss. Vrai ou faux ?

— Remarquable… tout simplement remarquable ! Vous m'avez enlevé une belle épine du pied, monsieur Morg. C'est la seule raison pour laquelle je vous rends Eli Karman.

Sur ces mots, les portières du 4×4 s'ouvrirent, libérant deux hommes en costume-cravate noir sur chemise blanche. Cet accoutrement eut le mérite de dérider Eytan. L'œil du professionnel ne put s'empêcher de relever le manque de discrétion affligeant. D'autant que cette tenue ne devait pas être pratique en combat rapproché. Une faiblesse qu'il saurait exploiter le cas échéant.

Eli émergea de l'arrière de la voiture, aussitôt encadré par les cerbères. Les traits tirés, il semblait néanmoins ne pas avoir souffert de sa détention. Mais sa longue figure à la bouche pincée démontrait que le sexagénaire avait peu apprécié son séjour forcé.

Eytan attrapa un fusil de précision posé sur le fauteuil passager.

— Vas-y, glissa-t-il à Elena, mais pas de bêtises, je te surveille.

Elle le dévisageait, immobile, la tête légèrement inclinée. Une goutte de pluie solitaire roula sur sa joue et vint mourir sur ses lèvres rose pâle.

— Je suis contente que ton ami soit libre, murmura-t-elle.

— Il ne l'est pas encore. File !

Il accompagna son injonction d'un mouvement du menton.

La jeune femme lui adressa un sourire indéchiffrable et se mit en marche. À l'autre extrémité du pont, le prisonnier fit de même.

Eytan, en position de tir, ne décollait pas l'œil de la lunette de son viseur, à l'instar du sniper posté près du 4×4. Chaque pas sans effusion de sang représentait une victoire.

Son ami progressait lentement, mal assuré, le cou légèrement rentré dans les épaules. Son regard trahissait son inquiétude. Elena, la démarche souple et feutrée, avançait pour sa part avec une décontraction étonnante. Les deux captifs se croisèrent sans échanger un coup d'œil.

Eli parut surpris d'arriver sans encombre jusqu'à Eytan. Armé d'un grand sourire, il se précipita vers le géant qui ne bougea pas d'un centimètre.

— Dans la voiture ! Mets-toi au volant et fais tourner le moteur. Quoi qu'il arrive, ne sors pas de la bagnole.

Eli connaissait assez Eytan pour savoir quand contester et quand obtempérer. Le fait qu'il le tutoie, ce qui n'arrivait jamais, ne laissait aucun choix face à l'attitude à adopter. Il s'installa donc dans la voiture.

Elena avait rejoint les hommes de Cypher. Elle les dévisagea les uns après les autres et réalisa qu'elle n'en connaissait aucun.

— Mademoiselle, montez, nous partons.

— Vous m'avez apporté une arme ? demanda-t-elle.

— Vous la trouverez dans la boîte à gants.

Elle se pencha par la portière passager et prit possession d'un pistolet qui l'attendait effectivement dans le vide-poche.

À l'intérieur du véhicule, le conducteur, cheveux coupés ras et lunettes noires vissées sur le nez, était en communication téléphonique. Il lui tendit l'appareil. Elle l'attrapa et ressortit de l'habitacle. Elle fit signe au sniper de baisser son arme. Ce dernier obéit, mais resta sur ses gardes.

— Elena, ma chère ! Content de vous savoir libre.

— Monsieur, merci d'avoir fait le nécessaire.

— C'est la moindre des choses. Vous savez combien vos compétences me sont précieuses. Ces hommes vont vous conduire jusqu'à moi. Je suis impatient d'entendre les informations que vous aurez glanées auprès de notre patient 302.

Elena coinça le téléphone entre son épaule et son oreille et vérifia le chargeur de son arme.

— Je demande l'autorisation de régler son compte à Eytan Morg, monsieur.

— Négatif. J'ai d'autres plans pour vous.

— Alors, j'ai une révélation capitale à vous faire.

— Une information intéressante ? demanda Cypher, intrigué.

— Oh oui. Je vous emmerde… monsieur.

Elle jeta le téléphone au sol et tira dans la foulée une balle dans la cuisse de l'homme à ses côtés. Elle toucha le sniper aux deux épaules, et le conducteur n'eut pas le temps de dégainer qu'il s'effondrait déjà, blessé au bras.

Elena s'approcha de ses victimes et les délesta de leurs armes, qu'elle balança dans la rivière.

Eytan observait la scène à travers sa lunette de visée. Il quitta sa position et posa son arme ainsi que ses téléphones portables sur le fauteuil passager.

— Pouvons-nous y aller, maintenant ? demanda Eli, fébrile.

— J'ai encore une dernière chose à régler, répondit l'agent en refermant la porte.

Il s'engagea sur le pont et s'immobilisa au milieu. De son côté, Elena s'assurait qu'aucun autre armement ne se trouvait dans le véhicule. La vérification effectuée, elle se posta à l'entrée du pont, laissant derrière elle les trois hommes blessés.

— Déjà de retour ? l'apostropha Eytan.

— J'attends ce moment depuis une éternité, répondit la jeune femme d'une voix forte et puissante. Je ne raterais ça pour rien au monde.

Elle resserrait les doigts sur la crosse de son arme.

Eytan écarta un pan de sa veste et dégaina un pistolet de petit calibre.

— Tu es sûre de toi ? Des alternatives existent, déclara-t-il, l'air sombre.

Elena regarda autour d'elle. La beauté du paysage la saisit aux tripes. Au sommet du vallon, la cime des arbres tutoyait les nuages chassés par un vent impatient. L'écho étouffé du tonnerre se répercutait contre le flanc des collines. Le ciel avait choisi de purger sa colère plus loin, au-dessus de la ville des hommes. Les vibrations du puissant cours d'eau remontaient le long des piliers du pont et se diffusaient dans son corps.

— Non. Pour les gens comme nous, soupira-t-elle, il n'existe pas d'alternative, Eytan. Nous savions tous les deux comment finirait cette histoire.

Il posa sur elle des yeux durs, impénétrables.

— Si tu le dis…

Elle leva son arme en direction d'Eytan. Un coup de feu claqua avant qu'elle ait son adversaire en ligne de mire. Stupéfaite par la vélocité du géant, elle porta la main à sa poitrine. Une tache de sang s'étendait sur sa chemise blanche, entre ses seins.

Un second tir lui fit lâcher son pistolet et la propulsa contre le garde-corps en acier du pont.

Eytan, légèrement de profil, arme pointée devant lui, la regarda basculer dans le vide. Il entendit l'impact de son corps dans l'eau, cinq mètres plus bas, puis il rengaina son flingue et tourna les talons.

Arrivé à son véhicule, il s'assit à côté d'Eli et, d'un geste directif, lui signifia de démarrer. L'un des téléphones se mit alors à vibrer. Eytan décrocha. À l'autre bout du fil, Cypher respirait lourdement.

— Elle a fait son choix, déclara le kidon. J'ai tenté de l'en dissuader, sans succès.

— Je perds très gros dans cette affaire. (Les mots hachés trahissaient la rage du maître du Consortium.) Mais je ne serai pas le seul. Je ne souhaitais pas en arriver à de telles extrémités, mais je vais me charger de vous causer de nombreux problèmes, monsieur Morg. Des problèmes… inextricables.

Eytan percevait la fureur de son interlocuteur. Le vernis des bonnes manières craquait, révélant un tempérament colérique et versatile.

— Des problèmes… Je passe ma vie à en régler. Un de plus, un de moins… Faites-vous plaisir, mais retenez ce que je vous dis : chaque jour de ma vie, je vous traquerai. Et quand je vous aurai débusqué, je vous logerai une balle entre les deux yeux.

Un long silence s'installa avant que Cypher ne reprenne la parole, son calme retrouvé.

— Vous avez attaqué les forces d'un pays membre de l'OTAN et dissimulé vos activités à vos services. Vous qui évoluez dans l'ombre, préparez-vous à la lumière. Dans les mois qui viennent, me trouver sera le cadet de vos soucis…

Il coupa court. Eytan laissa échapper un rire désabusé : la prochaine fois qu'il parlerait à cet homme, ce serait lui qui mettrait fin à la discussion. Définitivement.

Eli observait son acolyte du coin de l'œil. Difficile, même pour lui qui le connaissait depuis toujours, de savoir quels sentiments se cachaient derrière ce visage fermé à double tour. Le kidon ne desserrait pas les mâchoires. En le scrutant plus attentivement, Eli crut apercevoir des larmes dans ses yeux.

— Je suis content de vous revoir indemne, murmura Eytan, la gorge nouée.

Il toussa à plusieurs reprises.

— Et moi donc, répondit son ami, soulagé. Nous avons beaucoup à nous raconter sur les événements des derniers jours. Merci.

— Vous auriez fait pareil pour moi, dit sobrement le géant.

— Oui, mais avec mon arthrose et mon insuffisance respiratoire, je n'aurais certainement pas obtenu le même résultat.

La plaisanterie sembla détendre Eytan. Ce dernier reprit son téléphone portable et composa un numéro.

— C'est une impression ou vous passez votre vie pendu à cet appareil ?

— C'est pour la bonne cause. Par contre, je ne veux plus en voir un avant des semaines !

Eytan posa la main sur le bras de son ami pour s'excuser de ne pouvoir poursuivre : son interlocuteur était en ligne.

— Branislav ?

— Eytan ? Alors, ça a marché ?

— Oui. Remercie ton épouse de ma part, ainsi que son ami qui travaille dans les effets spéciaux à Los Angeles. Il a fait un travail remarquable. Même moi, j'y ai cru.

— Je fais confiance à Elena pour en avoir fait des tonnes.

— Elle est restée sobre et assez crédible.

— Et je sais que tu parles d'expérience… Tu comptes la revoir ?

— Non. Elle a choisi de mener une vie différente pour le temps qui lui reste. Je respecte sa décision.

— Eytan… À bientôt ?

— Adieu, Bran. Et bonne chance à vous.

Eytan raccrocha, cette fois un grand sourire aux lèvres.

— Vous pouvez me dire ce qui se passe ? J'ai peur de comprendre…

— Vous venez d'assister à un duel de cinéma pour couvrir la désertion d'un membre du Consortium.

Eli afficha un sourire taquin. Il adopta un ton exagérément outré.

— Je n'y crois pas ! Vous, complice d'un mensonge ?

— Les hommes mentent, Eli. Les femmes mentent. Les flingues disent toujours la vérité.

Son regard se perdit à l'horizon.

— Ou presque…

Et tandis qu'autour d'eux le vent redoublait et la pluie commençait à tomber, Eytan adressa à Eli le plus rassurant des clins d'œil.

L'agent se pencha en avant et extirpa de sous son fauteuil une mallette gainée de cuir marquée des initiales S. W. puis la posa sur ses genoux. Il l'ouvrit, dévoilant une dizaine d'enveloppes kraft de grand format.

— Pourriez-vous nous arrêter au premier bureau de poste que nous croiserons ? demanda-t-il. J'ai du courrier à expédier…

Épilogue

Langley, Virginie, six mois plus tard

Jonché de canettes de soda, d'emballages de sandwichs et de revues consacrées aux actualités cinématographiques et vidéoludiques, le bureau ressemblait à un véritable dépotoir. Le tas d'immondices faisait fuir jusqu'au personnel d'entretien, qui évitait consciencieusement l'antre de Ryan Martin. Le colossal informaticien mesurait près de deux mètres et pesait dans les cent trente kilos. Il devait l'indulgence de sa hiérarchie à des compétences très supérieures à celles de ses collègues. À défaut de bénéficier du «droit de tuer» des super agents, il se contentait d'un «droit de salir». De surcroît, il disposait d'un local clos, loin de l'*open space* dévolu aux services de surveillance informatique de la CIA.

Ryan avait été repéré par l'Agence cinq ans plus tôt, lors d'un séminaire organisé par un éditeur de logiciels et de systèmes d'exploitation. Ses interventions répétées et argumentées durant la conférence consacrée aux failles de sécurité avaient discrédité l'orateur, un ponte de l'entreprise, pour le grand plaisir des spectateurs. Encore étudiant au M.I.T. à l'époque, il avait aussitôt été approché par de nombreuses sociétés, mais l'aura de l'officine gouvernementale avait remporté la mise.

Six mois lui suffirent pour pointer les défaillances du système d'information interne, jugé « archaïque, lourd et inefficace », le tout accompagné de mémos circonstanciés et inattaquables. Avec l'aval d'un comité directeur déjà sous pression après le fiasco du 11 septembre 2001, il consacra les quatre années qui suivirent à l'élaboration de nouveaux protocoles. Souvent dépassée par les initiatives du génie, la direction informatique se contentait de suivre le mouvement et de récolter les lauriers.

De son côté, Ryan vivait un rêve éveillé : salaire plus que convenable, niveau d'exigence de son employeur proche du néant et liberté quasi totale. Moralité, son temps libre lui laissait tout loisir de s'adonner à son sport préféré : tester de nouveaux logiciels. En fait, le seul qu'il eût jamais pratiqué !

L'expérimentation du jour se révélait aussi peu passionnante qu'escompté. Parti du principe que l'automatisation des tâches constituait l'alpha et l'oméga de l'efficacité, il essayait un *software* traitant tous les fichiers images stockés par les agents à partir de leurs téléphones et autres appareils portables. Le but était d'identifier les lieux, documents et personnes apparaissant sur les photos et de les incrémenter directement dans des bases dédiées afin d'en rationaliser le classement, et donc les recoupements. Pour l'occasion, Ryan avait jeté son dévolu sur un cas non résolu par les enquêteurs de l'Agence. Bernard Dean, un agent en sommeil, avait été assassiné d'une balle dans la nuque quelques mois plus tôt, à New York. Une photographie récupérée sur son téléphone portable – en l'occurrence un cliché envoyé de Suisse par l'agent Jacqueline Walls – présentait un homme de trois quarts dos. Sans prêter plus d'attention au contenu de l'image, Ryan avait lancé une recherche.

Depuis plusieurs heures, des dizaines de milliers de clichés, peut-être des millions, défilaient sur son écran à la recherche d'une concordance peu probable avec la photo.

Tout à coup, au beau milieu de la mastication d'un panini dégoulinant de fromage fondu et de jambon italien, l'ordinateur se manifesta en diffusant le générique des *Simpsons*. Une des multiples « customisations » maison…

Ryan essuya ses doigts couverts de graisse avec une feuille de papier chiffonnée et s'installa au clavier.

Le *software* avait extrait une image de la base de données interne. Il agrandit la photo d'un clic de souris. Prise légèrement en hauteur, dans un gymnase, elle représentait un agent à la peau noire, de dos, habillé d'un short moulant et d'un tee-shirt frappé de l'aigle américain. Apparemment, il devisait avec un homme chauve vêtu d'un treillis et d'un polo à manches longues. La scène paraissait en elle-même anodine. L'origine du fichier l'était moins. Il émanait d'une base d'archives « fourre-tout » constituée au début des années 1970, que Ryan avait connectée quelques mois plus tôt au système d'information central. Une énorme prise de tête, et un véritable exploit technologique au demeurant.

Les annotations liées au fichier étaient plus surprenantes encore : « Académie militaire US Air Force. Colorado Springs. Programme de formation intergouvernemental. USA-ISRAËL. Sur la photo : aspirant Bernard Dean – instructeur Eytan Morgenstern. Juin 1975. »

Ryan pensa que la présence de Dean dans les descriptions expliquait la sélection de l'image. L'informaticien constata que le logiciel de reconnaissance établissait un lien, non pas avec le jeune Dean, mais avec le grand type qui lui faisait face. Sa curiosité piquée au vif, Ryan se mit au travail avec une frénésie inhabituelle. Il lança tous les programmes de traitement d'image dont il disposait. Avec une délicatesse inimaginable pour un mastodonte de son espèce, il mania clavier et souris une demi-heure durant. Jusqu'à afficher sur ses écrans géants les deux photos côte à côte.

Face à l'incroyable résultat, il s'enfonça dans son fauteuil, croisa les mains derrière sa nuque puis souffla si fort qu'une partie du capharnaüm sur son bureau s'envola. Ce qu'il voyait était tout bonnement hallucinant. Et expliquait sans doute pourquoi certaines données de l'Agence lui étaient interdites.

La vérité est vraiment ailleurs, pensa-t-il en décrochant son téléphone.

À la mémoire d'Édith et de Valérie.

Retrouvez prochainement Eytan Morgenstern
dans *Le Projet Morgenstern.*

Suivez les Éditions Libre Expression
sur le Web : www.edlibreexpression.com

Cet ouvrage a été composé en Adobe Caslon Pro 12,25/14,75
et achevé d'imprimer sur les presses de Marquis imprimeur,
Québec, en décembre 2011.

certifié   procédé   100 % post-   archives   énergie
sans chlore   consommation   permanentes   biogaz

Imprimé sur du papier 100% postconsommation,
traité sans chlore, accrédité Éco-Logo et fait à partir de biogaz.